KB164545

초보 작가 고군분투기

글쓰기를
시작합니다

글쓰기를 시작합니다

초판인쇄	2022년 12월 21일
초판발행	2022년 12월 28일

지은이	김경란 외 9명 공저
발행인	조현수
펴낸곳	도서출판 더로드
마케팅	최관호 최문섭
IT 마케팅	조용재
교정교열	이승득
디자인 디렉터	오종국 Design CREO

ADD	경기도 고양시 일산동구 백석2동 1301-2
	넥스빌오피스텔 704호
전화	031-925-5366~7
팩스	031-925-5368
이메일	provence70@naver.com
등록번호	제2015-000135호
등록	2015년 06월 18일

정가 16,800원
ISBN 979-11-6338-342-0 03810

※ 파본은 구입처나 본사에서 교환해드립니다.

초보 작가 고군분투기

글쓰기를
시작합니다

김경란 외 9명 지음

김지안 서영식 서유정 엄지인 이윤정
이진행 장춘선 정솜결 최진경

누구나 한번쯤 글 잘 쓰고 싶다는 생각을 안해 안보

조금 더 욕심을 부려보자면 대형서점도 서대에 내

새진책한권을 올렸으면 하는 바람도 가져봤을것이다 막

하지만 막상 글을 쓰려고 책상 앞에 앉으면 뭘 써야

도서출판 더로드
The Road Books

"이 책에는 당신과 닮은 마음이
생생하게 담겨있다"

　　　　누구나 한 번쯤 '글 잘 쓰고 싶다.'는 생각을 해보지 않았을까. 조금 더 욕심을 부려보자면 대형서점 도서대에 내 이름 세 글자가 새겨진 책 한 권을 올렸으면 하는 바람도 가져봤을 것이다. 하지만 막상 글을 쓰려고 책상 앞에 앉으면 뭘 어떻게 써야 할지 막막할 따름이다. 한 줄 이어가기가 그렇게 어려울 수 없다. 쓰고 지우기를 수없이 반복하다가 결국 펜을 놓고 만다.

카카오톡이나 문자 메시지는 거침없이 써 내려가면서도 '글쓰기'라는 거창한 이름이 붙으면 손목에 힘이 들어간다. '밥을 먹었다'라고 써도 될 것을 '식사를 했다.'로 고쳐 쓰게 된다. 글쓰기는 결코 수월하지 않은 일인가 보다.

공저 프로젝트에 참여한 열 명의 초보 작가들도 마찬가지였다. 전문 작가가 아니다 보니, 금방 책 한 권 낼 수 있겠다는 자신감 은커녕 쓸 때마다 "과연 우리가 할 수 있을까?" 의구심이 일었 다. 새롭지만 쉽지 않은 도전이었다. 그럼에도 포기하지 않았 던 이유는, 우리의 경험과 이야기가 글쓰기를 시작하는 사람들 에게 작은 희망이 될 수 있을 거라는 믿음 때문이었다.

"글쓰기를 시작합니다"라는 제목 아래 다섯 개의 소제목으로 글을 썼지만, 담겨있는 생각과 내용, 형식과 문체는 다양하다. 나이도, 성별도, 하는 일도 각기 다르기 때문일 것이다. 한 편 한 편의 글마다 가치와 의미가 담겨있다. 개성 넘치는 각자의 인생 스토리가 묻어난 덕분이다. 그만큼 '글'은 자신을 표현하 는 수단이 되어준다.

쓰는 것이 두렵고, 잘 쓰지 못해 좌절하고, 자꾸만 딴청 피우고, 글 쓰는 습관을 들이기 위해 시행착오 겪느라 괴롭지는 않은지 궁금하다. 만일 그렇다면 그건 당신만이 아니라 이 책을 쓴 초보 작가들도 다르지 않다고 말해주고 싶다. 이 책에는 당신과 닮은 마음이 생생하게 담겨있다. 깊이 공감하고, 양 손바닥을 마주치 며 '맞아, 나도 그래!'라며 외칠 수 있지 않을까 기대해본다.

글쓰기를 시작한 초보 작가의 모든 것을 총 다섯 장에 담아냈다. 1장은 글쓰기가 만만치 않은 줄 알면서도 글을 쓰게 만드는 힘이 무엇인지에 관한 이야기다. 모두 다 작가가 되겠다는 결심으로 글을 쓰기 시작한 것은 아니었다. 일상의 작은 경험이 글 쓰는 삶에 어떻게 연결되었는지 엿볼 수 있다. 2장은 '그래, 한번 써 보자!' 용기를 가지고 시작했지만, 일필휘지 써 내려가지 못하게 막는 온갖 방해물에 관한 내용이다. 3장은 초보 작가도 작가다! 자유 주제로 각자 에세이 한 편을 썼다. 4장에서는 글을 쓰면서 무엇이 좋아졌는지, 어떤 점이 달라졌는지 말하고 있다. 마지막 5장에서는 잠시 방심하면 글쓰기에 소홀해지는 것을 예방하기 위해 각자 나름대로 터득한 비법을 공개한다. 글 쓰는 습관을 들이기 위한 갖가지 방법과 도구, 글 쓰는 시간, 글감 찾는 노하우 등 다양한 정보를 얻을 수 있다.

서점에 가면 글쓰기에 관한 책들이 가득하다. 네이버 검색창에 '글쓰기' 만 입력해도 수많은 글이 쏟아진다. 글을 쓰고 싶고, 잘 쓰려는 방법을 찾는 사람들이 많아지기 때문이 아닐까. 글쓰기를 시작하는 가장 좋은 방법은 쓰고자 하는 마음을 갖는 것이다. 단, 절실해야 한다. SNS, 메모, 일기 등 그저 한 줄만은 매일 쓰겠다는 각오만 있으면 누구든 시작할 수 있다. 자신에게 최적화된 방법과 도구를 장착하고 매일 쓰면 분명 삶의 깊이와 밀도가 달라진다. 글을 쓰는 시간만큼은 모든 화살표가 나에게 향한다. 나를 관찰하고, 나에게 집중하고, 나에게 묻고 대답하고, 나를 응원한다. 우리가 글쓰기를 멈추지 않는 이유이자 독자들에게 전하고 싶은 바이다.

물은 수도꼭지를 틀기 전에는 절대 흐르지 않는다. 한 번 틀면 거침없이 쏟아진다. 글쓰기도 다르지 않다. 쓰기 전까지는 전혀 쓸 만한 게 없어 보여도, 한 번 쓰기 시작하면 봇물 터지듯 쓸거리가 쏟아져 나온다. 만족스럽지 않은 글도 쓰다 보면 더 쓰고 싶은 욕구가 생긴다. 계속해서 쓰다 보면 언젠가 꼭지가 열리듯 막힘없이 시원하게 써질 날도 오지 않을까 싶다.

　"일기 한번 써 볼까?"
　"블로그에 여행기 한번 올려볼까?"
　"서평 한 번 써 볼까?"

쓸까 말까 고민하는 사람들에게는 동기를 부여하는 책, 좋은

〈들어가는 글〉 이 책에는 당신과 닮은 마음이 생생하게 담겨있다

줄 알지만 무엇을 쓰고, 어떻게 시작할지 고민하는 사람들에게는 소소한 비법을 알려주는 책, 글 쓴다고 뭐가 달라지나 의심하는 사람들에게는 초보 작가들의 경험을 공유하는 책이 되었으면 한다.

"글쓰기를 시작합니다"를 읽고 누군가 단 한 줄이라도 쓰기 시작한다면 더할 나위 없이 기쁠 것 같다. 서툴지만 고군분투하며 공들여 쓴 보람도 맛볼 수 있을 것 같다.

2022년 늦가을에 ...

작가 김경란

이 책에는
당신과 닮은 마음이
생생하게 담겨있다.
깊이 공감하고,
양 손바닥을 마주치며
'맞아, 나도 그래!' 라며
외칠 수 있지 않을까
기대해본다.

Contents
차례

〈제4장〉
: 글을 쓰고 달라진 일상

글 쓰 기 를　　시 작 합 니 다

제 1 장

나는 왜
글을
쓰려고
하는가

Contents

01

인생, 순한 맛을 진한 맛으로
바꿔주는 글쓰기

김경란

매일 글을 쓰고 책을 출간하는 사람은 따로 정해져 있는 줄 알았다. 선생님, 의사, 변호사 등 '직업'이라는 게 있지 않은가. 생계를 유지하기 위해 자신의 적성과 능력에 따라 일정 기간 계속하여 종사하는 일이 직업이란다. 글 쓰는 재능과 소질을 업(業)으로 삼은 사람이 바로 작가다. 나는 환자의 건강을 책임지는 간호사다. 글을 쓰지 않아도 사는 데 지장 없으니 꾸준하게 글을 써야 할 필요가 없었다. 친구나 부모님에게 편지 한 장 쓰는 데도 30분 이상 걸린다. 업무 보고서 몇 장 쓰는데도 적확한 단어를 찾느라 사전을 뒤적거려야 한다. 쓰고 지우기를 수없이 반복한다. 글을 쓴다는 것, 시간이나 노력을 많이 들여야 하는 대단한 작업으로 여겨졌다.

꾸준하게 글을 썼던 때가 있다. 매일 쓴 건 아니었지만 일주일에 2~3번 정도 나의 일상을 기록했던 SNS다. 10여 년 전 유행했던 카카오스토리. 기록했던 글을 가끔 읽어보곤 한다. 태어난 지 이틀 된 조카를 처음으로 안아 본 날, 야구장에서 방망이를 들고 LG트윈스를 응원하던 날, 몽글몽글한 구름을 보며 한강공원 산책을 했던 날 등 소소한 일상이 어렴풋이 떠오른다. 여행지에서 쓴 특별한 날의 사진과 기록도 고스란히 담겨있다. 사진 몇 장과 짧은 글로 느낌을 적어 둔 덕분에 과거를 되살려 볼 수 있다. 스마트폰만 있으면 언제든 열 수 있어서 할 일 없이 누워 있을 때나 빈둥빈둥 시간 보내면서 보기에 딱 좋다.

2012년 4월 18일이 첫 게시였다. 깨뜨리지 않고 세워놓은 달걀 사진 한 장 아래 "nothing impossible"이라고 쓴 한 줄이 전부였다. 엉덩이 쭉 빼고 식탁에 팔꿈치를 댄 채 숨을 멈추고 손끝에 집중했었다. 자꾸만 쓰러지는 달걀에 온갖 짜증을 냈던 기억이 난다. 꽤 긴 시간 공들인 끝에 성공했고, 환호를 부르며 찍은 사진이었다. 하지만 왜 그런 시도를 했는지는 도무지 기억이 나질 않는다.

2012년 7월 22일. 한 솥 가득 담긴 조개, 문어, 오징어, 가리비,

꽃게 사진으로 봐서 해물찜을 먹은 모양이다. '맛난 해물찜과 물회. 부산 해운대의 아름다운 밤'이라고 적혀있다. 기억이 났다. 친구 결혼식이 있어서 부산에 갔다가 동기들과 먹은 저녁 메뉴였다. 서울에서도 얼마든지 먹을 수 있는 해물찜. 바다를 바라보며 먹을 때는 무엇이 달랐을까. 해운대의 밤은 어떤 모습이었길래 아름다웠을까. 그때의 감정을 되살려보고 싶지만 잘 떠오르지 않는다. 10년 전 부산에 대한 기억은 친구가 결혼식을 올린 곳, 축하하러 간 동기들과 함께 해물찜과 물회를 먹었던 곳, 야경이 아름다웠던 해운대 모래사장을 걸었다는 것 외엔 남은 것이 없다.

여행 기록도 몇 개 있다. 2016년 11월 21일부터 30일까지 아이슬란드 여행의 기록에는 사진의 양도 어마어마하고 글도 꽤 자세하게 써놓았다. "00시 50분 경유지 네덜란드 공항에 도착, 11시간 비행으로 몸은 녹초가 되었지만, 네덜란드의 밤은 즐겨야지! 중앙역으로 이동하여 컴컴한 시내 구경", "네덜란드 비행기 좌석이 너무 좁았지만 그나마 나는 체구가 작아서 견딜 수 있었다.", "북두칠성은 밤마다 내 머리 위로 따라다닌다.", "꼭대기에 올라갈 때 부는 엄청난 바람에 내 몸이 휘청거렸다.", "이미 새하얀 세상이라 눈이 펑펑 내리는 것조차 보이지 않았다. 앞은 보이지 않고 차의 흔들림만 느껴졌다. 이보다 더 하얄 수 없는 상자 안에 우리를 몰아놓고는 밖에서 누군가 흔들고 있는 것 같았다." 등등. 무엇을 먹었는지, 무엇을 봤는지, 무엇을 했는지 구체적인 사실뿐 아니라 기분이나 감정까지 고스란히 남겨두었다. 읽다 보면 6년이 지난 지금도 아이슬란드에 있는 것 같은 착각이 든다.

쓰지 않으면 오늘을 되살릴 방법이 없다. 금방 달아나버리는 생각이나 감정, 기억들을 간단하게라도 기록해두고 싶어졌다. 글에는 생생함을 그대로 실을 수 있다. 그 생생함은 시간이 지나도 영원하다. 잊은 것 같은 기억도 순식간에 되살리는 수 있는 것이 '글'이다. 글쓰기의 힘을 알고 나니 쓰지 않을 수 없다.

유행 지난 카카오스토리 대신 블로그에 매일 글을 올리는 것으로 글 쓰는 습관을 들이기로 했다. 처음에는 억지로라도 글감을 쥐어 짜내어 한 편의 글을 쓰려고 노력했다. 하지만 재미가 빠진 의무감만으로는 지속하기 어려웠다. 내가 좋아하는 일을 글쓰기와 연결하면 좀 더 흥미를 붙일 수 있을 것 같았다. 한강 공원에서 달리는 걸 좋아한다. 달릴 때 머릿속은 생각의 한계가 없는 '자유로움' 그 자체다. 무심코 좋은 아이디어가 떠오를 때도 있고, 하루의 계획을 세우기도 한다. 말도 안 되는 엉뚱한 상상을 할 때도 있다. 글감 천지다. 쓸거리를 찾겠다고 마음을 먹으니 나의 행동에 작은 변화가 생겼다. 마주 오는 사람들의 표정이나 앞서 달리는 사람의 자세를 유심히 관찰하게 된다. 하늘의 색깔과 구름의 모양을 보면서 글로 쓴다면 어떻게 표현할지 생각해본다. 달리다가 잠깐 멈추어 화단에 핀 꽃봉오리 사진을 찍고 모양새를 관찰한다. 다 기억할 것 같지만, 집으로 돌아가서 막상 쓰려고 하면 생각나지 않는다. 스마트폰에 있는 음성녹음 어플이나 구글 음성 입력 기능을 활용하여 달리는 중에 쓸거리를 말로 기록해둔다. 운동을 다녀온 후 몸의 열기가 채 식기도 전에 키보드를 두드리는 맛은 개운하게 샤워하는 것 못지않은 묘한 매력이 있다.

글을 쓰다 보니 쓰고 싶은 것이 점점 많아지는데 블로그에 쓰자니 아무래도 좋은 글, 긍정적인 글만 쓰게 된다. 나만의 비밀 공간이 필요했다. 지극히 개인적인 일이나 속상하고 화나고 짜증나는 일 등 부정적인 감정을 공개한다는 것이 두렵고 망설여졌기 때문이다. 개인 노트에 쓰는 것을 병행했고 이것이 일기를 쓰는 계기가 되었다. 일기에는 나를 온전하게 드러낼 수 있는 장점이 있다. 기분이 좋았으면 왜 좋았는지, 화가 났으면 왜 화가 났는지, 어떻게 하는 것이 옳았을지 묻고 답하면서 마음껏 쓸 수 있다. 누군가에게 싫다고 하지 못한 말도 일기에서는 쓸 수 있다. 좋은 일도, 나쁜 일도 감정을 표현하고 나면 속이 후련해진다. 고급스러운 단어를 쓰려고 애쓰지 않아도 된다. 일기를 쓸 때만큼은 나의 기분이나 감정에 솔직해진다.

하루하루 살아가면 그만이지라는 생각으로 살았다. 강렬한 맛이 없었다. 내 인생을 굳이 맛으로 표현한다면 '순한 맛' 정도였다. 깊게 우러나는 진한 국물 같은 삶이 필요했다. 글쓰기는 더 잘 보고, 더 잘 듣고, 더 제대로 경험하게 만들어 주었다. 일상에서 만나는 모든 것들이 특별하고 새롭게 보였다. 흑백이던 세상이 컬러로 바뀌었다고 하면 과장된 표현일까. 아직 초보 작가에 불과하다. 하지만 지극히 만족스럽다. 지금까지 살아온 인생보다 더 다양하고 색감 있는 삶을 기대하다 보면 설렌다. 쓸 때마다 진해진다. 깊은 향과 맛으로 의미와 가치를 찾아보려 한다. 내가 글을 쓰는 이유다.

미러링 글쓰기

김지안

글을 쓰지 않는 사람들. '글을 쓰면 뭐가 달라지지?' 라며 의문을 품는다. 책 쓰기, 글쓰기와 관련된 책과 강의는 수도 없이 많다. 글쓰기가 필요하고 중요하지 않다면 이렇게 많은 강의와 책들이 쏟아져 나오지도 않을 텐데 말이다.

2021년 1월. 코로나19 여파로 도시는 봉쇄되었다. 근 1년째 외부 출입을 자유롭게 할 수 없었다. 백신은 여전히 연구 단계였다. 코로나 봉쇄가 시작되면서 회사에서는 모든 회의를 온라인으로 변경했다. 1980년대 영화 〈스타워즈〉에서 레이저 빔을 통해 레아 공주가 제국군을 피해 어딘가로 구조 요청을 하는 장면이 떠올랐다. 마치 내가 '스타워즈' 속 주인공이라도 되는 것처럼. 컴퓨터 모니터에 링크 접속 메시지가 뜨면 목소리를 가다듬고 머리를 매만졌다. 온라인으로 사람들과 연결이 될 수 있다니!

한국에서 멀리 떨어진 베트남에 사는 내가 온라인 독서 모임에 참여할 수 있게 되었다. 코로나 시국 전에는 상상도 못 했던 일이다. 컴퓨터 앞에 앉아서 1시간 동안 책을 읽고 읽은 책에 대해서 느낀 점을 발표하는 방식으로 진행했다. 온라인 독서 모임에 참여한 지 6개월쯤 되었을 때다. 그날 내가 읽고 나눈 책은 《이젠, 책 쓰기다》였다. 책을 쓴다는 의미는 독자가 필요로 하는 정보를 제공하거나 영감을 주는 행위라고 했다. 함께 책을 읽었던 참여자 중 한 명이 내 발표가 끝나자 나에게 말했다. 이번 기회에 신년 목표로 책 쓰기에 도전해 보라고 권했다. 무슨 일을 시작하기 전, 주변에 나의 계획을 공표하면 실행력이 높아진다고 했다. 4년간 책을 읽기만 했던 내가 난데없이 책 쓰기를 선언하고 말았다.

2016년 11월부터 독서를 시작했다. 자기계발서와 재테크 분야 책만 편독했다. 독서를 하면 성장할 수 있다기에 열심히 읽었다. 독서를 시작하고부터 해마다 60권 이상씩 정독했다. '벽돌책'이라 부르는 꽤 두꺼운 책도 상당수 읽었다. 글쓰기라고는 서평이나 독후감을 가끔 쓰는 게 전부였다. 급한 마음에 책 쓰기 관련 책 20여 권을 읽었다. 하지만 어떻게 써야 할지 막막하기만 했다. 나는 당장 책 쓰기를 배워보기로 했다. 충동적으로 책을 쓰겠다고 선언했지만, 내가 한 말에 책임을 지고 싶었다.

2021년 4월. 독서 모임 회원의 소개로 책 쓰기 과정을 수강했다. 수업을 들으면 들을수록 겸손해졌다. 책을 쓰기 이전에 글쓰기부터 배워야 했다. 어느 날 강의가 끝나가고 있었다. 스피커 볼륨을 최대치로 올려놓았던 차였다. "글 쓰는 삶을 응원합니다!" 갑자기 선생님의 큰 목소리에 귀청이 나가는 줄 알았다. 목청이 터지도록 글 쓰는 삶을 응원해 주는데 도대체 글을 어떻게 써야 하는 건지 답답했다. 나는 책 쓰기를 멈췄다. 대신 글쓰기부터 시작하기로 마음먹었다.

수업 시간에 선생님은 손수 쓴 일기장을 보여주셨다. 빽빽한 글씨로 가득 채운 B5 규격의 노트를 후루룩 넘기며 보여주셨다. 더 쓰고 싶어도 꼭 한 페이지, 쓸 말이 없어도 꾸역꾸역 꼭

한 페이지를 채워 매일 일기를 쓴다고 하셨다. 선생님이 보여주신 일기장은 글쓰기를 할 수 있을 것만 같은 실마리였다. 당장 일기를 쓰기 시작했다. 선생님과 똑같은 노트에 일기를 썼다. 선생님처럼 매일 하루도 빠짐없이 쓴다는 건 힘들었다. 초반 6개월 정도는 빼먹지 않고 꾸준히 써 나갔다. 어느 날은 누군가에게 서운했던 마음을 쏟아 놓기도 하고, 어느 날에는 해외에서 건강하게 일할 수 있게 해 준 신께 감사한다며 거창하게 쓰기도 했다. 6개월이 지나면서 슬슬 느슨해졌다. 일주일에 삼사일이라도 쓰면 잘했다고 스스로 칭찬했다. 회사 일이 바빠서 기운이 없는 날이면 책상 앞에 앉을 기력조차 없었다. 그래도 꾸역꾸역 일기를 쓰기 시작한 지 1년 5개월이 지나고 있다. 일기는 내 모습을 그대로 보여주는 거울 같았다. 내 모습이 객관적으로 보이기 시작했다. 나의 잘못된 태도도 보이기 시작했다. 하루하루를 되돌아보며 반성하는 날이 점점 많아졌다. 일기를 쓰면서 생각과 태도를 긍정적으로 바꿔나갔다. 글로나마 나보다 상대에게 초점을 맞추는 연습을 했다.

글쓰기는 다른 사람을 보듯이 나를 객관적으로 관찰할 수 있게 한다. 글쓰기 시작 전과 후. 나는 변화했다. 자의식 속의 부정적인 생각과 태도를 긍정적인 생각과 태도로 변화할 수 있었다. 글쓰기는 잠들어 있는 나의 감성을 깨워주고, 다른 사람과 공감할 수 있는 능력을 키워주었다.

지나치게 미래에 대한 걱정, 두려움, 불안증이 많았다. 그런 감정은 어디에서부터 오는지 궁금했다. 심리학자 어니 젤린스키의 《걱정에 관한 연구》를 읽은 후 용기를 낼 수 있었다. 내용은 이렇다. 걱정의 40%는 절대 일어나지 않으며, 30%는 이미 일어났던 일이 또 일어날까 미리 걱정하는 것이다. 걱정의 22%는 너무 사소해서 무시해도 좋을 일이고, 걱정의 4%는 바꿀 수 없는 일이거나 어쩔 수 없는 일이라 한다. 내가 걱정한다 해서 바뀌지 않을 비중이 96%라니. 지금 고민해서 바꿀 수 있는 건 고작 4%일 뿐이다.

연구 결과를 읽고 난 후, 생각을 바꾸기로 했다. 걱정하고 두려움에 떨기보다는 지금 내가 사는 현재 순간에 최선을 다하기로 했다.

사람은 누구나 자기 생각과 행동이 옳다는 전제하에 살아가는 듯하다. 그래서 나름의 의견과 주장이 있고, 그 의견과 주장을 관철시키기 위해서 목소리를 높이기도 한다. 짚어 봐야 한다.

옳다는 근거는 무엇인가? 각자의 성장 환경과 배움의 정도, 습관, 성격 등 각양각색인데 어떤 기준으로 무엇이 옳다고 할 수 있을까? 이럴 때 명심해야 할 것은 자신의 모습을 객관적으로 볼 수 있는 힘을 키워야 한다는 것이다. 쉽지 않다. 주관적 개인이 객관적으로 자신을 보기 위해서는 한 걸음 물러나야 하고, 이것을 가능케 하는 것이 바로 글쓰기다. 나는 글을 쓰면서 내가 하는 생각과 말과 행동을 아주 조금씩이나마 보기 시작했다. 때로 부끄럽기도 하고, 때로 이게 아닌데 싶기도 했다. 쓰지 않았으면 몰랐을 나의 진짜 모습이다. 앞으로 더 많은 글을 쓰면서 내 모습을 속속들이 알아갈 거라고 짐작하면 기분 좋은 떨림이 일어난다. 책을 읽으면서, 글을 쓰면서 '나'라는 존재를 살피는 모든 순간이 나를 더 성장하고 발전하도록 만들어 줄 거라 생각한다.

우리는 답을 찾을 것이다.
언제나 그래왔듯이

서영식

〈무엇이든 물어보세요〉라는 TV 프로그램이 있다. (요즘은 무엇이든 물어 보살이 더 유명한 프로그램이긴 하지만) 1983년부터 시작된 장수 프로그램이다. 생활 정보, 실생활에 필요한 주제를 선정하고 전문가와 함께 정확한 지식을 전달한다. 모르는 게 있어서 답답하거나 궁금할 때 가르쳐 줄 사람이 있으면 얼마나 좋을까? 살면서 해답을 찾고 싶을 때 책을 통해 많은 도움을 받는다. 몇 년 전에 구청에서 주최하는 백일장 대회에 온 가족이 다 함께 참가했다. 즉석에서 원고지에 정해진 시간 안에 시를 써서 제출하고 나면 심사 후 시상을 한다. 참가하기 전 강신장 작가의 《감성의 끝에 서라》라는 책을 읽고 시를 쓰는 방법을 배울 수 있었다. 시인의 눈으로 사물을 바라보는 방법을 알려주는 책이다. 여러 가지 사례를 보고 아이디어를 많이 얻었다. 백일장 대회 당일 '새벽'을 주제로 시를 썼는데 생각하지도 못했던 장려상을 받았다. 새로운 일을 하거나 해결해야 할 일이 있을 때 책을 통해서 원하는 답을 찾는다. 보고서를 쓰고 발표를 할 때, 사춘기 자녀와 대화가 필요할 때, 인간관계로 고민될 때, 업무를 잘하는 방법, 시간 관리 방법, 삶을 살아가는 지혜, 재테크 등등 궁금하거나 필요한 정보를 책 속에서 얻을 수 있다.

헨리에트 앤 클라우저 박사가 쓴 《종이 위의 기적, 쓰면 이루어진다》라는 책이 있다. 하고 싶은 일을 글로 써놓고 도전하면 이루어진다고 한다. 내가 꼭 하고 싶은 일 목록에도 책 쓰기는 제일 첫 번째에 있었다. 항상 마음속에 글을 써서 책을 내고 싶다고 생각했다. 내가 쓴 글이 책으로 나오는 상상도 많이 했다. 막연하게 책을 내고 싶다는 생각만 했다. 목적도 없었고 글은 많이 쓰지도 않았다. 대신 유명하다는 글쓰기, 책 쓰기 관련 강의에 많이 참석했다. 관련 책도 많이 읽었다. 공통된 내용은 '일단 글을 써보라는 것'이었다. 무작정 쓰는 것이 좋은 방법이라고 한다. 나는 왜 쓰는지 목적을 알게 되면서 더 쓰고 싶은 마음이 강해졌다. 목적이 생기니 동기부여가 되고 글을 쓰게 된다.

작년 8월부터 자이언트 책 쓰기 강의를 듣고 있다. 내가 글을 쓰고 싶어 하는 이유와 왜 써야 하는지에 대한 목적을 분명히 알게 되었다. 회사 일을 하거나 일상생활에서 누군가에게 도움이 되는 일을 했을 때 보람을 느낀다. 알고 있는 지식이나 경험으로 도움을 받고 고마워하는 사람이 있을 때 행복하다. 내가 쓴 글을 읽은 사람에게 도움을 주고 싶은 마음으로 쓴다.

글쓰기를 하면서 왜 글을 쓰는지 질문을 하고 그 답을 나름대로 세 가지로 찾았다.

첫째, 경험을 기록으로 남길 수 있다. 내가 경험한 일들을 남겨 놓으면 언제든지 볼 수 있다. 예전에 경험한 유사한 상황이 발생했을 때 내가 쓴 글을 보고 해결 방법을 찾을 수도 있다. 업무를 하다가 회의가 있을 때면 메모를 열심히 한다. 메모한 내용을 다시 찾아보고 적용할 일이 있다. 지난 회의 때 어떻게 했었지? 회의 내용이나 해야 할 일을 메모해 놓으면 안정감이 든다. 기록하지 않으면 기억이 잘 안 난다. 같은 장소에서 같은 내용을 들어도 서로 다른 생각을 얘기한다. 그럴수록 메모한 내용을 보고 전후 관계를 확인해야 한다. 아니면 엉뚱한 방향으로 전혀 다른 결과물을 만든다. 나의 메모와 다른 사람이 기록한 내용을 같이 보고 공통된 내용으로 정리한다. 기록이 없으면 기억하기 어렵다. 중·고등학교 다닐 때 매일 일기를 썼다. 성적이 떨어져서 걱정하고 좌절하기도 했었고, 하루 일상을 즐겁게 보낸 추억도 있다. 내가 일기를 쓰지 않았다면 지금 그 시절을 기억할 수 있을까? 글쓰기는 누구도 대신할 수 없는 나의 경험을 남기는 기록이다. 지난여름에 내가 뭐 했지? 생각하면 기억이 잘 안 난다. 핸드폰에 있는 사진을 보면 어디에 갔는지, 가서 무엇을 했는지 기억이 난다. 그 순간의 느낌은 기억이 잘 안 난다. 글을 써 놓으면 마치 어제 간 것처럼 생생하게 남길 수 있다. 기억을 남기면 추억이 되고, 좋았던 일과 아쉬웠던 일을 모두 알 수 있다. 최근 시간여행이라는 주제로 드라마나 영화가 유행했던 적이 있다. 과거와 미래를 넘나드는 주인공을 보면서 나도 저렇게 해봤으면 하는 생각이 들기도 했다. 글쓰기를 통해 현재의 나와 과거의 나를 만나는 시간을 가질 수 있다. 미래의 내 모습도 상상해 볼 수 있다.

둘째, 글쓰기를 통해 더 나은 삶을 살아가는 방법을 배운다. 글을 쓰면서 삶의 중심을 잡고 흔들리지 않게 된다. 누군가에 휘둘리는 게 아닌, 중심을 잡고 나를 지켜내는 삶을 살기 위해 글을 쓴다. 글쓰기를 통해 나를 잘 관찰하고 마음을 들여다본다. 눈으로 보고 확인하고 생각만 하면서 나를 돌아보는 것과 다르다. 글을 쓰는 행위는 에너지가 많이 든다. 나의 마음 상태가 어떤지. 불안한지. 걱정되는지. 기쁜지. 슬픈지. 화가 나는지. 말을 하면 말하는 순간만 기억하지만, 글은 계속 기억할 수 있는 흔적을 남긴다.

셋째, 글쓰기는 나의 마음을 깨끗하게 청소해 준다. 목욕탕에서 몸 구석구석을 들여다보고 정성껏 씻는 것처럼, 글을 쓸 때도 나의 모습을 자세히 들여다보게 된다. 뭔가 불안하고 불편한 마음을 글로 옮겨 놓으면 마음이 정리된다. 기분이 나쁠 때는 왜 나쁜지 막 써본다. 다 쓰고 나서 읽어 보면 하나씩 정리가된다. 이런 게 나의 마음을 불편하게 하는구나. 이런 상황에 자존심의 상처를 받는구나. 이럴 때 이런 행동은 기분 나쁘게 하는 요인이 되는구나. 기분이 좋을 때도 좋은 이유를 써본다. 내가 이럴 때 기분이 좋구나. 나는 이런 일로 좋은 느낌을 받는구나. 특히 누군가를 가르쳐 주고 배운 사람이 잘 활용할 때 기분이 좋다. 나의 고마움을 알아주는 사람을 만나면 더욱 기쁘다. 내가 알고 얻은 지식과 경험을 알려주고 좀 더 잘 활용할 수 있도록 방법을 가르쳐 주고 싶다. 말로써 하는 것도 좋지만, 글을 통해 자세하게 알려줘서 보다 나아질 수 있으면 하는 마음에 글을 쓴다.

한 번밖에 없는 인생! 마냥 좋을 순 없지만, 더 좋은 모습으로 살아낼 수는 있는 방법이 글쓰기다. 글로 남겨 놓으면 나를 돌아볼 수 있다. 내가 어떻게 살고 있는지 더 잘 살기 위해 어떻게 해야 하는지 알 수 있다. 글쓰기만으로 부족한 부분은 독서를 통해 채운다. 볼거리가 너무 많아서 책을 잘 안 읽게 된다. 한 달에 두 번 독서 모임 참여를 통해 억지로(?)라도 책을 읽게 된다. 책을 읽고 다양한 사람의 얘기를 듣는다. 사람들의 이야기를 통해 내가 알고 있는 것과 또 다른 세상을 만난다. 독서 모임에 있었던 내용을 글로 써서 남기는 것도 좋다. 그냥 노트에 휘갈겨 놓으면 다음에 읽기가 어렵다. 어딘가에 옮겨놔야 한다. 내가 느끼고 좋았던 것들을 나누고 싶다. 좋은 게 있으면 사랑하는 사람들에게 주고 싶은 마음이다. 말로 하면 금방 잊어버린다. 글은 읽는 사람이 생각하고 자신도 모르게 기억하게 한다. 말하기보다 글쓰기가 힘이 더 세다.

인생에 정답은 없겠지만, 정답을 찾기 위해 노력하는 과정은 꼭 필요하다고 생각한다. 그 과정에서 더 나은 나로 성장할 수 있다. 글을 쓰는 것은 삶의 정답을 찾는 과정이다. 기분이 좋을 때는 왜 좋은지, 속이 상할 때는 왜 그런지, 도전과 실패와 성공의 근원이 무엇인지, 어떻게 살아야 하는지, 나는 어떤 존재인지, 어떻게 다른 사람을 도울 것인지 숱한 질문들 앞에서 한없이 작아진다. 그래도 생각 없이 살았던 때와 비교하면 나는 무한히 행복하다. 내 삶을 내 손에 쥐고 살아간다는 주체적 사고가 흔들리는 마음을 바로잡아주기 때문이다. 매일 글을 쓴다. 부족하고 모자란 글이지만, 불완전한 인생이지만, 해야 할 일도 많고 배워야 할 것도 많지만, 이 모든 답을 찾아 한걸음 씩 나아가는 순간들을 소중하게 여기기로 했다. 글쓰기는 인생의 길을 밝혀주는 등대이다.

04

요가와 글쓰기

서유정

2006년 5월. 첫 요가 수업. 시작 전부터 회원들은 몸 푸느라 바쁘다. 다리찢기 동작을 하는 사람, 거꾸로 물구나무서는 사람, 눈 감고 명상하는 사람. 모두 대단한 고수들 같았다. 괜스레 음향시설을 이것저것 만지작거렸다. 이유 없이 화장실을 두 번이나 왔다갔다했다. 화장실 거울을 보며 멀쩡한 머리를 풀었다 묶었다 반복했다.

오전 9시. 수련실이 가득 채워졌다. 매트 위 열다섯 명의 눈빛이 일제히 나를 따라 움직인다. 초보 강사가 긴장하기 충분했다. "나마스테!" 다행히 회원들의 목소리는 활기차다. 수업 앞부분은 무난히 흘러가는 것 같았다. 다음 자세로 이어 가려 하는데 생각이 나질않는다. 몇 초의 정적이 흘렀을까? 겨우 생각해 낸 자세 이름이 생각나지 않아 얼버무렸다. 당황하니 말이 꼬이기 시작했다. 말이 꼬이니 사람들 눈치가 보였다. 더 심각한 건 지금부터였다. 시계를 보는 순간. 눈을 의심했다. 준비한 동작을 다 해 가는데 고작 20분이 흘렀을 뿐이다. 식은땀이 났다. '50분이 원래 이렇게 길었나?' 회원들을 자세에 오래 머물게 하면서 버텼다. 40분을 겨우 채웠다. 남은 10분을 더 끌고 갈 요령은 없었다.

"오늘 수업 마무리하겠습니다. 나마스테!"

시작할 때 생기 넘치던 회원들의 목소리는 온데간데없었다. 목소리 볼륨이 반은 줄어 있었다.

집에 돌아오는 길. 마음이 불편했다. 마침 전화벨이 울렸다. 관장님이다. 회원들은 수업이 끝나자마자 안내 데스크로 달려왔다고 한다. '전에 계시던 선생님에 비해 경력이 너무 없는 것 같다.' '못 가르친다.' '별로다.'

오늘은 회원들에게 어떤 불만을 듣게 될까? 수업하러 가는 길. 마음은 매일 가시밭길 같았다.

안내데스크를 지나는 것은 늘 큰 관문이다. 출근, 퇴근길에 지나야 하는데 오늘도 사람들이 모여 있다. '또 내 이야기를 하는 건 아닐까?'

수업 전 문 앞에서 서성거린다. 한 명이라도 더 들어오면 좋겠다 기대하지만. 빈자리는 매일 늘어갔다. 관장님이 나를 불렀다. 사장님과도 만났다. 회원들이 강사를 교체해 달라 건의했다고 한다. 얼굴이 붉게 달아올랐다. 쥐구멍이라도 있으면 숨고 싶었다.

수업을 시작한 지 2주 정도 지났을 무렵이었다. 수업 후 엄마의 전화를 받았다. 순간, 세상 모든 것이 멈춰 버리는 것 같았다. '꿈인가?' 믿을 수 없었다. 함께 살고 계시던 할아버지께서 돌아가셨다. 매일 수업하며 회원들의 불만을 듣다 보니 요가 수업에만 마음이 쏠려 있었다. 그날은 수업하러 가며 할아버지 방에 들러 문안 인사를 하는 것도 건너뛰었다.

장례기간 동안 나 대신 수업 할 수 있는 선생님이 필요했다. 관장님께 상황을 설명했다. 회원들에게 시달린 탓인지, 대리수업 선생님을 대신 구해 줄 수 없다고 했다. 나도 초보 강사라 아는 선생님이 없었다. 아침에 나와 수업을 하고 갈 수 없겠냐고 물었다. 깊은 한숨이 새어 나왔다. 세상은 녹록지 않았다. 결국 할아버지 장례 기간 중에도 수업을 해야 했다.

그때는 나를 돌아보는 방법을 몰랐다. 그저 나를 비난하는 회원들이 미웠다. 내 편이 되어 주지 않는 관장님에 대해 미움과 분노를 쌓아갔다. 붓다는 누군가를 미워하고 원망하는 것은 다른 사람에게 숯덩이를 던지려고 내 손에 쥐고 있는 것과 같다고 했다. 결국, 숯덩이를 상대에게 던지기 전에 내 몸이 먼저 화상을 입는 것이다. 즉, 원망하고 화나는 마음을 붙잡고 있으면, 상대를 공격하기 전에 내가 먼저 다친다. 매일 화를 곱씹다 보니 짜증, 우울, 분노. 부정 감정 종합세트가 된 것 같았다. 매일 하루를 보내는 시간이 고통이었다.

어느 날이었다. 답답한 마음에 책상 정리를 시작했다. 서랍 안에 아껴두었던 노트를 발견했다. 핑크 바탕의 다양한 색상에 동그라미 모양이 그려져 있는 노트였다. 예전에 안 좋은 일이 있을 때 일기를 쓰면 마음이 편했던 기억이 있다. 답답한 마음을 한번 적어보기로 했다. 처음에는 누가 보는 것도 아닌데, 솔직하게 쓰기가 어려웠다. 며칠을 쓰다 보니 마음 안에 있는 이야기가 조금씩 솔직해지기 시작했다. '누구나 시작은 있는 거잖아. 너무들 한다.', '못된 사람들.' '나빴어.' '두고 보자. 내가 실력을 쌓아서 꼭 필요한 사람이 될 거야. 붙잡아도 나가 버릴 거야.' 지금 읽어 보면 헛웃음 나오는 이야기이지만, 그때는 진지했다. 간절했다. 마음을 있는 그대로 써보는 것은 꽤 효과가 있었다. 분노로 가득 찬 마음을 진정시켜 주었다. 후련했다. 누가 내 이야기를 들어주고 공감해 주면 그 자체로 위로가 되는 것처럼. 글쓰기를 통해 스스로 공감해 주고 위로해 주었던 날이었다. 적다 보니 다르게도 생각할 수 있었다. '어떻게 하면 상황을 더 좋게 만들 수 있을까?' 늘 감정적이던 내가, 스스로 이성적인 질문을 하게 되었다. 그 후 명상을 배우며 알게 되었다. 현명한 선택은 마음이 고요해진 다음에야 이루어질 수 있다는 것. 바뀌어야 하는 것은 요가 수업을 들으러 오는 회원들이 아니었다. 바로 나였다. 상황이 이렇게 되는데 가장 큰 원인이 있었다. 내가 요가 수련 경험이 아예 없다는 것이었다. 경험이 필요했다. 수련을 직접 경험해 본 적도 없는데 실전에 겁 없이 뛰어들었다.

요가원에 등록하고 수련을 시작했다. 학생의 자리로 돌아가 온전히 경험하였다. '아! 이게 요가구나.' 처음 알게 되었다. 숨을 쉬는 것, 선생님의 친절한 안내 가이드, 자세를 올바르게 취할 수 있도록 해주는 따뜻한 손길, 수련 후 몸뿐 아니라 마음도 편안해졌다. 나는 한 달 동안 요가를 모른 채 가르쳤다는 것을 그제야 인정하게 되었다. 마지막 휴식 자세에서 아로마 향이 뿌려진 수건을 선생님께서 눈 위에 올려주셨다. 천국을 맛본 느낌이랄까. 처음 느껴보는 편안함과 행복감이었다. 그것은 선생님의 마음이자 학생들을 향한 정성이었다. 수련을 통해 배운 경험을 회원들에게 나누고, 마음도 나누기 시작했다. 회원들도 마음의 문을 열기 시작했다. 나를 바라보는 눈빛이 한결 따뜻해졌다. 한 달 만에 수업에 참여하는 회원들의 표정 변화를 느낄 수 있었다.

"허리가 아팠는데 움직이고 나니 괜찮아졌어요."

"몸이 무거웠는데 훨씬 좋아요."

"신경 쓸 일이 있어서 마음이 산만했는데 요가 하는 동안 다 잊어버렸네요."

회원들은 자신의 경험을 이야기하기 시작했다. 참여하는 인원도 늘어났다. 요가실 안으로 매트 펼 자리가 없어 회원들이 들어오지 못하는 상황이 벌어지기 시작했다. 관장님과 사장님에게 다시 불려갔다.

"서 선생, 한 달 동안 무슨 일이 있었던 거야?"

이제 17년 차 요가강사다. 답답한 마음을 글로 써보지 않았다면 지금과 다른 삶을 살고 있지 않을까? 자존감이 떨어져 요가를 떠났을지도 모르겠다. 노트를 펼쳐 마음을 적어보았던 경험은 더 나은 삶으로 변화시켰다. 내 삶의 최악의 순간 만난 요가와 글쓰기는 삶을 이끌어주는 원동력이 되었다.

요가와 글쓰기. 참 닮았다. 요가는 몸을 유연하게 만들어 준다. 글쓰기는 생각을 유연하게 만들어 준다. 요가는 정신을 집중하게 만든다. 글쓰기도 다를 바 없다. 요가는 요가매트 하나만 있으면 된다. 글쓰기는 펜과 종이만 있으면 충분하다. 요가는 혼자서 하는 수련이다. 글쓰기? 철저히 혼자서 써야 한다. 요가는 움직이는 명상이다. 글쓰기는 삶을 성찰하게 한다. 요가와 글쓰기. 나란히 놓고 이야기하자면 끝도 없다. 마치 두 가지를 일부러 비슷하게 만들어 놓은 듯하다. 요가와 글쓰기를 통해 내 삶이 더 아름다워질 거라는 은근한 기대가 나를 설레게 만든다. 글 쓰는 요가강사. 정체성의 확립은 자신감과 자존감을 드높여 준다. 오늘도 글을 쓰고 수련한다.

잃었던 꿈을 다시 찾기 위해

엄지인

어릴 적 나의 꿈은 여류시인이었다. 왜 시인이 되고 싶었을까? 그 이유는 아직도 모르겠다. 단지 여류와 시인이 어우러져 풍겨내는 지적인 허영심 때문이었을 것이다. 시골의 작은 면 소재지에서 베이비붐 세대로 태어나 농사를 짓고, 장사를 해서 겨우 먹고사는 고만고만한 정도의 살림살이로 어려운 환경이었다. 당시만 해도 흔치 않은 맞벌이 부부였던 우리 부모님 중 엄마는 한복 바느질을 하셨고, 아버지는 멀리 강원도에 있는 탄광에 다니며 월급 생활을 하셨는데, 그나마 학자금도 지원되는 정도였으니 부자처럼 보였다.

'달님 씨'는 엄마의 애칭이다. 달 월(月), 맡길 임(任)자로 엄마에게 애교를 부리며 안아드릴 때 쓰는 호칭이다. 지혜롭고 현명한 엄마의 학력은 국졸이셨지만, 자식들을 위해서는 쌀을 살

돈이 없어 외상 쌀을 사 먹더라도 책 장사가 오면 거절하는 일 없이 도서 전집을 구매하셨고, 그 결과 방 한 면이 책으로 꽉 채워져 있어 다른 사람들이 우리 집을 보면 부러워할 정도였다. 그래서였는지 나와 동생들은 책 읽는 것을 즐겨 했고, 엄마가 바빠 챙겨주지 못해도 우리 삼 남매는 별 탈 없이 잘 자랐다.

내가 다닌 여자 중·고등학교는 가톨릭 재단 소속이었기에 선생님들 대부분이 수녀님이었다. 아침마다 명상의 시간과 큰 도서관이 있어 점심시간이 되기 전에 도시락을 까먹고 종이 울리면 바로 도서관으로 뛰어가는 것이 즐거움이자 행복이었다. 그런 나를 친구들은 책벌레라고 이름 붙여줬다. 주말이면 수녀님들과 가까운 시냇가에 도시락을 싸서 소풍을 갔다. 물장난도 하고 수녀님의 기타반주에 맞추어 노래를 부르거나 책 읽은 것들을 이야기하는 등 아름다운 추억을 만들었다. 감수성이 가장 예민하고 삶의 고민이 가장 많았던 때를 꼽자면 아마 이때가 아니었을까 싶다. 친구들이 가톨릭 세례를 받는 것을 보고 나 자신이 세례를 받을 자격이 되나에 대한 의문으로 혼란스러울 때 이문열의 《사람의 아들》을 읽으며 종교에 대한 나름의 해결책을 발견했고, 펄 벅의 《대지》를 읽으며 광활한 중국을 꼭 가봐야겠다고 꿈을 키웠던 여고 시절이 없었다면 지금의 나는 다른 사람이 되어 있었겠지….

누구나 사춘기 시절 한 사람을 짝사랑해 본 기억 하나쯤은 가슴에 묻고 살아가리라. 우리 부모님과 옆집 오빠네 부모님과는 자주 모여 밥을 먹거나, 맛있는 음식이 있으면 서로 나누어 먹던 사이라 우리는 당연히 가까운 오누이처럼 어울려 다니곤 했었다. 중학교에 입학하고부터 남학교, 여학교로 나누어지면서 같은 골목에서 마주쳐도 못 본 척 고개를 돌려버리게 되고, 말한마디 못 하고 얼굴만 빨개지면서 서로 낯선 사람처럼 서먹한 관계가 되어갔다. 책을 읽다가도, 친구들과 깔깔대다가도 그 오빠 이름만 떠올리면 가슴이 두근거리고, 슬퍼지기도 하며 나홀로 가슴앓이했다. 부치지도 못할 편지를 썼다 지웠다 하며 하얗게 밤을 지새우던 숱한 날들. 그 소중한 감성들을 모아 글을 쓰는 작가가 되고 싶다는 꿈을 꾸기 시작했다. 나의 첫사랑은 초등학교 4학년 때부터였으니, 일찍이 조숙했던 나는 옆집 오빠 외에 다른 남자애들은 남자로 보이질 않았다. 키도 작고, 눈도 작고, 잘 생기지도 못한 사람이 너무나 크나큰 우상으로 보였던 것은 아마도 내 눈에 콩깍지가 쓰여 있었나 보다. 사랑하기엔 아직 어린 나이, 좋아한다는 감정을 드러내놓을 수도 없는 조막만 한 가슴만 콩닥콩닥했다. 오빠를 어떻게 하면 만날 수 있을까 생각하며 우연히 마주친 척 동네를 이리저리 헤매고 다니던 낯 붉어지는 그 시절, 오빠의 마음을 사로잡고 싶은 마음에 밤하늘의 별과 달을 소재로 연애편지를 써서는 동생에게 과자를 사주면서 심부름을 시켰는데, 그만 오빠의 엄마에게 들켜 다시 집으로 되돌아왔고, 엄마가 낭독을 해주시는 해프닝이 있었다. 그 후 차곡차곡 모아둔 비밀 편지들은 내겐 가장 소중한 보물이 되었다.

밤하늘의 별과 달, 바람 구름, 비, 눈 등의 자연이 주는 소재들이 편지의 주된 내용이었지만, 그 속엔 오빠를 향한 그리움과 동경을 담았고, 시를 쓰는 시인이 되고 싶은 꿈을 안겨주었다. 오래도록 한 사람을 좋아했던 시간이 오늘의 나를 글을 쓰고 싶어지도록 만든 계기가 되었고, 문예창작과로 전공을 선택한 것도 어린 날의 첫사랑 때문이었다. 나의 젊은 날은 오로지 한 사람을 위한 연민의 글을 쓰는 일이 인생의 전부인 듯 살았다. 살아가는 일이 힘겨워 나 자신을 탓하며 생을 마감하고 싶다고 생각하다가도 비밀 편지함을 꺼내 가물거리는 추억을 떠올리며 삶의 의욕을 다시 찾아 희미해진 꿈의 끄나풀이라도 잡아야겠다고 다짐했었다.

나를 형성시켜 준 독서와 오빠에 대한 연민이 뿌려 준 씨앗들이 자라기 시작한다. 내 나이 육십. 꿈을 이루기 위해 하루 8시간 이상 자던 수면 습관을 바꿔 모닝 루틴을 시작으로 감사일기와 아침 독서를 체득해 가는 나를 발견한다. 호랑이는 죽어서 가죽을 남기고, 사람은 태어나 이름을 남겨야 한다는 것이 나의 신조였다. 삶을 비관하며 염세주의에 빠져 먼지 같은 티끌로도 남지 말아야겠다고 맹세했던 젊은 날은 어디 가고, 내 삶의 흔적을 남기고자 글을 쓴다고 하니 아이러니하다. 나이가 들어감에 따라 자연의 오묘한 이치와 신이 주신 아름다운 세상을, 비록 옹색한 찬양일지라도 그 아름다움을 표현하고 노래하는 작가가 되고 싶은 마음이 간절하다. 흙으로 돌아가는 자연의 이치에 순종하며 스스로 가치를 확인하고 삶을 정리하는 의미의 글쓰기 작업이 되었으면 한다.

작가에 대한 꿈은 중학교 2학년 때부터 꾸게 되었다. 당시 처음으로 읽은 리처드 바크의 《갈매기의 꿈》에서 주인공 조나단 리빙스턴의 '가장 높이 나는 새가 가장 멀리 본다' 라는 꿈을 넘어 삶의 궁극적인 의미를 찾아가는 여정을 통해 글을 쓰고 싶다는 꿈을 키워갔다. 소녀의 감성으로 여러 편의 시를 짓고 글을 쓴

적이 있었다. 수준은 형편없었지만, 그때의 행복했던 마음이 아련하다. 언젠가 책을 쓰고, 그 책을 읽을 수많은 독자들에게 나의 이야기를 통해 위로와 희망의 메시지를 전할 수 있을 거라 믿고 살았다. 삶은 녹록지 않았다. 먹고 살기 힘든 세상이라지만, 나 또한 예외가 될 수 없었다. 돈, 가족, 친구, 무엇 하나 순조롭게 되는 일이 없었다. 치열하게 살아가는 동안 나는 꿈을 접을 수밖에 없었다.

논어의 위정편에서 공자는 이순, 즉 예순 살에는 생각하는 것이 원만하여 어떤 일을 들으면 곧 이해가 되었다고 했다. 지난 삶을 돌아보며 숨을 크게 쉴 때가 되니, 문득 그 시절의 꿈이 되살아났다. 늦었다는 생각이 들었지만, 한 번 도전해 보고 싶다는 욕구도 생겼다. 글을 쓰기 시작했다. 책을 출간한다는 희망도 생겼다. 꿈이 되살아난 느낌을 어찌 말로 표현할 수 있을까. 일이 늦게 끝나 피곤하고 지치는 날이 많지만, 밤늦게 책상 앞에 앉아 하얀 종이 위를 나의 글로 채워간다. 꿈을 향해 나아가는 시간이 이토록 행복할 줄이야!

06

오늘도 일단 '발행'이다

이윤정

재테크 카페에서 첫 유료 정규강의를 수강했다. 강의 후기를 남기는 과제가 있었다. 평일 저녁 수업을 마치고 집에 오니 피곤해서 바로 잠이 들었다. 과제는 꼭 제출해야 하는 성격이라, 강의를 복습하고 후기를 쓰기로 했다. 수업 내용은 공개하지 않고 강의에 대한 소감만 남긴다. 초등학교에 다닐 때부터 독후감 쓰는 과제를 참 싫어했다. 감정표현에 서투르니 후기를 어떻게 써야 할지 막막했다. 어쨌든, 첫 번째 강의 후기는 텍스트 열 줄 정도의 딱딱한 겉치레 인사와 잘 들었다는 정도로 꾸역꾸역 채웠다. 두 번째 시간에 베스트 후기를 선정해 공개했다. 당연히 내가 쓴 후기는 아니었다. 강의 때 느꼈던 분위기를 완벽하게 녹여낸 듯 움직이는 그림과 함께 글쓴이의 감정이 돋보였다. 따라 해보고 싶었다. 베스트 후기를 벤

치마킹해서 두 번째 과제는 감정을 조금 덧붙여 적었다. 세 번째, 네 번째 강의로 갈수록 후기가 점점 길어졌다. 강의를 들을 때 생각나는 과거 나의 경험을 글에 녹여내기 시작했다. 빠짐없이 후기를 남겼다. 3년간 꽤 많은 재테크 강의를 들은 프로 수강러였다. 후기가 꽤 쌓였다. 후기도 써보니 실력이 늘었다. 공감과 댓글 숫자도 조금씩 늘어갔다.

본격적으로 책을 읽기로 다짐했다. 《독서 천재가 된 홍대리》를 시작으로 100권을 읽겠다는 목표를 세웠다. 그런데 수십 권의 책을 읽어 갈수록 읽고 싶은 책이 오히려 늘어갔다. 자연스레 책 읽는 시간도 쌓여갔다. 읽은 책을 모두 머릿속에 넣을 수 있을 줄 알았지만, 시간이 지나면서 기억 저편으로 사라져갔다. 순간, 나만의 언어로 된 기록이 필요하다는 것을 깨달았다. 책 한 권 전체를 손으로 필사해 보기도 했다. 저자의 생각을 그대로 따라가는 듯했다. 임장 보고서를 작성할 때도 그랬다. 가장 마음에 든 보고서를 양식으로 만들고, 분석 대상 지역을 양식에 따라 하나씩 따라 적었다. 분석가의 사고방식대로 지역만 바꾼 후, 보고서 구성 그대로 그림과 내용을 모방한다. 잘 쓰인 보고서는 그래프와 표, 데이터 외에도 분석자의 생각이 적혀있다. 보고서의 생각 틀을 그대로 복사했다. 예를 들어, '광진구에서 가장 평균 나이가 어린 동은 OOO' 이라면, 나는 '송파구에서 가장 평균 나이가 어린 동은 XXX' 형태로 손수 찾아 대입해 본 것이다. 분석자의 생각을 고스란히 좇아가는 방법이다. 어떤 순서로 데이터를 분석해야 하는지 사고의 흐름을 배우는 과정이기도 하다. 분석가의 생각이 고스란히 내게 전이되는 듯했다. 그냥 읽는 것과 직접 조사하고, 직접 쓴 보고서는 확연히 달랐다.

한때 SNS에 빠진 사람들은 시간을 낭비하는 사람인 줄만 알았다. SNS를 시작해 보고서야 그게 아니란 걸 알게 되었다. 글은 나를 표현하는 수단이다. 혼자 있을 때조차 우리는 타인의 영향을 받는다. 표현하지 않으면, 사람들 간의 교류도 줄어든다. SNS 활동하는 사람은 그만큼 자신의 시간과 정성을 쏟아붓는 사람들이었다. 인플루언서들도 처음에는 0에서 시작했을 것이다. 처음으로 강의 후기를 남기기 시작했다. 블로그 포스팅도 시작했다. 처음이 어려웠다. 시작은 누구나 어설프다. 그래도 절반은 성공이다. 어떤 글이든 시작하여 단 한 줄을 쓴다. 그 한 줄을 값지게 여기며 꾸준히 기록하면 두 줄이 되고, 어느새 두 줄이 네 줄로 늘어난다.

온라인 카페에서 적극적으로 활동한 적이 있다. 단, 남과 다르게 나를 보여주고 싶었다. 나뿐 아니라 카페 회원들에게도 좀더 가치 있는 시간으로 만드는 방법을 찾고 싶었다. 영혼 없이 '안녕하세요.' 달랑 남기는 인사말 대신, 새벽에 읽은 책 속의 한 문장을 공유하기로 했다. 처음엔 공유 자체가 두려웠다. 누가 혹시 뭐라고 하지 않을까 걱정이 앞섰다. 하루를 열었다. 그게 시작이었다. 나의 마음에 자극이 되고, 남기고 싶은 짧고 좋은 글귀 한 문장을 골랐다. 새벽의 흘러가는 생각을 함께 기록하여 주변 사람들에게 공유하기 시작했다. 이제 6년 차다.

블로그에도 읽은 책 내용을 기록하고 '발행' 버튼을 누르기 시작했다. 쓸 게 없다고, 아무 생각이 없던 날도 꾸역꾸역 '발행' 버튼을 눌렀다. 점심시간 때, 오늘 할 일을 다시 확인한다. 새벽에 포스팅해 둔 글을 읽으니, 여러 개 오타를 발견한 날도 수두룩하다. 언제든 수정할 수 있다. 오타가 있다고 지적하는 사람은 없었다. 나조차 다른 글을 읽을 때, 오타려니 하고 넘어갔으니 말이다. 오히려 공감 버튼을 눌러주었고, 응원의 댓글을 달아주었다. 완벽하지 않아도 괜찮았다. 어떤 블로그 이웃들은 글을 읽고, 피드백해주기도 한다. '이런 것도 있어요!' 라며 자신이 알고 있던 정보들을 기다렸다는 듯 답변 달아줄 때도 더러 있다. 곳곳에 구멍 난 퍼즐이 조금씩 채워지고, 글이 완성되어 간다.

온라인 세상은 비슷한 성향의 사람들이 하나둘 연결된 곳이다. 나와 연결된 이웃 블로거의 글을 통해 새로운 것들을 많이 배우고 있다. 각자의 블로그에 자신만의 인사이트를 포스팅하는 것. 꾸준히 글을 남기면 조금씩 신뢰도 쌓여간다. 만약, 내가 직접 글을 포스팅하지 않고, 타인의 글만 읽고 있었다면, 본인은 상대방을 신뢰할지 몰라도, 상대방에게 본인을 알릴 방법이 없다. '당신에게 저도 드릴 게 있어요' 라는 마음으로 글을 써 내려간다. '지금, 별일 없이 잘 지내고 있어요.' 라는 인사의 의미도 함께다. 글을 쓰면 복잡한 머릿속이 정리된다. 1년, 2년, 5년, 10년 후, 지금 남겨둔 글은 바로 '나 자신' 이 되어 있을 것이다.

나는 왜 글을 쓰려고 하는 걸까?

첫째, 타인이 아닌 내 생각을 담기 위해 글을 쓴다.

둘째, 독자에게 신뢰를 쌓기 위해 글을 쓴다.

셋째, 나눔의 기쁨을 만끽하기 위해 글을 쓴다.

넷째, 관심사를 알림으로써 정보를 교환하기 위해 글을 쓴다.

다섯째, 배운 걸 정리하고, 다시 찾아보기 위해 글을 쓴다.

여섯째, 실패든 성공이든 과거 나만의 경험담을 되돌아보기 위해 글을 쓴다.

일곱째, 머릿속 빈틈을 만들기 위해 글을 쓴다.

글을 쓰는 이유는 나와 독자를 위함이다. 그런데도 많은 이들이 '발행' 앞에서 망설인다. 독서는 믿음으로 이어지지만, 글은 두려움과 대립한다. 자신감이 없어서일까. 자신의 글이 부족하다고 여긴 탓일까. 아니면, 다른 사람들의 시선이 두려워서일까. 나도 마찬가지였다. 내가 쓴 글이 세상과 타인에게 공개된다는 사실이 두려웠다. 그러나, 나름 꾸준히 글을 쓰고 용기 내어 발행했던 시간을 돌이켜보면, 내게 해가 되는 일은 하나도 일어나지 않았다. 도움받아 감사하다는 독자들의 인사와 공감 간다고 맞장구를 쳐주는 사람들. 그들의 응원 한마디가 내게 큰 힘이 되었고, 계속 써나갈 수 있는 동력이 되었다. 글을 쓰기 시작하는 사람들에게 꼭 해주고 싶은 이야기가 있다. 이것은 과거의 내게 전하고 싶은 메시지다. '발행' 해야 한다. 나를 드러내는 맷집이야말로 글 쓰는 사람의 가장 기본적인 태도라 믿는다. 내 삶의 경험을 통해 다른 사람에게 도움이 되는 메시지를 전하는 것이야말로 작가의 소명이 아닐까.

07

장애인으로 태어난 존재감을
알게 해 준 글쓰기

이진행

 "이번에 문집을 발간하려고 해요. 다들 참여해 주었으면 좋겠어요."

초등학교 마지막 겨울방학을 앞두고 조회 시간에 담임 선생님이 한 말이다. 문집을 발간한다고? 문집이 무엇인지 몰라 선생님에게 물어보았다. 시나 문장을 모아 엮은 책이 문집이라 답해 주었다. 기한은 방학하는 날까지다. 시, 수필, 희곡 등 장르는 아무거나 가능했다. 무엇을 할까 고민했다. 당시에는 방학 때마다 내준 과제로 일기 쓰기, 곤충채집, 식물 채집, 글쓰기, 탐구생활, 만들기가 있었다. 글쓰기는 방학 때마다 빠지지 않았다. 일기 쓰기도 글쓰기에 도움을 주는 과제였지만, 글 쓰는 실력 향상을 위해 글쓰기 숙제도 별도로 있었다. 고민할 필요가 없었다. 방학 과제로 다져진 실력을 발휘해 보기로 했다. 시를 쓰는 걸로 결정했다. 제출기한을 2주 정도 주었다. 주저할 시간이 없었다. 교회에서 성가대를 하고 있었다. 자연스럽게 소재를 성가대로 정했다. 오전 예배 때 어른들과 함께 성가대를 해서 어른처럼 보이고 싶었다. 하지만 초등학교 학생이었기에 아이 이미지를 드러내어 시를 썼다. 제목은 '꼬마 성가대' 라 정했다. 방학 날까지 제출했다. 한 편의 시를 쓸 수 있었던 데에는 방학 때마다 연습한 글쓰기가 한몫했다. 방학 후에는 과제를 평가해 상장을 주었다. 글쓰기 부문에서 장려상을 받은 것이 대부분이다. 비록 우수상이나 최우수상은 아니었지만 나름 기분은 최고였다. 2주 동안 공들여 적은 시가 실린 문집은 방학 내내 담임 선생님이 편집했다. 개학하는 날 책상에 한 권씩 놓여있던 기억이 난다. 잘 보관해 놓아야 함에도 이사를 자주 다니며 쓰레기 더미에 들어가는 바람에 지금은 없다. 쓰레기 더미를 뒤지며 찾아봤지만, 결국은 찾지 못했다. 간수하지 못한 내 잘못이다. 이때 문집에 실렸던 시는 2020년 6월 출간한 《마음 장애인은 아닙니다》에도 실려 있다. 교회에서 만나는 성도들은 문집에 실린 시를 읽고 잘 쓴다며 소질 있다고 격려해 주었다. 그중에도 '작가로 활동해도 되겠다! 글 많이 써 보면 좋겠구나!' 라는 말은 웃음을 머금게 해 주었다. 글쓰기 소질이 있음을 발견하는 계기였다. 지금의 작가가 되는데 밑거름이 되어주었다. 어머니도 다음에 책을 출간해 보라고 말씀하셨다. 2020년 첫 책이 출간되었을 때 기뻐하셨던 어머니 모습이 눈에 선하다.

처음 교회 성도들이 한 말을 듣고는 고개를 저으면서 "제가 감히 어떻게"라고 말했다. 그러면서도 마음 한쪽에 담아두고 지냈다. 문집에 실렸던 시 한 편이 글을 쓸 수 있다는 가능성을 보게 해 주었다. 장애인으로 태어나 48년 동안 살아오면서 아버지와 함께한 걷기 연습을 통해 걸을 수 있다는 희망을 보았다. 초등학교 6학년 때 문집에 실린 시로 인해 '감히 제가' 하며 고개를 저었지만, 지금은 작가라는 타이틀을 가지게 되었다.

경제적으로 힘들어 삶을 포기하려고 한 이가 있었다. 하는 일마다 성과가 없었다. 취업도 안 되어 거의 포기 상태로 삶을 보내고 있었다. 그 사람은 장애가 없었다. 무언가 하려고 한다면 무엇이든지 할 수 있는 사람이었다. 경제적으로 어려운 상태이고 취업이 힘들다는 건 핑계 아닌가. 하루하루 절망의 삶을 살던 그는 어느 날, 지푸라기라도 잡고 싶은 심정으로 발걸음을 서점으로 옮겼다. 대형서점에 가서 둘러보다가 노란 표지의 내 책 《마음 장애인은 아닙니다》가 눈에 들어왔다고 한다. 제목만 보고 바로 구매했단다. 집에 가서 천천히 읽어 가던 중 자신이 무엇이 문제인지 알게 된 것이다.

　"그래, 경제적으로 힘들다고, 취업이 안 된다고 지레 겁먹고 도 전하지 않았구나. 이 책 저자는 장애를 가지고 있음에도 도전하 는 삶을 사는데 말이야!"

자신의 문제는 나약한 마음에 있었음을 깨달았다고 한다. 블로 그에 적혀있는 연락처를 보고 전화가 왔다. 그 사람을 만나보 지는 않았다. 그 후로 그는 도전하는 삶을 살고 있다는 말을 내 게 전해 주었다. 덕분에 생각을 바꾸게 되었다고! 고맙다는 말 과 함께. 글쓰기는 장애인으로 태어난 존재감을 알게 해 주었 다. 또 다른 면에서 글을 쓰는 것은 독자의 삶에 변화를 일으키 는 동기부여로 작용했다. 동기를 부여받는 모습은 나에게 더 잘하라는 목소리로 들렸다.

내 책을 읽은 장애인이나 삶이 힘든 사람들이 활력을 되찾고 다시 앞으로 나아가는 모습에 따뜻함이 느껴진다. '장애인으로 태어난 사람도 도전하면서 사는데, 사지 멀쩡하면서 힘들다고 삶을 포기하면 안 되지!' 하며 긍정적으로 생각과 행동을 바꿨다는 말을 들으니 한 사람을 살린 것 같아 뿌듯하다.

장애인으로 태어났지만, 매일 하는 도전을 통해 다른 이들에게 살아갈 힘과 이유를 보여주었다. 자긍심이 생긴다. 나의 막중한 존재감이 글로 나타났다. 매일 10분씩 하는 운동, 발음 연습도 장애인으로 태어났지만 살아나갈 나만의 무기이다.

기독교방송국에서 재택근무로 모니터링 일을 한다. 오전에 일을 마치면 오후에는 다른 프로그램을 보면서 모니터링 보고서 작성을 연습한다. 다른 모니터 요원들이 쓴 보고서를 참조해써 보는 것이다. 모니터링 보고서가 점점 나아졌다. 모니터링 업무는 글을 꾸준히 쓰는 데 도움이 되었다. 모니터링을 마치고 나면 10분이라도 글을 쓸 수 있었다.

글쓰기는 존재감과 가능성을 보게 해 준 고마운 도구이다. 있는 그대로 나를 바라보게 해 준 글쓰기. 극복을 넘어 장애를 수용하도록 해 준 글쓰기. 내가 쓴 글이 많은 이들에게 힘과 용기를 줄 수 있다는 사실에 가슴이 먹먹하다. 한 편을 다 쓰고 난 후의 성취감도 무시할 수 없다. 쓰는 동안에는 힘겨운 노동처럼 느껴지지만, 독자들의 위로와 격려는 지친 몸과 마음을 씻어주고도 남음이 있다. 내 글을 통해 다른 사람을 도울 수 있다니. 아! 살면서 한 번도 느껴보지 못한 기쁨이자 축복이다.

08

초고처럼 살았지만, 퇴고하면
참한 인생 될 수 있겠다

장춘선

 "책 쓰기 무료 특강 있는데 들어보실래요?" "오, 그런
게 있어? 한번 들어볼게."

살면서 가끔은 엉뚱한 제안을 받을 때가 있다. 그냥 넘겨버리
는 경우가 많았다. 그날은 솔깃했다. 일 년 넘게 코로나19로 외
부 생활이 단절된 간호사다. 백화점 출입도 허락되지 않았다.
집과 병원뿐. 특별한 목적 없이 새로운 경험을 하고 싶었다. 글
쓰기는 우연히 만난 기회였다. 자극과 반응 사이에 나의 선택
은 작가의 길이 되었다.

2021년 6월. '이은대 자이언트 북 컨설팅' 책 쓰기 무료 특강에
참여했다. 글쓰기 수업은 난생처음이다. 어릴 적 철없는 꿈이

라도 작가가 되겠다는 생각을 단 한 번도 해본 적 없다. 어떤 수업을 받게 될지, 어떻게 진행될지 궁금했다. 조심스럽게 줌 화면을 켰다. 생각보다 많은 사람이 화면에 보였다. 환하게 웃는 사람, 화면을 주시하는 사람, 화면 켜놓고 이동하는 사람, 배경 화면에 숨어 알 수 없는 사람, 다양했다. 뭐 하는 사람일까? 왜 여기 왔을까? 글쓰기 방법보다 그 사람들이 궁금해진다. '작가님'이라 불렸다. 책을 출간한 작가들이구나! 나처럼 왕초보가 들어오는 곳이 아니라고 생각했다. 알고 보니 예비작가도 작가였다. 이름 불리는 대로 작가인 양 두 시간을 집중했다. 마음이 끌렸다. 나도 할 수 있을까 망설였지만, 그 밤을 넘기지 못하고 수강 신청을 했다.

다음 달 책 쓰기 정규과정에 입문했다. 1주 차 수업에 'PESSA' 라는 글쓰기 템플릿을 가르쳐 주었다. 템플릿에 맞춰 '내가 쓰게 될 책에 관한 질문과 대답'을 요구했다. 전달하고자 하는 메시지가 무엇인지, 어떤 문제를 안고 사는지, 나에게 어떤 일이 있었는지, 어떤 계기로 달라졌는지… 일주일 내로 제출이다. 오래 생각할 시간이 없었다. 마음 닿는 대로 썼다.
A4 세 페이지 분량. 기한 내에 제출했다. 2주 차가 되기 전 책

제목과 목차를 받았다. 《행복한 중년을 위한 소소한 일상, 늦은 행복은 없다》〈제1장〉 내가 나를 몰랐다. 〈제2장〉 평범한 일상이 달라졌다. 〈제3장〉 세상을 아름답게 보는 법… 놀라웠다. 내가 뭐라고 썼길래 이은대 작가는 이런 제목을 달았을까. 나보고 책을 쓰란 말인가. 얼떨결에 한 행동에 그럴듯한 답변을 받았다. 당혹스러웠다.

"운동 안 가?" "나 글 써야 해." 대충 저녁을 챙겨 먹고 설거지할 것을 쌓아둔 채 컴퓨터 앞에 앉았다. 두 시간쯤 흘렀을까 운동하고 돌아와 흘깃 쳐다보는 남편의 시선이 따갑다. 아차 싶었다. 허둥지둥 설거지를 하고 나서 음식물 쓰레기를 들고 집을 나왔다. 한 주제로 1.5매를 채우기 쉽지 않았다. 새벽 3시, 4시 마음 내키는 대로 일어났다. 멍하니 컴퓨터 빈 화면을 쳐다본다. 한 줄 쓴 날도 있고 그냥 성과 없이 잠만 설친 날도 있다. 여러 날 끙끙대고 한 꼭지 완성하여 글 사랑 카페에 올렸다. 그날은 출근길 신호등에서 맞이한 먼 산이 선명하게 보였다. 흐릿한 과거의 기억이 조금씩 되살아났다. 출근 후에도 흥분된 마음이 좀처럼 사라지지 않는다. 책 쓰기 무료 특강을 소개한 박경애 선생님에게 책 쓰기 수업에서 들었던 이야기를 마구 쏟아냈다. 겨우 한 꼭지 글 쓴 경험을 마치 작가가 된 듯 말했다.

맞장구는 글 쓰는 삶을 지속하게 했다.

10월 4일 초고를 완성했다. 마지막 꼭지를 글 사랑 카페에 올리고 등록 버튼을 누르는 순간, 짜릿했다. "1차 퇴고 안내할 때까지 원고 보지 말고 4~5일 기다려주세요." 낯선 문자에 기대감이 부푼다. 어떤 답변이 올지, 다음에 무엇을 할 건지, 들떠있다. 1차 퇴고 안내 문자다. 급하게 열었다. A4 두 페이지. 아홉 가지 구체적인 내용을 1, 2, 3… 번호를 붙여가며 정확하게 피드백했다. 그것도 모자라 별표를 치고 "내용이 상당히 많고, 손을 대야 할 곳이 많습니다. 끝까지 포기하지 말고 최선을…." 한숨이 나왔다. 내가 석 달 동안 무슨 짓을 했지. 감정에 취해 막 쏟아낸 엉망진창의 글을 수습할 용기가 없었다.

책 쓰기 과정은 평생 무료 재수강으로 포기할 수 없게 했다. 매주 수요일 정규과정 2시간, 목요일 문장 수업 1시간은 빠지지 않고 들었다. 온라인 수업에서 본 작가의 출간 소식에 심장이 펄떡인다. 퇴고는 진행하지 않았지만, 글쓰기 세상에서 나오고 싶지 않았다. 매번 강의 후 정성 후기를 적는다. 처음엔 짧은 글도 망설였다. "수고하셨습니다."라고 대신했다. 강의 핵심만 콕콕 짚어 복습하게 해주는 사람, 강의 내용을 블로그로 마인드

맵으로 빠르게 올리는 사람, 나와는 달랐다. 블로그에 접속해 보았다. 매번 강의 자료를 구체적으로 정리해 두었다. 수고와 정성이 느껴졌다. 작가란 게으름을 피울 수 없는 존재였다. 꾸준히 참여하고 보는 것만으로 마음이 풍요로워졌다. 나도 그렇게 하고 싶었다. 작가가 되고 싶어졌다. 일 년을 멈추고 응시만 했었다.

매주 목요일 밤 9시에 듣는 문장 수업은 흥미롭다. 글 사랑 카페에 올라온 예비작가의 초고를 발췌하여 퇴고 과정을 보여준다. 흩어져 있던 어수선한 글이 한 문장으로 정리된다. 깔끔해진 문장은 생동감 있게 전달된다. 수요일 사전 학습 자료가 문장 공부방에 올라왔다. 내가 쓴 초고가 보였다. 긴장한 채 수업에 참여했다. 다른 작가들은 내 글인 줄 모른다. 그래도 왠지 나에게 시선이 집중되는 느낌이다. 자세를 바르게 하고 머리를 쓰다듬기도 한다. 강사가 내 글을 숨이 가쁘게 읽어 갔다. 어디쯤에서 끊고 글을 다듬을 줄 알았다. 듣고 있던 작가들의 표정이 점점 굳어진다. "이 글을 쓴 작가는 심각한 습관이 있습니다!" 정제된 한마디에 얼굴이 붉어졌다. 결론을 내리지 못하고 글이 길게 이어졌다. 메시지 없이 새로운 주제로 펼쳐내기만

한다. 그때야 알았다. 글쓰기 습관이 곧 나의 삶이었음을. 목적 없이 빠르게 가고만 있었다. 어디에서 멈춰야 할지 몰랐다. 내 글이 수정되기 시작했다. 핵심 요소만 남기고 잘라냈다. 아무 역할도 하지 못하는 단어들을 걷어냈다. 전하고 싶은 하나의 메시지만 남는다. 고쳐진 문장은 내가 하고 싶은 말이었다. 찾지 못했을 뿐. 참한 인생이 숨어 있었다. 은근한 매력에 점점 더 빠져든다.

초고를 쓰듯 쫓기다시피 살았다. 91년 2월 간호대학을 졸업하고 그해 5월 삼성창원병원 간호사로 입사했다. 발령 대기 두 달, 출산휴가 두 달, 그 외 30여 년을 멈추지 않았다. 간절히 원하는 삶을 살고 있는지 묻지 않았다. 그저 삶의 흐름에 맡겼다. 초고를 쓰면서 알았다. 술술 쓰다가도 좋은 말은 없나? 더 멋진 말은 없을까? 틈을 줄 때마다 주변을 쳐다보게 했다. 꼬리에 꼬리를 물고 지나가던 진짜 생각이 달아나고 다른 마음이 끼어든다. 더 진행되지 않았다. 힘들었던 시절에 다른 사람의 삶을 비교하며 살았더라면 멈췄을지도 모른다. 오직 한 직장에서 맡은 바 임무에 충실하며 살았다. 때로는 숨 가빴다. 순방향이었기에 폭풍에 휩쓸리지 않았다.

글쓰기 퇴고 과정은 전하고 싶은 메시지에 집중하고 음미하게 했다. 내가 간절히 원하는 삶을 살고 있는지, 나를 낮추고 살지는 않았는지, 반추해 본다. 문장 속에 숨은 단어 하나의 의미를 찾아 고쳐 나가듯, 허투루 살지 않은 인생을 참하게 다듬고 싶어졌다. 멈추고 천천히 들여다보며 의미와 가치를 찾아본다. 화려한 문장 속에 숨길 필요는 없다. 내가 살아온 평범한 일상이 다른 사람의 위대한 업적보다 소중하다. 내가 정성을 쏟았으니까. 내 것이니까. 나의 언어로 찾게 될 나의 삶에 가슴이 뛴다. 내가 글을 쓰고자 하는 이유다.

09

세상 밖으로 나와라 내 동생

정솜결

 동생이 글을 쓰면 좋겠다.

2021년 다꿈스쿨에서 꿈꾸는 서 여사님을 만났다. 50이라는 나이대가 비슷해서일까, 왠지 모르게 친근하고 마음이 많이 갔다. 줌으로 처음 만나 그녀의 삶에 대해 전해 들었다. 전자책을 세 권이나 썼다고 했다. 귀가 솔깃했다. 처음엔 전자책이 어떤 건지도 잘 몰랐다. 그저 핸드폰이나 노트북에서 볼 수 있는 책이겠지 짐작만 했다. 검색해 보니 컴퓨터 화면에 떠올려 읽을 수 있게 만든 전자 매체형 책이라고 나온다. 덜컥 "저도 전자책 쓰고 싶어요."라고 말해버렸다. 일반적인 종이책은 아직 엄두가 나지 않으니 전자책부터 도전해 보면 부담도 적고 괜찮을 듯 싶었다.

전자책 강의를 신청하고 나니 입가에 미소가 온종일 떠나지 않았다. 나도 이젠 글 쓰는 사람이라 생각하니 쓰기도 전에 작가가 된 듯한 기분이 들었다. 줌 강의로 전자책을 어떻게 써야 하는지 배웠다. 자신이 쓰고 싶은 글을 자유롭게 적어보라고 했다. '나는 어떤 글을 쓰고 싶지? 어떤 글을 써 볼까?' 나에게 물었다.

전자책은 '정보'를 제공해 주는 글을 써야 반응이 좋다고 하는 말에 5년 전 우울증을 극복했던 나만의 하루 루틴을 써 보면 어떨까 싶었다. 그렇게 나는 '우울증 극복 방법'에 관한 전자책을 쓰기 시작했다. 쓰면서 내 글에 내가 참 많이도 울었다. 쓰는 동안 꽤 자주 과거의 나를 만나러 갔다. 그 시절을 그대로 느끼면서 처음엔 무섭고 두려웠다. 하지만 쓰면 쓸수록 털어내면 털어낼수록 마음속에 있던 답답함이 지우개로 지우듯 조금씩 조금씩 지워졌다.

나에게는 자기만의 세상에 갇혀 사는 동생이 하나 있다. 동생은 고등학교를 졸업하고 직업군인이 됐다. 7년간 군 생활을 하다가 제대한 후 취업시켜 준다고 했던 친구에게 배신을 당했다. 진실을 알게 됐을 땐 이미 퇴직금으로 받은 이천만 원을 모두 써버린 뒤였다. 동생에겐 전부나 다름없는 돈이었다.

고시원에서 살고 있던 동생에게 엄마는 일주일에 한 번씩 반찬을 주러 갔다. '그날' 역시 그랬다. 평상시처럼 엄마는 동생을 보러 갔다. 천장에는 넥타이 끈이 매달려 있었고, 동생은 바닥에 누워 있었다고 한다. 그 뒤로 엄마는 동생과 함께 살고 있다. 친정에 가면 남동생은 고개를 떨구고 바닥만 보고 있다. 짙은 눈썹에 입가에는 늘 미소를 머금고 있던 그였다. 하얀 해군복을 입으면 영화배우 톰 크루즈(Tom Cruis)보다 잘생겼던 우리 둘째. 20대에는 그런 동생이 있다는 것을 친구들에게 자랑하고 싶어 안달이었다.

그간 표정도, 체형도 많이 바뀌었다. 동네 주민에게 맞아 앞니 두 개가 빠졌다. 매일 술을 마셔 얼굴색은 어둡게 변했다. 집에서 먹기만 하고 별다른 활동을 안 해서인지 배도 나왔다. 혼자 늘 알아듣지 못할 말을 중얼거리곤 한다. 그런 동생을 볼 때면 나도 모르게 한숨이 나온다. 한편으론 가엽고 마음이 아프다. '지금 뭐가 가장 힘들까. 무엇 때문에 세상 밖으로 나오지 못하는 걸까.'

어쩐 일로 내게 "누나, 대학원은 어떻게 들어가?"하고 묻는다. 야간고등학교를 졸업한 그. '누나도 했으니 나도 할 수 있지 않을까!' 하는 마음이 드나 보다. 누나인 내가 배우고 성장하는 모습을 보며 말로 표현은 안 하지만 간접적으로나마 영향을 받은 걸까. 잠시나마 희망을 보았다.

엄마가 아프다고 해서 광주로 달려갔다. 초인종을 누르니 누구냐며 묻는 남동생의 목소리가 들린다. "누나야!" 현관문이 열린다. 잘 있었느냐며 물어보는 동생 얼굴을 보며 "응!"하고 웃어 보인다.

안방에서 문 열고 나오시는 엄마를 양팔로 와락 안았다. 며칠 전보다 혈색도 밝아지시고 몸 상태도 좋아 보이신다. 저번에 뵈었을 때보다 흔들림 없이 안정적으로 잘 걸으신다. 다행이다. 밥은 잘 드시는지, 화장실은 잘 가시는지 묻고 이야기를 나누었다.

　"준이야, 누나 저번에 전자책 냈어. 블로그도 하고. 글도 써 보니까 재밌더라고. 너도 한번 해보면 어때?"

싱크대 앞에 앉아있는 준이에게 묻는다.

　"뭐 책은 아무나 쓰나, 문장력도 있어야 하고…."

말끝을 흐린다.

카네기 멜런 대학교의 랜디 포시 교수는 말기 암 진단을 받고 나서 마지막 강의로 이런 말을 했다고 한다.

"역경은 우리가 무언가를 얼마나 간절히 원하는지 깨달을 기회를 주기 위해 존재합니다."

누군가에게 보여줄 글을 쓰라고 하는 게 아니었다. 나는 준이가 살아왔던 삶을 알지 못한다. 그저 자신이 힘들었다고 하는 시간을 글로 써 보길 바랄 뿐이다. 누구에게도 말할 수 없는 자신의 속 이야기를 글로 풀어내며 집중할 만한 일을 만들어 주고 싶었다. 부디 역경을 기회로 바라볼 수 있는 날이 오길.

나 또한 전자책을 쓰는 동안 힘들었다. 내 안에 숨겨져 있던 이야기를 꺼내느라 울기도 많이 울었다. 그러면서 스스로 글로서 위로받았다. 오랜 기간 품고 있던 답답한 마음이 하나둘 지워졌다. 매일 글을 쓰면서 과거로 돌아가 기억 속의 나를 다독여 주었다.

'준이 또한 그럴 수 있지 않을까!'

글을 쓰면서 나를 알아간다. 그간 외면했던 나와 정면으로 마주하는 게 죽을 만큼 힘들다는 사실을 잘 안다. 시간도 오래 걸린다. 하지만 그 시간을 놓지 않고 버텨낼 수만 있다면. 쓰고 지우고 울고를 반복하며 나를 끝까지 지켜낼 수만 있다면. 준이도 글을 쓰면서 자신을 응원할 힘을 키웠으면 하고 소망해 본다.

세상에는 다양한 사람이 존재한다. 자신을 드러내며 당당하고 멋진 삶을 살아가는 이도 있고, 움츠린 채 고개를 떨구고 살아가는 사람도 많다. 나는, 내 동생은 어떤 인생을 살아가고 있는 것일까. 어떤 삶이 정답이라고 말할 수는 없겠지만, 적어도 지금은 동생의 삶에 빛을 비춰주는 일이 내가 해야 할 역할이라 믿는다. 내가 글을 쓰고, 작가로서 세상 앞에 당당히 서는 모습을 보여줄 수 있다면, 동생도 힘과 용기를 얻게 되지 않을까. 아직은 글을 쓴다는 것이 어떤 건지 제대로 알지 못하는 초보 작가에 불과하지만, 간절히 바라면 이룰 수 있다는 말을 믿는다. 내 삶을 글에 담아 나처럼 혹은 동생처럼 인생에 목이 마른 사람들에게 물 한 잔 전해주고 싶다. 만약 내 글을 읽은 그들이 바닥을 짚고 일어서서 자신의 삶도 충분히 가치가 있고 존재로서 의미가 있다는 믿음을 가지게 된다면 더 바랄 게 없겠다.

가족을 사랑하고 세상을 사랑한다. 많은 사랑을 받았다. 이제 그런 내가 사람과 세상을 위한 작업을 시작해 보려 한다. 언젠가 세상 밖으로 나올 내 사랑하는 동생과 그와 닮은 수많은 어려운 사람들을 위해서.

10

재미와 보람을 동시에

최진경

작년부터 책을 내겠다며 글을 쓰고 있다. 어디에든 끄적끄적 뭔가 적는 게 좋다. 꾹꾹 눌러 글씨를 적고 있노라면 그 어느 때보다도 평온하다. 양 엄지로 폰의 작은 자판을 분주히 오가며 SNS에 일상 글 적는 것도 즐겨한다. 그런 가벼운 마음으로 시작했다가 퇴고 기간만 어느새 반년이 넘어간다. '내가 이걸 왜 한다고 해가지고 이 X고생을...' 이따금 한숨과 푸념을 쏟아내곤 한다. 별다른 목적 없이 썼을 때처럼 즐겁게 술술 써질 줄로만 알았는데 착각이었다.

벌써 두어 시간째 한글파일 열어놓고 하얀 화면에 커서 깜빡이는 것만 멍하니 바라보고 있다. 중간중간 책상에 널브러져 있는 책도 들춰봤다가 네이버 국어사전에 이것저것 쳐보기도 하고 혹시나 괜찮은 소재 거리라도 얻을까 싶어 다른 사람 블로그에 있는 글을 눈팅한다. 어떤 '딴짓' 을 하든 글을 써야 한다는 강박에 제대로 집중할 수가 없다. 남의 글 그만 읽고 네 글 좀 쓰라고 잔소리 해봤자 소용이 없다. 아니, 어차피 쓰지도 못할 거 다른 유용한 일이라도 하거나 아니면 잠이라도 좀 푹 자두거나 하면 좋으련만. 입 찢어지게 하품만 하면서도 일단 그냥 망부석처럼 앉아 있다. 이러다 이대로 굳어 화석이 되진 않으려나. 이따 하원 하는 애들 데리러 가야 하는데. 정신이 아득해져 헛생각만 난다. 여태 기다린 시간이 억울해서라도 차마 엉덩이가 떨어지지 않는다. 서이 유치원 버스가 이따 세 시면 올 텐데. 다섯 시간 중 이미 반 가까이나 날려 먹었다.

어제는 A4 한 장 분량을 꾸역꾸역 채우고는 마음에 들지 않아 삭제했다. 실은 아까워서 다른 한글파일에 붙여넣기 해뒀다(파일명은 '재활용' 이다). 언젠가는 써먹을 수 있겠지 하면서. 휴지통에 버리기엔 좀 아쉽고 어딘가에 써먹기엔 턱없이 부족해 보이는, 그런 글이 쌓여간다. 언제가 될지 모를 재생의 한 줄기 희망을 차마 내려놓지 못하고.

그렇게 몇 날 며칠 주구장창 화면을 노려보다 보면 문득 쓸 게 떠오르기도 한다. 올레! 계 탄 날이다. 잘 쓰든 못 쓰든 적어도 이때만큼은 술술 써진다. 그리고 문득 '요거 좀 재밌는데?' 하는 생각이 잠시, 아주 잠시 스친다. 가만히 생각해보니 내가 이것 때문에!! 이것 때문에 쓰고 있는 거다. 이 감질나는 즐거움 한번 누려 보겠다고 그 고생을 자진하는 거였다. 주변에선 다들 이해하지 못하는 눈치다. 나도 안다. 가끔 이런 내가 나조차 잘 이해되지 않으니까 말이다.

재활용 파일을 열어 이 글 저 글 훑어본다. 그러곤 하나를 고른다. 다시 보니 썩 나쁘지 않아 보인다. '어떻게든 살려낼 수 있겠는데.' 집도를 앞둔 비장한 의사인 양 자판 위에 손을 얹는다. 세상 진지한 얼굴로 호흡을 가다듬는다. 군더더기는 빼고, 모호한 문장은 명료하게 다듬고, 필요 없는 구절은 과감히 날린다. 불현듯 떠오르는 참한 문장을 더하기도 한다. 가망이 없다 싶었던 글을 제법 봐줄 만할 정도로 살려냈다. 고된 작업. 눈도 침침하고 몹시 피로하다. 그럼에도 도무지 멈출 수가 없다.

세상에는 재밌는 게 참 많다. 학창 시절 밤새워 했던 게임, 역시 날 새어가며 몰아보는 드라마, 그리고 영화, 시간 가는 줄 모르고 하는 물놀이, 캠핑, 맛집 투어, 놀이공원, 술자리 등... 너무 많아 셀 수 없을 정도다. 누구나 부담 없이 즐기는 활동들. 게임이나 드라마 같은 경우 중독성까지 있어 한 번 빠지게 되면 여간해선 헤어 나오기가 쉽지 않다. '피씨방 폐인' 이란 말이 괜히 생긴 건 아닐 테니 말이다.

예전에 어느 책에서 '사람이 진정 행복하려면, 고통을 감내하는 수준의 노력이 수반돼야 한다' 라는 내용을 본 적 있다. 당시 나는 자기 계발에 진심이어서 그전에 비하면 매우 열성적인 하루를 보내고 있었다. 잠도 부족하고 몹시 피로한 상태가 몇 날 며칠 계속됐는데, 그러한 과정에서 알 수 없는 강렬한 짜릿함을 느끼던 참이었다. 그러니 책 내용에 공감하지 않을 수 없었다. 아니, 아주 깊이 공감했다. 그때 그 행복감의 출처는 단순 재미가 아닌 충만하게 채워진 만족감 같은 것이었다.

그래서인지 나는 위에 언급한 재밌는 일들이 때론 조금 시시하게 느껴질 적이 있다. 다른 것에 비해 즐거운 정도가 크고 명확하지만, 비교적 쉽게 얻을 수 있고 그렇기에 사라지기도 쉬운 '일시적' 기쁨이기 때문이다.

어릴 때 한 조각 한 조각 힘겹게 맞춰가며 했던 퍼즐의 재미를 잊지 못한다. 중간중간 짜증이 나서 집어던지고 싶은 걸 겨우 참아가며 하다 드디어 마지막 퍼즐을 내려놓을 때의 그 쾌감!

사방이 딱 맞아떨어지면서 쏙 끼워지는 그 맛을 다시 누리고 싶었다. 혹시나 하고 요즘 부쩍 퍼즐 놀이에 꽂혀 열심인 단이 옆에서 약간 난이도 있는 퍼즐을 함께 맞춰봤다. 아쉽게도 예전의 그 맛이 나지는 않는다. 그러기엔 나는 이미 너무도 다양한 것을 겪어 엔간한 기쁨은 성에 차지 않는 냉소적인 어른이 돼버렸으니까.

서른 후반쯤 되니 어렵게 줄 듯 말 듯 옥죄며 보람된 재미를 느끼게 해주는 일이 얼마 없다. 회사 업무는 남을 위해 하는 일 같고, 수익을 좇다 보면 처음 느끼던 재미와 의미도 어느새 사라지곤 한다. 분명 좋아서 시작한 일이었는데 '그냥 일'이 돼버렸구나 하는 허탈한 심정을 최 대리일 때 나는 꽤 자주 느꼈다.

주부인 지금도 별반 다르지 않다. 가족을 돌보는 일도 집안일도 모두 중요하고 값진 일임엔 틀림없다. 하지만 결혼 후 의무적인 일이 되면서 다른 것과 마찬가지로 그저 해야 하니까 하는 일로 여겨질 때가 많다. 조화롭게 섞이지 못하고 재미는 재미대로 일은 일대로 각자 따로 노니 어느 한 가지도 만족스럽지 않고 늘 미적지근한 회의감만 들곤 한다.

하지만 글쓰기는 다르다. 노력 끝에 받는 정직한 보상이라 그런지 기쁨이 뭉근하게 오래 남아 머문다. 뭐라도 한번 써 보겠다고 멀뚱히 앉아있는 시간과 도무지 써지지 않아 방황과 고민을 거듭하는 경험, 끊임없는 시도 횟수가 모여 실력이 된다. 들인 수고만큼 정당하게 받아 가는 결실이기에 농도 짙은 찐 행복을 맛볼 수 있다. 근거 있는 짜릿함이랄까.

건강한 중독성도 있다. 게임처럼 한 방에 확 와 닿는 강렬하고 자극적인 재미는 아니지만, 레벨을 높여가는 과정은 얼추 비슷하다. 다만 노력의 좌표가 어디로 향하는지가 다를 뿐이다. 나는 가상 캐릭터보다 나에 대해 알아가고 나를 키워가고 싶었다. 그러기에 글쓰기만큼 좋은 건 없다고 판단했다. 내가 뭘 생각하고 어떻게 느끼는지 그 감정의 실체가 뭔지 스스로도 잘 모를 적이 많다. 그럴 땐 떠오르는 것들을 무작정 적고 본다. 말로 쏟아내면 감정만 앞서지만 글로 적으면 감정이 들여다보인다. 본질을 알고 나면 벗어나기도 한결 수월하고 말이다. 무거웠던 마음을 글로 털어내는 순간, 그 홀가분함에 중독된다. 누가 말려도 계속 쓰고 싶어진다.

때론 가볍게 즐길 수 있고 또 어떨 땐 일처럼 보람을 느끼기도 한다. 이보다 더 단단한 기쁨이 어디 있을까. 행복은 행복 자체라기보다 그것을 해내는 과정에서 오는 즐거움이 아닐까.

혼자 안달이 나서는 부들부들 떨며 끝내 완성했던 어린 시절 퍼즐 맞추기의 쾌감을, 어른이 된 지금 나는 글쓰기로 대신하고 있다.

글 쓰 기 를 시 작 합 니 다

제 2 장

온 세상이
나를
못살게 군다

Contents

덤비지 말고 올라타라!
글쓰기도 습관이다

김경란

마음만 먹으면 누구나 글을 쓰고 책을 낼 수 있는 세상이다. 전업 작가가 아니라도 상관없다. 직장인, 사업가, 전업주부, 학생 등 직업을 불문하고 누구든 작가가 될 수 있다. 처음 시작할 때는 어렵고 힘들고 막막해도 막상 도전하고 실행하면 성과를 낼 수 있다고, 경험한 사람들은 한결같이 입을 모아 말한다. 그런 말을 듣고 나면, 나도 한번 도전해 볼까 싶은 욕구가 생기기도 한다.

글쓰기 수업을 신청했다. 강의를 몇 번 듣고 보니 책을 출간할 수 있을 것만 같았다. 한 권의 책을 내기 위해서는 A4용지 1.5매 분량의 한 꼭지를 40개 이상 쓰면 된다고 한다. 간호사로 근무한 경험을 바탕으로 '비판적 성찰을 하는 간호 사례'에 대한 글을 쓸 때는 4~5매도 거뜬히 써낸 적이 있다. 1.5매 분량이라면 그리 어려울 것 같지 않았다. 하지만, 막상 시작하고 보니 쉽지 않았다. 겨우 반 장 채우는 데 두 시간이 넘게 걸렸다. 병원에서 업무용으로 쓴 글과 무엇이 다른 걸까? 왜 이렇게 어렵게만 느껴질까. 글을 쓰기 어려운 이유를 생각해보니 세 가지로 정리할 수 있었다.

먼저, 잘 써야 한다는 부담이 컸다. 아무리 초보 작가의 책이라해도 대형서점에 진열될 상품이다. 열심히 글을 써서 책을 냈는데, 아무도 관심을 가지지 않는다면 어떨까? 생각만 해도 끔찍하다. 내가 한없이 작아지는 기분이 들었다. 상상만 해도 얼굴이 붉어지는 것 같았다. 베스트셀러까지는 바라지도 않는다. 누군가 내 책을 읽고 '이걸 책이라고 낸 거야?' 라는 소리만은 듣고 싶지 않았다. 책을 내기 위해 글을 써 본 적은 없지만 40여 년을 살면서 편지든 보고서든 일기든 어떠한 형식으로라도 수많은 글을 쓰지 않았던가.

습작용 글마저도 잘 써야 한다는 생각을 떨치기 어려웠다. 인플루언서도 아니고 그렇다고 블로그 이웃이 많은 것도 아니지만 내 글을 읽는 누군가가 있다는 사실을 무시할 수 없었다. 블로그 통계를 우연히 보게 되었다. 완벽하게 잘 쓰지 않았어도 2~3시간에 걸쳐 정성스럽게 쓴 나의 글 조회수가 겨우 '2'였다. 헛웃음이 나왔다. 습작을 위해 블로그에 글을 쓴다 생각하면서도 은근히 나의 글을 누군가가 읽기를 바랐던 것일까. 괜히 배신감이 느껴졌다.

완벽하게 쓰려고 애썼다. 겨우 몇 줄 써놓고는 마음에 안 든다고 죄다 지우고 다시 썼다. 키보드의 글자 자판보다 back space 키를 훨씬 더 많이 눌러댄다. 겨우 한 문단 써놓고는 지우고 수정하느라 진전이 없다. 다 쓰고 나면 오른쪽에 있는 스크롤을 수십 번 내렸다 올렸다 반복하며 고치고 또 고친다. 사람들이 내 글에 크게 관심이 없는 줄 알면서도 내심 기대했었나 보다. 기대감을 버리고 블로그는 오로지 나만 보는 글이라 생각하니 글쓰기가 훨씬 편해졌다. 일단 책을 출간하겠다는 생각을 접고 못 쓰는 글이라도 많이 써보기로 했다. 수업도 더 많이 듣고, 책도 더 많이 읽고, 습작도 더 많이 한 후에, 자신감이 생길 때 해도 늦지 않으니까.

화면을 꽉 채운 새하얀 한글 문서와 깜빡이는 커서가 주는 중압감 역시 글쓰기를 두렵게 만들었다. 쓰는 게 서툰 초보 작가인

데 빈 화면을 글로 메꿀 생각에 머리는 하얘지고 한숨부터 나온다. 게다가 깜빡거리는 커서를 보고 있자면 빨리 쓰라고 재촉하는 듯하다. 써도 써도 채워지지 않는 백지 화면은 점점 자신감을 잃게 했다. 가로로 넓은 화면에 한 줄 완성하는 일이 그렇게 힘들 수가 없다. 겨우 글자 수를 늘려 몇 줄 썼지만 아래로 보이는 휑한 공간을 보면 어떤 말로 채워야 할지 막막하기만 하다. 데스크탑이나 노트북보다 스마트폰을 쓰는 일이 더 많다. 한글 프로그램 문서 대신 블로그 글 쓰는 것에 익숙해지기로 했다. 카페에서도, 집에서도, 인터넷이 되는 곳이라면 어디에서든 글을 쓸 수 있다. 스마트폰 화면이 좁고 길다 보니 몇 자만 써도 줄이 금방 바뀐다. 조금만 써도 장문의 글을 쓴 것 같은 착각이 들어 성취감과 뿌듯함이 느껴진다. 짧은 글이나마 매일 조금씩 쓰다 보니 블로그에 글 쓰는 일이 익숙해지기 시작했다. 큰마음 먹고 책상에 앉아 노트북을 켜서 한글 프로그램 문서를 여는 등 거창하게 시작하지 않아도 되니 글쓰기가 훨씬 수월해졌다.

또 다른 문제는, 글을 쓰는 데 걸리는 시간이었다. 몇 줄 되지도 않는 글을 쓰는 데만도 2~3시간씩 걸리곤 했다. 시간을 많이 쏟았다고 해서 만족감이 올라가는 것도 아니다. 오히려 부담만 더해질 뿐이다. 시간을 정해두고 글을 쓰라는 조언을 듣고 타이머를 이용하기로 했다. 종료 시간이 다가올 때 일에 더 집중할 수 있다는 '마감 효과(deadline effect)' 다. 조급한 마음에 머릿속이 백지가 될 때도 있지만 반드시 쓰고야 말겠다는 의지만 있으면 꽤 효과가 좋다. 특히 출근 전에 글을 쓸 때가 그렇다. 새벽 5시 50분에 출근을 해야 한다. 5시 20분부터 글을 쓰기 시작하면 타이머를 굳이 켜지 않더라도 마음이 급해진다. 지각하지 않으려면 어떻게든 50분에는 마무리를 짓고 발행 버튼을 눌러야 한다. 키보드 두드리는 소리가 잠시라도 멈춰서는 안 된다. 죽이 되든 밥이 되든 다 쓰고 나면 '오늘도 해냈다!' 라는 쾌감 같은 것이 느껴진다.

그래, 까짓것 책 한 권 내보자! 두 주먹을 불끈 쥐었다. 이를 악물었다. 헤밍웨이나 나탈리 골드버그도 제칠 판이었다. 맨주먹으로 돌도 깰 것 같은 기운이었지만 작심삼일에 그쳤다. 뜨거움은 순식간에 식고 말았다. 잘 쓰겠다는 욕심을 부리는 순간 생각이 멈추고, 타이핑 속도는 점점 느려졌다. 쉽고 작은 것부터 시작하라 하지 않았던가. 넓디넓은 새하얀 한글 프로그램 문서에 한 줄 채우기는 어렵지만, 블로그에 명언 한 줄 옮겨 적기는 쉽다. 2~3시간 글 쓰는 것은 죽을 맛이지만 30분 제한 글쓰기는 게임처럼 짜릿하다.

남아프리카 공화국의 흉부외과 의사인 크리스티안 바너드는, "사람을 고귀하게 만드는 것은 고난이 아니라 다시 일어서는 것"이라고 말했다. 지금 나는 글쓰기 고난을 만나는 중이다. 나 자신을 고귀하게 만들기 위해 다시 일어서려 한다.

단 한 줄만 적어도 좋다. 완벽하지 않아도 괜찮다. 어디에다 써도 상관없다. 가벼운 마음으로 쓸 수 있다면 그것으로 충분하다. 글쓰기도 습관이다. 객기로 덤벼들기보다 조금씩, 살며시 익숙해지기로 했다. 언제 어디서든 키보드나 펜을 꺼내는 일이 자연스러워지고 있다. 이 정도면 글쓰기에 올라탄 거지 뭐.

이젠 글쓰기다

김지안

어떤 새로운 일을 시작하기 전에 먼저 나오는 핑계가 있다. 시간이 없다, 바쁘다, 몸이 피곤하다, 회사 일이 많다. 당장 회사 일을 해야 한다는데 누가 뭐라 하겠는가! 글쓰기를 시작했지만, 내가 그랬다. 이런 말들을 앞세우기에 좋았다. 글쓰기가 절실하지 않았기 때문이다. 간절했다면 어떻게든 시간을 만들어서 글을 썼을 것이다. 지난 26년간의 직장생활을 떠올려 보면 얼마나 치열하게 일했는지 모른다. 간절했다면 유튜브를 시청할지 말지, 저녁 약속에 가야 할지 말지를 두고 고민하지는 않았을 것이다. 절실함이라는 단어 앞에 숨었던 내가 한없이 작아졌다.

글쓰기가 이렇게 어려운 일인지 써보기 전까지는 몰랐다. 김영하 작가의 강의 영상을 본 적이 있다. 직업군별 생존수명에 대한 흥미로운 조사를 소개했다. 가장 장수하는 직업군으로는 지휘자, 성직자, 정치가였고, 생존수명이 짧은 직업군 중 하나가 작가였다. 나도 작가가 되고 싶은데 일찍 죽는다니! 글 한 줄 쓰지도 않았으면서 일찍 죽을까 걱정하는 뻔뻔스러움에 웃음이 났다. 지금 이렇게 짧은 글 한 편을 쓰면서도 의자에 앉아 몸부림을 치며 키보드를 두드리고 있다.

습관대로 살지 않으려면 애써야 한다. 나는 변하기 위해서 글쓰기를 선택했다. 성장하고 싶었기 때문이다. 글쓰기는 나를 찾아가는 여행길처럼 느껴진다. 외로운 길이지만 나를 위로하고, 격려하고, 보듬어주기도 하면서 나와 친해질 수 있는 계기가 된다. 글쓰기를 하다 보면 나를 만난다. 글쓰기를 하면서 나의 결핍과 마주하는 괴로운 시간을 보내야만 했다.

나의 글쓰기 시작은 독후감 쓰기였다. 독후감을 쓰는 것으로부터 발전하여 서평을 썼다. 글쓰기 수업을 들으면서 일기를 쓰기 시작했다. 직장에서 글쓰기는 리포트가 대부분이다. 글쓰기를 반복하다 보니 회사 업무 메일 쓰기, 보고서 쓰기가 명료해졌다.

남들보다 잘하는 게 없다 보니 열심히 노력하며 살았다. 남들은 한 번만 들어도 기억하고 바로 적용하는 일도 나는 여러 번 반복해서 들어야만 이해할 수 있었다. 학교 다닐 때는 수업 시간에 집중을 잘하지 못하고 산만했다. 공감 능력이 좋지 않았다. 학창 시절뿐만 아니라 사회생활을 하면서도 마찬가지였다. 그래서 나는 잘하지 못하는 걸 잘하려고 노력하기보다 잘하는 것에 더 집중했다. 서툰 인간관계에 공들이기보다 업무 성과를 내기 위해서 치열하게 일했다. 일만 잘하면 직장에서 인정받을 수 있을 줄 알았다. 현실은 그렇지 않았다. 세상에 대한 이해 부족 상태를 벗어나고 싶었다. 독서가 해결책이 될 수 있을 것 같았다. 신기하게도 인간관계, 심리학, 경제경영 분야 책들을 읽을수록 세상에 대한 이해 폭이 넓어졌다. 깜깜한 터널 속에서 한 줄기 빛을 찾은 것만 같았다. 점점 세상을 이해하게 되었다. 이해 수준을 넘어 과연 나는 잘살고 있는지 점검의 필요성을 절감했다. 그 시점에 글쓰기를 시작하게 되었다. 한 번쯤은 나 자신에게 질문해야 할 시기라는 생각이 들게 된 것도 글쓰기를 시작하고부터다.

글쓰기를 배우면서 일기도 쓰고 블로그 포스팅, 인스타그램 피드에 조금씩 글쓰기를 시작했다. 글을 쓴다는 생각보다는 그저 일상의 내 생각과 있었던 일들을 기록으로 남기는 데 의미를 두었다. 다른 사람들의 글이 눈에 들어왔다. 남과 비교할 필요가 없는 줄 알면서도 잘 쓰는 글에 자꾸 시선이 옮겨갔다. 부러웠다. 어쩌면 이렇게 글을 맛깔나게 잘 쓸까! 정보든, 감동이든 독자에게 무언가를 줘야 하는데 나는 무엇을 줄 수 있을까? 머릿속이 복잡했다. 글쓰기를 방해하는 것 중 빼놓을 수 없는 건 지나치게 많은 생각이다.

글쓰기를 주저하게 하는 방해꾼을 물리치기 위한 몇 가지 방법을 제안하자면,

첫 번째, 해야만 한다는 의무감보다는 할 수 있다는 자신감으로 시작하는 거다. 일단 몸이 움직이기 시작하면 한결 반복하기 수월해진다.

두 번째, 매일 일기를 쓰면서부터 스스로 피드백하는 힘이 생겼다. 나와 마주하는 시간을 통해서 두려움, 걱정, 불안에서 조금씩 벗어날 수 있다.

세 번째, 블로그 포스팅, 인스타그램 피드 업로드, 인스타와 블로그 친구와의 활발한 댓글 소통으로 SNS를 활용했다. 쉽고

재미있게 글 쓰는 습관이 만들어진다.

네 번째, 글쓰기 커뮤니티에 들어가면 관심 분야가 같은 사람들과 소통하게 되어 동기부여도 되고 자극도 받는다. 좋은 멘토도 만날 수 있다.

다섯 번째, 내 글의 열렬한 독자를 만드는 것이다. 그 열혈 팬은 바로 '나'.

26년째 정해진 시간에 회사로 출근한다. 기계적이기까지 하다. 반복되는 일상 속에서 글쓰기를 통해 소소한 일상의 감사한 일들을 알아챌 수 있었다. 변화와 도전은 쉽지 않다. 성장하기 위해서는 변화해야 하고, 변화하기 위해서는 도전해야 한다. 알면서도 막상 도전해야 하는 시간이 다가오면 머뭇거리게 된다. 변화하려면 습관을 바꿔야 하는 고통스러운 과정을 거쳐야 하기 때문이다. 귀찮은 일들이 생긴다. 나에게 글쓰기는 성장하고 싶은 욕구이고 욕망이다. 글쓰기는 성장을 확인하고 점검할수 있는 좋은 방법이다.

일기를 쓰면서부터 이전에 느껴보지 못했던 어색한 감정이 느껴졌다. 잡다한 일상의 일들, 누군가에 대한 불평, 불만, 억울한 감정, 답답한 기분 등 부정적인 감정들로 가득 찼다. 다시 읽기 민망할 정도였다. 내 이야기를 다시 읽는 즐거움이 있을 줄 알았는데 그렇지 않았다. 지난 이야기를 고쳐 쓰고 싶은 생각이 들었다. 꾸준히 일기를 쓰다 보니 비슷한 상황이라도 기분 좋은 느낌, 감사한 일상, 나에게 격려하고 응원하는 내용으로 쓰고 싶어졌다. 나에게 긍정의 에너지가 담긴 글로 위로하고 싶었다. 마치 친한 친구에게 속마음 이야기하듯 썼다. 생각만 할 때는 몰랐다. 글쓰기를 하면서 내 글에 대한 독자가 되어보니 객관적으로 내가 보였다.

글쓰기는 간절히 원하는 생각을 실현할 수 있도록 도와준다. 내 마음속에 간직한 좋은 생각을 지켜낼 힘을 준다. 부정적인 생각을 긍정적으로 바꿀 기회를 준다. 해야만 한다는 생각을 멈추고, 할 수 있다는 생각으로 바꾸는 경험을 하게 된다. 일상 속 나의 상황은 끊임없이 변한다. 그때마다 내 생각을 그대로 글로 적어본다. 글을 쓰지 않을 이유는 수없이 많다. 어떤 선택을 하든 선택은 내 몫이다. 선택의 결과가 현재의 나이다. 간절함이라는 수식어를 붙여 글을 썼다. 피곤하고, 힘들고, 어렵지만 나는 글쓰기로 마음의 평온을 얻었다. 이렇게 좋은 글쓰기.

어떻게 쓰지 않을 수 있겠는가! 미국인 소설가 존 스타인 벡은 말했다.

"첫 줄을 쓰는 것은 어마어마한 공포이자 마술이며, 기도인 동시에 수줍음이다."

오늘도 나는 일기장을 펼쳤다. 수줍은 기도를 하듯 첫 줄을 쓴다. '이젠! 글쓰기다.'

03

머릿속 원숭이 이겨내기

서영식

어떤 일이든 처음 시작하기가 어렵다. 글쓰기도 마찬가지다. 머릿속으로는 수없이 글을 쓰겠다고 생각하지만, 노트와 필기구를 꺼내는 것, 노트북 전원을 켜는 게 힘들다. 헬스장 입구에 쓰여 있는 문구가 생각난다. "운동하면서 가장 어려운 건 체육관에 오는 것입니다. 당신은 방금 그걸 해내셨습니다. 지금부터는 쉬운 걸 해보겠습니다." 글쓰기를 위해 이것저것 생각을 많이 할 게 아니라 먼저 쓰는 것이 필요하다.

요즘은 볼 만한 영상이 너무 많다. 유튜브를 보면 알고리즘에 의해서 내가 관심이 있는 동영상을 계속 이어서 보게 해준다. 헤어날 수가 없다. 순식간에 시간이 훌쩍 간다. '이것만 봐야지.' 하고 생각을 해도 쉽지 않다. 또 다른 방해요인은 TV다.

아무 생각 없이 보면 금방 시간이 간다. 머릿속에 있는 생각도 방해요인이다. 오늘 할 일, 내일 할 일, 곧 다가올 일, 사춘기 자녀와의 대화, 은퇴 후 생활 등등 걱정거리가 태산이다. 이런저런 고민을 하다 보면 글쓰기는 뒷전이다. 방 청소를 할 때도 시작하면 뭐든지 정리하고 치우게 되는데 마음속으로 생각만 하면 아무것도 되지 않는다. 아무런 행동을 하지 않으면 아무 일도 일어나지 않는다. 일단 쓴다는 마음을 가지고 노트에 쓰거나 노트북을 켜는 게 필요하다. 어떤 환경에서도 쓸려고 하면 쓸 수 있다. 지금 지방 출장 가는 KTX에서도 글을 쓰고 있다. 상상도 못 했던 일이다. 누군가를 의식하면 이렇게 기차 안에서 글을 쓸 수 있을까? 먼저 내가 글 쓰는 사람이라고 생각하고 써야 한다. 여기저기 알릴 필요는 없겠지만, 적어도 글쓰기를 통해 인생을 바꾸려고 노력한다는 다짐이 필요하다.

책 쓰기 강의를 듣다가 나도 모르게 무의식 상태에서 강의 내용을 썼던 적이 있다. 잠이 와서 그런 것일까? 아니면 모르는 무언가가 필기하게 했을까? 몸은 잠을 원했지만, 머리가 손을 움직이게 해서 글을 썼던 기억이 난다. 계속 생각하고 노력하면 정신이 육체를 지배하지 않을까? 영어 공부를 한참 열심히 했던 적이 있다. 새벽에 학원을 가야 하는데 방해요인이 참 많다. 전날 회식으로 과음을 했거나 오늘은 하루 쉴까? 하는 마음속의 유혹…. 다 이겨내기가 쉽지 않았다. 그래도 한 번 빠지면 계속 빠지게 되니까 가야겠다는 마음이 있어서 꾸준히 학원 수업을 들었다. 심지어 영어로 꿈을 꾸기도 했다. 뭔가 계속 의식적으로 해야겠다고 뇌에 입력하면 결국 하게 된다. 글을 쓴다는 건 쉽지 않은 일이다. 말은 생각나는 대로 하면 되지만, 글은 생각나는 대로 쓰기가 어렵다. 글은 매일 쓰는 습관이 필요하다. 술술 익히는 글을 쓰려면 평소에 글쓰기를 계속해야 한다. 매일 쓰기를 못 하는 이유는 나의 마음가짐이 아닐까? 정해진 시간에 꼭 글을 쓴다고 생각하고 쓰면 된다.

글쓰기를 방해하는 다른 요인은 마음가짐이다. '내가 할 수 있을까? 내가 쓴 글을 보고 누군가 뭐 이런 글을 다 썼지? 유치하게….' 라고 생각하지는 않을까? 하는 마음이 있다. 글을 쓰면서 느끼게 되는 만족감과 다르게 마음 한쪽에서는 머릿속 원숭이가 방해한다. '글을 왜 쓰냐? 글 써서 뭐 하려고? 네 글을 읽고 사람들이 좋아하겠냐? 부끄럽고 창피하지 않냐? 그냥 편하게 사는 게 제일 좋아. 왜 고생하려고 하냐?' 쉼 없이 말을 건다.

그런 마음에 동조하는 순간 글을 쓰기 싫어진다. '난 글 쓰는 사람이 될 거야. 나의 경험을 글로 남기고 싶어. 난 할 수 있어.' 라는 의지보다 머릿속 원숭이가 이기는 경우가 더 많다. 무엇이든 새롭게 하는 것에 대해서는 거부감이 있다. 막연한 두려움, 불안함…. 이런 것들이 글쓰기를 방해한다. 이겨내는 방법은 새로운 자극을 받는 것이다. 반복 학습만큼 효과가 좋은 건 없다. 계속 읽고 쓰기를 반복하고 강의를 듣고 마음을 새롭게 한다. 새로운 자극은 콩나물 물 주기와 비슷하다. 콩나물에 물을 주면 밑으로 다 흘러내리는 것처럼 보인다. 어느 순간 콩나물은 훌쩍 커진다. 나도 모르게 계속 강의를 듣고 자극을 받으면 성장할 수 있다. 콩나물로 만든 음식을 좋아한다. 아삭한 식감과 시원한 느낌이 좋다.

계속 자기최면을 거는 방법도 있다. 올림픽 때 펜싱선수였던 박상영 선수가 계속 '할 수 있다.' 라는 말을 되뇌는 걸 본 적이 있다. 할 수 있다고 생각하기 때문에 할 수밖에 없었다고 한다. 확신하고 바라고 있는 것이 이루어진다고 계속 생각하면 원하는 것을 이룰 수 있다. 복잡한 실타래처럼 방해 요소를 뚫을 방법은 할 수 있다는 마음이 아닐까? 일할 때 일단 안 된다고 얘기부터 하는 사람이 있고, 한 번 방법을 찾아보겠다고 하는 사람이 있다. 일단 하려는 마음보다 안 하려고 밀어내는 마음이 있는 사람에게는 쉽게 다가가서 결과를 내기가 어렵다. 이건 이것 때문에, 저건 저것 때문에…. 하려는 의지가 있는 사람은 고민하면서 방법을 찾아낸다. 이렇게 하기 위해서는 뭐가 필요하고 어떻게 해야 할지…. 인생은 끝없는 장애물을 만난다. 극복하는 방법도 여러 가지다. 성취감을 느낄 방법은 극복하는 것이다. 안되는 방법을 찾는 게 아니라 하는 방법을 고민한다. 쓰지 않을 이유는 수없이 많다. 쓴다고 생각하면 한 가지 방법만 생각하면 된다. 어떻게 쓸지…. 안 하는 방법 수십 가지를 찾는 것보다 쓰겠다는 마음 하나면 글을 쓸 수 있다.

히어로 영화를 보면 주인공이 고난과 역경을 딛고 문제를 해결한다. 결과를 내기 위해서는 방해되는 요소가 많다. 성취의 기쁨은 그냥 얻어지지 않는다. 참고 견디고 이겨내야 하는 순간이 온다. 마라톤을 하는 사람들의 얘기를 들어보면 숨이 턱까지 차오르고 그만할까 하는 순간이 온다고 한다. 그 순간을 이겨내면 자신도 모르게 희열이 느껴진다. 헬스장에서 PT(Personal Training, 개인 운동 훈련을 지도받는 것)를 받아본 적이 있다. 내가 할 수 없다고 생각한 무게를 트레이너가 계속할 수 있다고 얘기를 하면 결국 들게 된다. 스스로 가지고 있는 능력보다 더할 수 있는 일들이 많지만 '나는 여기까지야. 더 안돼.' 하고 포기하는 순간 그 자리에서 멈춘다. 어린 코끼리 발목에 족쇄를 채우면 어른 코끼리가 되어서도 족쇄를 벗어날 수가 없다고 생각해서 아무런 행동을 하지 않는다. 발만 들면 족쇄가 쉽게 빠질 텐데, 생각조차 못 한다. 이미 스스로 한계를 정해서 할 수 없다고 생각하기 때문이다. 한계를 정하는 것만큼 글쓰기가 힘들어진다. '나는 잘 쓸 수 있는 사람이야. 멋진 작가가 될 수 있어.' 자꾸 자기암시를 하는 것이 방해 요소를 없애는 방법이다. 저절로 얻어지는 것은 없다. 하루하루 최선을 다해 노력하는 것만이 좋은 결과를 끌어낸다. 더 어렵고 힘든 상황에서도 노력하는 사람들을 떠올려 본다. 내가 주어진 환경에서 할 수 있는 최대한의 노력을 하고 있는지 생각한다. 막연하게 글을 써야지가 아니라 하루에 한 줄이라도 써 내려가는 것이 중요하다. 막상 생각해도 실천하기는 쉽지 않다. 습관이 되도록 시간을 정하고 노력해야 한다. 나는 얼마나 노력하고 있을까? 여러 가지 방해되는 것들과 합심해서 같이 놀고 있는 건 아닐까?

글쓰기를 도와주는 방법보다 방해하는 요인이 훨씬 많다. 특히 머릿속 원숭이는 부정적인 생각을 많이 하게 한다. '어려울 거야.' '힘들어.' '하기 싫어.' 이런 생각들을 이겨내기 위해서는 계속 의지를 북돋아 주는 장치가 필요하다. 책 쓰기 강의를 들으면서 자극을 많이 받는다. 인생을 사는 방법, 글쓰기 방법과 어떻게 하면 보다 잘 살 수 있는지를 배운다. 삶을 대하는 태도도 달라졌다. 부정적인 생각보다 긍정적으로 생각하려고 노력한다. 안 좋은 일이 있더라도 부정을 긍정으로 빨리 전환하는 기술이 생겼다. 예전엔 '아! 짜증 나. 화나!' 라고 하면서 부정적인 생각들이 계속 꼬리를 물고 이어졌다. 지금은 '그럴 수도 있겠네. 더 좋아질 거야. 괜찮아.' 하고 한 번 더 생각한다. 계속 내공이 쌓이면 머릿속 원숭이도 나를 도와주는 긍정적인 존재로 만들 수 있지 않을까? 오늘도 머릿속 원숭이는 부정적으로 생각하게 하는 말을 한다. 긍정의 힘을 가지기 위해 계속해서 글을 쓰고 힘껏 밀어내는 중이다.

04

방해물이 있어 오늘도 성장한다

서유정

매일 새벽 다섯 시에 일어난다. 글을 쓴다. 아유르베다(인도 정통 의학)에서는 해가 뜨기 1시간 30분 전을 창조의 기운이 강한 시간이라 했다. 주변 환경이 고요하고 아직 마음 활동이 시작되지 않아 창의적인 글쓰기를 하기 좋은 시간이다.

작가라는 꿈이 생겼다. 글 쓰는 시간을 내야 했다. 일정을 아무리 들여다봐도 시간이 나지 않는다. 아침에 일어나 아이를 준비시켜 유치원에 보낸다. 하원 시간에 맞춰 부랴부랴 퇴근한다. 다시 집으로 출근이다. 저녁 시간은 집안일과 아이를 챙겨야 하는 등 할 일이 많다. 자기 계발을 위해 신청해 놓은 수업도 들어야 한다.

도하를 재우고 글을 써볼까? 현실은 아이보다 내가 먼저 잠든다. 가끔 깨어있는 날은 글을 쓰다 늦게 잠들기도 했다. 아침에 일어나기가 힘들다. 도하는 새벽부터 침대 위를 뛰어다닌다. 출렁출렁 움직이는 침대에서 끝까지 버텨본다. 아이는 더 강력하게 뜀뛰기를 한다. 도저히 버틸 수 없을 때, 무거운 몸을 천천히 일으켜 거실로 걸어 나간다. 쇼파에 앉아 눈은 반쯤 감고 앉아있다. 그런 날은 모든 게 거슬린다. "엄마 물 좀 줘"라는 말에도 몸이 안 움직여져 스스로 먹으라고 한다. 물을 떠서 살금살금 걸어오던 도하는 바닥에 물을 엎어버렸다. 버럭 화를 냈다. 육아 퇴근 후 글쓰기는 우리에게 아닌 것 같다. 다른 방법을 찾기로 했다. 그렇게 미라클 모닝을 시작했다.

새벽 다섯 시. 눈을 떴다. 고요한 아침. 깜깜했던 하늘이 천천히 밝아오는 것, 새들의 각기 다른 지저귐 소리, 풀벌레 소리, 오감이 섬세하게 깨어난다. 어느 하나도 경이롭지 않은 것이 없다. 바쁜 하루를 열심히 사는 내가 대견하다. 방전되어 가던 몸과 마음에 배터리가 가득 충전되었다. 에너지가 채워지니 아이가 일어났을 때도 엄마가 왜 이러나 싶을 정도로 반기게 된다. 이제 글을 쓸 수 있다. 시간이 있다. 드디어 꿈꾸던 작가가 될 수 있을 것 같았다.

그렇게 한 달 정도 시간이 흘렀다. 겨울에서 봄으로 계절이 바뀌어 가고 있었다. 해 뜨는 시간이 빨라졌기 때문일까? 도하가 일어나는 시간이 점점 빨라졌다. 6시 30분이면 내가 있는 방으로 쿵쾅거리며 전력 질주하는 소리가 들렸다. 그래도 한 시간 반은 나를 위한 시간을 온전히 쓸 수 있었으니 괜찮았다. 위안도 잠시였다. 도하의 기상 시간이 가속도가 붙기 시작했다. 다음 날 5시 50분에 일어나더니 다음 날은 내가 책상 의자에 앉자마자 일어났다. 내 마음 깊은 곳에서 화가 올라오고 있었다. 아이가 문을 열고 들어오자마자 왜 일어났냐고 새벽에 일어나면 안 된다고 버럭 소리 질렀다. 동그랗게 뜬 아이의 눈에 눈물이 뚝뚝 떨어졌다. 울고 있는 아이를 봐도 달래 주고 싶은 마음이 들지 않았다. '내 팔자에 무슨 글?' 신세를 한탄했다. '내가 결혼을 괜히 했나? 혼자였으면 어땠을까?' 내 시간이 간절한 마음에 이런저런 말도 안 되는 생각들이 오간다. 아이를 안고 다시 침대에 가서 눕혔다. 나도 옆자리에 누웠다. 아이의 등을 토닥토닥 두들겼지만 놀란 마음은 쉽게 진정되지 않나 보다. 한참 지나 겨우 잠들었다. 고요해지면 늘 그렇듯 후회가 몰려왔다. 아이가 잘못한 것도 아닌데 화를 냈다. 누군가에게 도움을 주고 싶다는 이유로 글을 쓰면서, 내가 자격이 있나 싶다. 나부터 똑

바로 살아야지.' 하는 자책이 올라왔다. 여섯 살. 자다 일어나 엄마가 없어 놀랐을 거다. 불안한 마음에 일어나 엄마를 찾아 뛰어왔을 텐데 아이의 불안함을 전혀 헤아리지 못했다. 아이를 잘 키우고 싶었다. 글쓰기는 엄마로서 마음을 다스리고자 시작한 이유도 있다. 목적을 잊은 채 화를 내고 있었다. 조금 천천히 가더라도 글을 쓰는 이유를 잊지 않겠다 다짐했다.

나는 여전히 새벽 다섯 시에 일어난다. 도하가 때로는 길게 잠을 잘 때도 있고, 아닐 때도 있다. 글 쓰는 방에 아이의 이불 하나를 깔아두었다. 새벽에 일어나더라도 글 쓰는 엄마 옆에서 편하게 잠잘 수 있게. 도하가 일찍 일어났다가 잠들기 힘들어하면 글쓰기를 멈추고 노트북을 닫는다. 아이와 시간을 보낸다. 낮에 시간이 날 때 짬짬이 글을 쓴다. 지하철을 타고 가면서 핸드폰 메모장에 적는다. 집안일을 하다가도 생각나는 것이 있으면 메모지에 적는다. 저녁에 도하가 일찍 잠들면 12시가 넘지 않는 선에서 책을 읽고 글을 쓴다. 방법이 오직 하나만 있는 것은 아니었다.

영화 〈어벤져스〉 중 외계인이 지구에 쳐들어오지 않았다면 헐크는 어떻게 되었을까? 헐크는 그냥 괴물일 뿐이었을 것이다.

외계인이라는 방해물이 나타났기에 지구를 지키는 영웅이 되었다. 방해물 없이는 일어날 수 없는 일이다. 우리의 삶도 그렇다. 때로는 어려움, 시련, 고난이 닥쳐온다. 어렵지만, 그때 가장 많이 배운다. 지혜가 깨어난다. 우리는 방해물을 디딤돌 삼아 점프만 하면 된다.

전 세계 최고 리더 십 전문가이자 베스트셀러 작가인 존 맥스웰은 다음과 같이 이야기했다.

"독수리가 더 빨리, 더 쉽게 날기 위해 극복해야 할 유일한 장애물은 '공기'이다. 그러나 공기를 모두 없앤 다음 진공상태에서 날게 하면, 그 즉시 땅바닥으로 떨어져 아예 날 수 없게 된다. 공기는 저항이 되는 동시에 비행을 위한 필수조건이기 때문이다. 마찬가지로 인간의 삶에서도 장애물이 성공의 조건이다."

아이는 오늘도 나를 따라 일어난다. 계획대로 글쓰기는 할 수 없다.
나에게 시간 관리는 늘 어려운 과제였다. 매일 해야 할 일들이 밀리고 쌓이기 바빴다. 육아와 일, 새벽 시간조차 마음대로 쓰기 힘들다. 시간이 없다 느끼는 지금, 시간을 효율적으로 사용하는 법을 알아가고 있다. 핸드폰을 보며 흘려보냈던 시간에 이제는 글쓰기를 한다. 하루를 밀도 있게 쓰는 법을 배워간다. 밤이 되면 뿌듯하다. 오늘 하루도 꽉 채워 보냈다.

시련이 남겨준 영광의 상처

엄지인

내 마음속에는 천당과 지옥, 긍정과 부정, 선함과 악함이 늘 공존해 서로 엎치락뒤치락 나를 지배한다. 어느 때는 '나는 멋진 사람이야! 열정적이고 부지런하고 똑똑한 사람이야.' 라며 우쭐대다가도, '나는 왜 태어나 이런 고생을 하며 살아야 할까?' '나만 이렇게 불행하고 부당한 대우를 받으며 살아가는 게 아닌가?' 하는 회의가 드는 날들이 많았다. 부모님도 모르게 시험을 쳐서 대학교에 들어가 원하던 공부를 열심히 할 줄 알았던 딸이 느닷없이 결혼하겠다고 하니, 엄마는 나를 미친년이라고 욕을 해댔다. 특히 사윗감이 엄마의 마음에 조금도 들지 않았으니, 결혼을 허락할 리 만무했다. 경제적 능력도, 세상을 살아 낼 배짱도 없는 사람을 뭘 믿고 결혼하려고 하냐며 막무가내로 말렸지만, 이미 나는 내 남편으로 점 찍어

버렸다. 아무것도 보이지 않고, 나를 조건 없이 사랑해 주겠다는 그의 듬직함과 순수함이 마음에 들었다. 엄마는 그런 딸의 앞날에 펼쳐질 고생길이 불 보듯 빤히 보였을 것이다.

언제나 핑계의 대상은 시댁이었다. 두 손 두 발이 묶여있진 않았지만, 내 의지대로 한 발짝도 꿈쩍하지 못하는 신세였다. 막대 실에 묶여 오른손을 번쩍 들기도, 한 발로 춤을 추기도 하는 꼭두각시처럼 시부모님의 말 한마디에 죽고 살기를 반복했으니, 글을 쓴다는 것은 감히 생각조차도 허락되지 않았던 현실이었다. 밤이면 혼자 울부짖다가 죄 없는 베개를 벽이 구멍이 날 만큼 두들겨서 스트레스를 해소하던 우울한 나날들이었다. 내 삶의 가치는 인정받음으로써 행복감을 느끼는 것이었다. 결혼 전에는 자신감과 쾌활한 성격으로 항상 웃음을 잃지 않는다는 칭찬을 듣고 살아왔는데, 결혼 후 자신감도 없어지고, 사람들과의 관계도 피하게 되고, 수심이 가득한 모습으로 변하고 말았다. 칭찬과 남을 인정하는 것에 인색했던 그들 속에 나는 미운 오리 새끼였다.

누구나 자신에게 주어진 삶의 무게가 가장 무겁고 고통스럽다고 생각되겠지만, 숨이 막히고 기가 막혀 숨을 쉴 수 없을 만큼

한 달 정도만 버틸 힘으로 남아 있다고 생각될 즈음, '하늘이 날 버리지 않으셨구나' 하는 이변이 생겼다. 집이 팔리는 바람에 느닷없이 분가가 이루어졌다. 세상 살기가 싫어질 무렵, 꿈에서조차 바랄 엄두도 내지 못했던 분가가…. 기쁘지도, 반갑지도 않을 만큼 지쳐있었다. 세상을 살아낼 체력도, 자신감도, 의욕도 없었다. 몸은 40kg 정도로 바짝 말라 있었고, 밥을 먹기만 하면 체하고, 위경련으로 밤새 방안을 떼굴떼굴 구르며 배를 쥐어뜯어 손톱자국으로 붉어진 내 가슴팍과 배꼽은 성할 날이 없었다. 우리의 엄마도, 그 엄마의 엄마도 나처럼 시집살이의 설움과 시련 속에 고통받고 밤마다 남몰래 눈물을 흘리며 살아왔을 터이다.

불행한 내 삶이 싫어 술로 하루하루를 잊고 싶었다. 술을 먹었다는 사실이 죄책감이 들어 또다시 잘해 보자고 거듭 나를 일으켜 세우며, '이분들에게 사랑까진 바라지 않지만, 며느리로 인정은 받고 살아야지.' 하고 내 본분을 다하며 애쓰고 살았다. 나를 갉아먹는 좀 벌레라는 사실도 모르고 자책하며 원망하며 살아온 세월이 얼마였던가. 어려운 시기가 다 지나고 나니 보이는 것이지, 우리 앞의 미래가 보인다면 인생의 묘미가 있었을까? 시부모님들의 핍박과 무시가 오늘날의 의지 강한 나를 만들어 준 근원이다.

비 온 뒤 땅이 더욱 단단해진다는 말처럼, 나를 참을성 있고 견고한 사람으로 만들어 주었다.

꿈속에서도 시부모님의 호통과 질책으로 가위눌림에 잠을 설치고, 잠에서 깨어나 엉엉 울었던 밤이 몇 밤이었나. 내 속에 잠자고 있던 꿈과 끼를 발산하지 못하고 누르고만 살았으니 화병이 될 수밖에 없었다. 아름다운 자연을 노래하는 시인이 되고 싶었던 나의 꿈, 새로운 도전과 새로운 것에 대한 호기심 많던 나는 어디로 갔을까.

몇 년 전 어떤 선배가 글을 쓰기 위해 강원도 어느 곳에서 한 달 살기를 시작한 후에 나를 그곳으로 초청했다. 예쁜 테이블보와 찻잔을 준비해 고즈넉한 풍광이 아름다운 산 언덕에 앉아 차 한 잔을 마시면서 선배는 주변에 서 있는 나무들을 보라고 하더니, 무슨 생각이 떠오르냐고 물었다. 그냥 나무가 거기 있어 좋다고 했더니, 선배는 그 나무들이 주는 에너지 얘기를 들려주면서 내가 너무 측은해 보였던지 누구를 위해 사느냐고, 너 자신은 어디에 있냐고 묻는 말에 의아해했다. 혼이 빠져 버린 삶을 살고 있다는 걸 눈치챈 것 같았다. 결혼을 하면 시부모님에게 도리를 다하고, 남편을 천생배필로 의지하며 사는 게 진리 아닌가? 오히려 그 선배가 이상하다고 생각했다. 물론 선배가 나에게 한 조언은 이혼하라는 얘기는 아니었지만, 그 이후로 그 선배와의 인연은 끝이었다. 요즘 부쩍 그 선배 생각이 난다. 내가 이 세상에 온 목적은 무엇이었을까. 이 시련을 통해 어떻게 성장해 가야 할까. 그때 나를 다시 살게 해 준 하늘의 뜻은 무엇이었을까.

사는 것은 쉼 없이 마음의 밭에 자라나는 잡초를 뽑고, 자라나면 또 뽑아버리는 일의 연속이다. 그리스 신화의 시시포스가 신을 기만한 죄로 영원히 바위를 산 정상으로 밀어 올렸다가 굴러떨어지면 다시 밀어 올려야 하는 형벌을 받은 것처럼, 우리는 매일 반복되는 무기력한 인간의 삶을, 주어진 삶 안에서 자신의 의지와 무언가를 이루어 내려고 하는 노력을 죽는 날까지 해야만 한다. 내 마음속에 자라나는 가시 돋친 잡초, 누군가를 원망하고 미워하는 나쁜 독초들을 뽑아내고 또 뽑아내어 긍정적이고 당당하고 아름다운 생각들이 자라나게끔 마음의 밭을 가꾸어야 하는 일이다. 중국의 사상가이자 도가의 시조 노자는

"삶은 자연스럽고 자발적인 변화의 연속입니다. 그들에게 저항하지 마십시오. 그것은 슬픔을 만들 뿐입니다."

과거의 우울하고 침울했던 나를 지워버리고 새로 태어나는 나를 만들어 내는 일이다.

06

내 머릿속 방해꾼

이윤정

블로그 글쓰기 새 창을 열었다. 새 페이지다. '책상 주변이 왜 이렇게 지저분하지? 물티슈 어딨더라. 아, 일기 써야지! 어, 지난밤 미국 주식 어떻게 됐지? 아, 나스닥이 하락했구나. 어젯밤에 무슨 일 있었나 보네. 마켓워치 한번 가볼까. 참, 사람들한테 아침 인사 남겨야지. 어제 블로그에 남긴 글은 누가 봤으려나? 이웃 새 글 누가 남겼나? 아 참! 지금 뭐 하려고 했더라? 맞아. 글 쓰려고 모니터 앞에 앉았지!' 글쓰기 전 블로그에 만들어둔 템플릿 하나를 불러온다. 갑자기 또 다른 게 생각난다. '참, 어제 책 쓰기 수업에서 새로운 템플릿 배웠지! 잊어버리기 전에 내용 추가해야겠다.' 내 머릿속 방해꾼이 오늘도 침범한 바람에 글쓰기 생각이 어디론가 숨어 버렸다. '아, 맞다. 글 써야지.' 겨우 정신을 차리고, 아침에 읽은 책을 다시 펼친다. 오늘 포스팅할 내용이다. '이걸 적어도 되려나? 이걸 읽으면 사람들이 뭐라고 하면 어쩌지? 지울까?' 새 페이지를 열어둔 지 벌써 십 분이 흘렀다.

아침부터 배가 아프다. 화장실부터 들른다. 세면대 주변이 지저분하다. 수세미로 한 번 훔치고 나온다. 드디어 책상 앞에 앉았다. 후기 쓰려는 책, 다이어리, 세금 고지서가 널브러져 있다. 치울까, 말까 고민이다. 내일 치우자. 커피 한 잔 생각난다. 키보드에 손을 올려두긴 했지만, 머릿속이 금방 복잡해진다. 자꾸만 다른 할 일이 떠오르기 때문이다. 아침에 읽은 책에서 기억하고 싶은 한 문장을 적기 시작한다. 며칠 전부터 《투자는 심리게임이다》를 읽기 시작했다. 제목은 쉬워 보였지만, 이상하게 문장이 눈에 잘 들어오지 않는다. 앞에 읽었던 부분으로 다시 돌아가 펼쳐 본다. 두 번째다. 음…. 이 문장이 중요한가? 앙드레 코스톨라니가 무슨 말을 전하고 싶은 거지? 모르겠다. 그는 나와 다른 시대, 다른 삶을 살고 있다. 그가 전하고 싶은 주제인지 모르겠지만, 마음에 드는 한 문장을 겨우 고른다. 타닥타닥 기계식 키보드 위로 손을 올려 타이핑한다. 일단 시작하니 차분히 글이 써진다.

블로그나 카페에 글을 쓰면, 읽는 사람들의 반응이 어떨지 걱정이 앞섰다. 두려움이다. 큰 용기를 내어 블로그를 개설하고 글 하나를 포스팅하기 시작했다. 직접 공유하지 않는 이상, 처음엔 조회하는 사람이 없다. 어쩌다 블로그를 방문한 사람은 관심 있어서 스스로 찾아온 것이다. 두려울 필요가 전혀 없었다. 글이 공감되면, 블로그 이웃으로 추가하거나, 인스타그램 팔로워를 한다. 정보를 하나라도 더 관찰하고 발견하기 위함이다. 내가 알고 있는 걸 다른 사람들도 모두 알겠지 생각하느라 글로 남기기 쑥스러웠지만, 생각보다 모두 바쁘게 살아가느라, 모르는 이들도 많다는 사실을 알게 되었다. 내가 궁금한 것들을 다른 사람들도 궁금히 여겼다. 살아가는 삶의 태도는 사람마다 다르다. 어떤 정보를 찾아보면, 누가 글을 쓴 것이냐에 따라 팬층도 달랐다. 공감하는 사람들은 나와 비슷한 성향의 사람들이다. 글을 찾아와 읽어보고 마음에 들었기에 공감하고 이웃을 추가한 것이다. 그들도 용기를 내어 공감과 댓글을 남겨준 것이다. 세상에는 세 부류의 사람이 있다고 한다. 한 그룹은 나에게 관심이 있는 사람, 한 그룹은 무관심한 사람, 나머지 한 그룹은 나를 적대시하는 사람이다. 오직 나를 따르는 사람만 챙기기에도 바쁜 세상이다. 세 부류의 사람은 내가 글을 쓰기 전부터 정해져 있다고 한다. 내게 관심 있는 사람만 돕는다는 마음으로 기록하고 결정하면, 구더기 무서워서 장 못 담글 이유가 없다. 이 사실을 알고 나니 마음이 한결 편해진다.

한 달에 수백 권씩 신간 도서가 서점에 입고된다. 저마다의 경험을 가진 작가들 책이 쏟아지고 있다. 모두 읽고 싶지만, 사실 불가능하다. 가끔 반대 성향을 지닌 작가의 책을 읽으면 오히려 방해가 된다. 그럴 땐 나와 비슷한 수준의 책을 골라 읽으며, 공감 가거나 배우고 싶은 것, 키워드를 뽑아 기록으로 남겨둔다. 책에 적기도 하고, 다이어리 모퉁이 빈칸에 기록하거나, 에버노트, 블로그에 문장을 스크랩한다. 잊지 않기 위해서다. 매일 아침 블로그에 《평단지기 독서법》으로 생각을 기록한다. 어제 일어난 일 중에 기억하고 싶은 사건, 맛있었던 음식, 남편과의 대화, 엄마의 이야기, 증시 뉴스, 부동산 소식 등 남기고 싶은 것을 아무거나 기록하며 하루를 시작한다. 어떤 날은 머릿속이 깨끗해 글이 술술 써지기도 하고, 어떤 날은 너무 복잡해서 한 줄 적고, 더 이상 적지 못하는 날도 있다. 어찌 됐든 단 열 줄이라도 채운다는 생각, 다른 사람들에게 인사 글로 공유하기 위해서 키보드를 계속 두드려 본다. 가끔은 무슨 말을 적은 건가 싶을 때도 있지만, 초보라도 왕초보를 도울 수 있다는 이야기에 어떤 방해도 이겨내고, 글을 포스팅한다.

머릿속이 복잡할 때는 쓰고 싶어지는 메모장을 옆에 꺼내둔다. 머릿속 복잡하게 엉킨 생각을 하나씩 꺼내어 끄적인다. 종이 한가득 채워지는 날도 있다. 평소 얼마나 많은 생각을 하고 있었는지, 마음만 바쁘다는 걸 깨닫는다. 우선순위 번호를 매겨보고, 머릿속을 비운다. 여유가 생긴다. 차례대로 하나씩 순서대로 시작한다. 지금 해야 하는 일, 그것에만 관심 둔다. 글을 쓰기로 했다면, 다른 건 일단 미룬다. 시급하지 않지만, 무엇보다 내게 중요한 글쓰기에 집중한다.

책을 쓰겠다고 남편에게 선언했다. 책은 아무나 출간하냐며, 쓰고 나서 이야기하라고 한다. 응원받고 싶었지만, 큰 기대였다. 반드시 출간해서 책을 보여주며 한마디 해야겠다. "책 나왔어! 거봐, 내가 할 수 있다고 했잖아."라고 툭 던져 줄 테다. 우스이 유키의 《일주일은 금요일부터 시작하라》에서 거물에게 이루고 싶은 목표를 선언하라는 이야기가 나온다. 곧바로 김승호 회장의 인스타그램을 찾았다. '책을 써서 회장님의 출판사에서 책을 내겠습니다.' 라는 댓글을 남겼다. 내 의지는 더 굳건해졌다. 같은 목표를 가진 사람들과 어울려, 함께 응원하며 글쓰기를 시작했다. 하고자 하는 목표를 선언하고 나면, 그 사람을 실망하게 하지 않도록 동기부여 된다. 마침내, 내가 쓴 첫 책이 집으로 배송되었다. 남편에게 한 권 '툭' 던져주며 말했다. "책 나왔어! 거봐, 내가 할 수 있다고 했잖아."

어떠한 열매도 씨앗이나 모종이 있어야 한다. 방해꾼들로 온전한 글쓰기 시간을 확보하기는 어려워도, 책 읽을 때 눈에 띄는 한 문장, 배우자가 툭 내뱉는 말, 직장 선배의 주옥같은 명언을 에버노트, 스마트폰 메모장, 카카오톡, 블로그 어디든 남겨본다. 하나둘 쌓여 나의 글감 빅데이터가 되었다. 하루만 지나도 빅데이터는 점점 풍부해진다. 기억력이 나빠도, 나의 빅데이터 공간에서 키워드를 검색하면 끝이다. 조각난 메모와 문장을 조금 이어 붙이면 한 꼭지 경험담이 '척척' 나오기도 한다. 오픈북 시험은 아무거나 가져갈 수 있다. 여기저기 모아둔 나의 기록들은 바로 글쓰기를 위한 나의 공식 울트라 컨닝 페이퍼인 셈이다.

내 머릿속에는 할 일이 가득하다. 글을 바로 쓰기 어렵다. 그럴 때 머릿속 생각을 모두 끄집어내어 어딘가 끄적여 둔다. 그제야 글이 한 줄 두 줄 채워진다. 완벽한 문장을 한 번에 완성하려고 고민하기 시작하면 초보 작가는 금세 포기하기 쉽다. 완벽한 문장을 쓰려고 노력하는 대신 중간중간 메모로 끄적이며 머리를 비울 때, 글쓰기를 방해하던 것이 하나둘씩 사라졌다. '머릿속 방해꾼 때문에 글을 못 쓴 것'이 아니라 어딘가 '기록해두지 않아서' 못 쓴 거였다. 글쓰기는 완전한 '공자의 말씀'만 쓰는 게 아니다. 조금씩 눈에 보이는, 손에 잡히는 글로 바뀐다. 그냥 척척 써지는 글은 없다. 글쓰기의 모든 것은 '기록의 법칙'에 따를 뿐이다. 방해꾼이 두려워 글쓰기를 순순히 포기할 것인가, 기록의 법칙에 따를 것인가. 정답은 내 마음속에 있다.

07

왜 글을 쓰려고 하면
멍해지는 걸까

이진행

오전 업무를 마무리하고 글을 쓰기 위해 노트북을 켠다. 한글창을 연다. 흰 화면 앞에서 멈추면서 갑자기 멍해진다. 커서의 깜빡거림만 계속 바라볼 뿐이다. 첫 번째 책, 두 번째 책 원고를 작성했을 때는 술술 막힘없이 썼다. 하지만 세 번째 책을 쓰려고 하는데 자꾸 막힌다. 수요일마다 책 쓰기 수업을 들으며 글을 쓴다. 강의를 듣고 나면 쓸 용기가 난다. 하지만 흰 백지 화면 앞에 다가가면 다시 한동안 머릿속은 하얀 벽지가 된다. 왜 그럴까? 써야 한다는 마음은 있지만, 키보드 위 손가락은 움직이지 않는다. 키보드 위에 손을 올려놓은 채 두 시간 이상 있었던 때가 며칠 지속되었다. 무엇을 적을지 정하지도 않은 채 키보드 위의 손만 바라보며 두 시간을 보냈다. 글은 보통 오후에 쓰는 편이다. 알람은 매일 오후 두 시에 맞추어져 있다. 알람이 울리면 노트북을 켜서 한글창을 열고 한동안 바라보는 행위를 반복한다. 마음속에는 '어떻게 해서든 한 꼭지 마무리할 거야!' 라는 생각으로 가득하다. 생각뿐이다. 손을 움직여야 한다는 건 알고 있다. 머릿속에 가득한 써야 한다는 생각, 움직이지 않은 손가락으로 복잡한 나날이 이어졌다. 대안이 필요했다.

우선 책 쓰기 수업 때 들었던 메모 습관을 만들어야 했다. 사실 수첩이나 3P 다이어리를 쓰다가 멈추기를 반복했다. 왜냐하면 수첩이나 다이어리에 글을 적으면, 나조차도 적은 내용을 모를 때가 많다. 쓸 때는 무슨 내용인지 알지만, 며칠 지나서 다시 보면 알아볼 수가 없다. 비록 내가 썼지만. 메모 습관의 문제가 아닌가 하는 생각이 들었다. 하지만 메모 습관의 문제는 아닐 거다. 다시 골똘히 생각한다. 과연 무엇이 문제일까? 왜 글을 쓰려면 멍해지는 걸까? 첫 번째 책, 두 번째 책을 쓸 때는 그렇지 않았는데, 머릿속이 하얘지는 걸 어떻게 해결할까? 고민에 고민을 거듭했다.

매일 글을 쓰겠다고 해 놓고 자신과의 약속을 지키지 못했다.

무슨 일을 습관으로 만들려면 행동을 반복해야 한다고 많은 자기계발서에서는 말한다. 반복! 그렇다. 반복하지 않아서 글을 쓰려고 하면 매번 멍해졌다. 집중하고 반복하는 습관을 기르기 위해 매일 적은 양이라도 적었다. 하루 10분이라도 주변의 모든 일상을 모조리 써 버려야지 하는 자세로 써 내려갔다. 비록 블로그나 페이스북에 쓴 글을 게시하지 못하더라도 한글 프로그램에 하루에 정한 분량만큼, 정한 시간만큼 적고 하루를 마무리한다. 그렇다고 글이 마음대로 써진 것은 아니었다. 안 써지더라도 꾸준히 써 나가는 것이 중요함을 알았다. 무슨 말이든지 좋으니까 그냥 썼다. 중구난방으로 쓴 글이더라도 일단 쓰기로 마음먹고 첫 문장을 써 나갔더니 점점 멍해지는 현상이 조금은 줄었다. 글을 잘 써야 한다는 강박감도 멍해짐에 한몫했다. 마음이 편한 상태에서 글을 써야 마지막까지 쓸 수 있음을 불안한 마음을 멀리 한 뒤 알게 되었다. 안정적인 마음이 글을 시작하는 데 도움을 주었다. 완벽한 글을 쓰고자 했기에 머뭇거린 것이다. 잘 써야 한다는 마음이 있었다. 첫 문장을 어떻게 시작해야 할지 망설여졌다. 매일 써야 하는 꾸준함과 더불어 부지런함도 필요했다. 꾸준히 글을 써야 첫 문장도 자연스럽게 나갈 수 있었다. 꾸준함은 반복이 수반되어야 한다. 몸에 익숙해지도록 반복했다. 반복과 꾸준함, 그것이 답이었다.

게으름도 글 쓰는 데 방해 요소이다. 게으름이란 무엇을 하지 않는 것을 의미한다. 해야 함에도 하지 않는 것이다. 책을 출간하는 사람이 작가가 아니라 매일 꾸준히 글을 쓰는 사람이 바로 작가이다. 작가임에도 작가의 본분을 잊어버린 적이 얼마나 많은지 모른다. 매일 글을 써야 함에도 백지 앞에 멈추는 것이 반복되면 며칠 글쓰기를 멈추었다. 인정할 건 인정하는 솔직함이 필요하다. 글쓰기는 반복하더라도 멈추는 걸 반복하면 치명적임을 몸소 깨달았다. 글쓰기를 멀리하도록 만드는 부정적인 습관을 글쓰기를 반복하는 습관으로 바꾸었다. 그랬더니 글쓰기를 미루는 게으름도 차츰 사라졌다.

첫 책 《마음 장애인은 아닙니다》를 쓸 때는 분량을 채우는 데 아무런 문제가 없었다. 두 번째 책도 마찬가지였다. 현재 세 번째 책 원고는 잠시 멈춘 상태다. 바쁘다는 건 핑계다. 세 번째 책이라 잘 쓰고 싶었다. 초고는 분량 채우기다. 초고부터 잘 쓰고 싶은 마음으로 가득했다. 하지만 책 쓰기 강의를 매달 들으면서 가장 많이 들은 말이 초고는 무작정 어떤 내용이든 채워야 한다는 것이었다. 초고는 빨리 써 버리고 퇴고할 때 승부를 봐야 한다. 초고를 잘 쓰겠다는 생각이 오히려 머리가 멍해지는 또 다른 요인이었다. 지금 쓰고 있는 공저 집필을 마무리하면 개인 저서 초고도 며칠 만에 마칠 수 있으리라.

막상 글을 쓰려고 하면 무엇을 써야 할지 망설였던 적이 한두 번이 아니다. 글쓰기 강의를 듣고 혼자 쓰려고 하면 머리가 아프기 시작한다. 차 한 잔 마신 후 다시 키보드 앞에 앉지만 도루묵이었다. 글쓰기 강의를 듣고 난 후 글을 쓰면 잘 써질 거라는 생각이 들었는데 마음대로 안 써진다. 그까짓 글 안 쓴다고 먹고 사는 데 지장은 없다. 왜 그리 골머리 앓으면서 글쓰기를 해야 하는가? 잘 안 써져 마음만 답답하다. 방법은 딱 하나! 죽이 되든 밥이 되든 일단 써 보는 것이다. 멍해지는 건 자주 안 써봤기 때문에 나타나는 현상이다. 처음을 어떻게 시작해야 하는지가 관건이다. 그래서 나는 그날 있었던 일을 있는 그대로 써 보았다. 앞뒤가 맞지 않는 글을 썼다. 다 쓰고 고칠 생각으로 마구잡이로 썼다. 모든 걸 내려놓고 자연스럽게 써 내려갔다. 그런 습관을 몇 달 지속했다. 그랬더니 자연스레 반복된 습관으로 글이 써진다는 걸 실감할 수 있었다. 자주 글을 쓰다 보면 처음 시작하는 데에도 망설이지 않고 쓸 수 있다. "뜻을 관철시키는 사람은 먼저 뭔가를 과감하게 시작해야 한다."라고 보도 섀펴는 《멘탈의 연금술》에서 말하고 있다. 글쓰기도 과감하게 시작해야 한다. 끝을 보겠다는 각오로 첫 문장을 적어 나갔다. 어떻게든 분량을 채우겠다고 다짐하고 나서 글을 쓰기 시작했다. 이렇게 글을 쓰니 '1.5매에서 2매'라는 분량을 채울 수 있었다. 첫 문장을 과감한 시도로 쓰기 시작했다. 어느새 마지막 문단에 와 있는 나를 발견한다. 오늘도 한 편의 글을 썼다는 기쁨이 밀려온다.

하루 10분이라도 글을 쓴다. 글쓰기도 한층 수월해졌다. 자연스럽게 멍해지는 현상도 없어졌다. 부정적인 영향을 주는 행동의 반복을 멈추고 긍정적인 효과를 주는 행동의 반복, 즉 글쓰기를 반복하기로 생각을 고쳐먹었다. "처음에는 우리가 습관을 만들지만, 나중에는 습관이 우리를 만든다."라고 영국의 시인이자 극작가, 비평가인 존 드라이든은 말했다. 반복하는 습관이자 최적의 방법, 매일 두 시에 알람이 울리면 글을 쓴다.

며칠 글이 써지지 않는다. 손가락은 키보드 위에서 멈춰 있다.

머릿속에는 '움직여! 움직여야 해!' 라는 말을 한다. 생각대로 움직여지지 않는다. 뇌는 생각하는 대로 행동한다. 부정적인 생각은 부정적인 반응을 하고, 긍정적인 생각은 긍정적인 반응을 한다. 쓸 수 있다! 할 수 있다! 흰 바탕 위에서 머리가 하얘지면 크게 외친다. 뭐라도 좋으니 무조건 글을 쓴다. 멈추지 않는다. 내 안에 긍정적인 주문이 들어오니 활기가 생긴다. 긍정적인 기운으로 과감하게 첫 문장을 써 내려간다. 그다음부터는 마구 써 내려간다. 이런 일이 반복되니 습관이 만들어졌다. 매일 글을 쓰는 습관을 들이니 글을 쓰는 게 점점 수월해진다. 가볍게 글을 써 나가고 있는 요즘, 마음은 파란 하늘이다.

08

지금의 재능은 시작점일 뿐

장춘선

 "드디어! 자이언트에서 500호 작가가 탄생했습니다!"

예비작가 책 쓰기 공부방에 새로운 작가탄생을 알렸다. 공지가
오르자마자 열기가 뜨겁다. 축하합니다! 종일 알람이 울린다.
새로운 작가가 탄생할 때마다 '나도 하면 되지 않을까?' 충동
이 일어났다가 사라지곤 했다. '500호' 어감이 달랐다. 그들과
내가 다른 점이 뭘까. 그들도 초보 시절이 있었을 텐데. 컴퓨터
바탕화면에 저장된 초고를 펼쳤다. 컴퓨터로 보기 불편했다.
인쇄를 했다. A4 80페이지다. 내용보다 분량을 채웠다는 사실
이 믿기지 않았다. 제법 책처럼 보였다. 막 써 내려간 글에 나름
쓴 이유가 희미하게 보였다. 건드리면 쏟아질 나의 이야기가
적혀있었다. 그동안 보고 들은 대로 퇴고 잘 써 봐야지! 결심했

다. 컴퓨터 자판에 손을 얹었지만 전달하고자 하는 메시지가 글로 표현되지 않았다. 글쓰기가 잘 안되는 이유가 뭘까 생각해본다.

첫째, 처음부터 많은 내용을 담으려고 욕심을 부렸다. 첫 꼭지 '30년 직장생활'을 잘 써야지 결심하고 컴퓨터 앞에 앉았다. 30년을 1.5매에 담으려니 어디에다 중심을 두어야 할지 모르겠다. 처음 간호사로 입사해서 출근 시간 놓칠까 봐 새벽잠을 설쳤던 이야기, 야간 근무하면서 호출되지 않는 당직 의사 기다리며 소리치는 보호자에게 죄송하다는 말만 되풀이했던 이야기, 내과 중환자실에서 적응하기 위해 사투를 벌인 이야기로 2~3시간을 소비했다. 제법 잘 쓴 것 같다. 다음 날 같은 자세로 앉았다. 어제 쓴 첫 꼭지를 읽어본다. 아득한 옛날이야기를 지금 써서 뭐 할까, 다 해결된 일인데. 어제 쓴 글을 깨끗이 지웠다. 최근 이야기를 쓰자. 간호관리자로 업무가 변화된 이야기를 써 볼까, 일상 이야기를 써 볼까, 글감 찾는 데 한참 걸렸다. 불규칙한 3교대 출퇴근 에피소드로 가볍게 적었다. 이런 사소한 얘기를 독자가 왜 읽겠어. 어떤 주제를 써도 부족했다. 두 번째 꼭지로 넘어갔다. '엄마로 주부로 하루가 바쁘다.' 지나간 많은 일이 생각났다. 육 남매 맏며느리로 휴일마다 시댁을 갔던 고군분투기, 두 아들의 성장 이야기, 나의 살림살이를 알뜰히 보살펴 준 친정엄마 이야기 등 할 말이 많았다. 역사책을 쓰려는 것도 아닌데 시대별로 정리하는 나를 본다. 역할에만 충실하게 적고 있다. 그때 내 느낌과 생각이 없다. 나조차 공감이 안 된다. 이것저것 주제 고르다 두 시간을 흘려보냈다. 이런저런 무게를 재고 담으려니 날마다 주제가 달라진다. 글감을 찾기보다 결단하기가 힘들다. 제대로 된 글 한 편, 일기 쓰기, 블로그 포스팅 등은 하지 않았다. 한 달 책 쓰기 수업만으로 작가가 되겠다고 욕심을 부렸다. 일상에서 의미를 찾지 못하는, 아직은 경험이 부족한 초보 작가임을 알지 못했다.

둘째, 핵심 독자가 없었다. 매주 책 쓰기 과정과 문장 수업을 반복해서 들었다. 머리로 이해하고 가슴은 뜨거웠지만, 몸만 달군 채 행동으로 옮겨지지 않았다. 점점 쓰는 행위를 멀리하고 남 애기처럼 듣고 있었다. 어느 날 "당신을 글 쓰게 하고 싶다!"라는 강사의 강렬한 눈빛과 말이 컴퓨터 화면을 타고 전해졌다. "내가 써 보니까 너무 좋더라. 내가 도와줄 거니까 당신도 쓰면 좋겠다." 강사의 열정이 나의 자신감으로 살아났다. 벌떡 자세를 고쳐 앉았다. 나를 향한 말 같았다. 왜 저 사람은 애타게 글을 쓰라고 외칠까. 정말 글을 쓰면 좋은가 보다. 도와주겠다는데 써야겠다! 달구어진 몸에 불을 지폈다. 그럼 나는 책을 통해 어떤 사람에게 무엇을 돕겠다는 거지? 대답이 쉽게 나오지 않았다. 내 글에 돕고자 하는 핵심 독자가 보이지 않는다. 경험만 있고 메시지를 찾지 못한 단계에 머물러 있다. 내 경험으로 도움을 줄 수 있는 독자가 필요했다. 돕고자 하는 사람이 없는데 열정이 있을 리 없다. 핵심 독자를 좁혀본다.

셋째, 전하고 싶은 핵심 메시지가 없었다. 강의 시간에 배운 내용을 적용하려고 애썼다. 핵심 메시지가 있어야 한다고 강조한 날에는, 대단한 메시지를 만들어 놓고 나의 경험을 짜깁기해 보았다. 억지스럽다. 어떤 날에는 나의 경험이 빠지면 공자님 말씀일 뿐, 누구나 쓸 수 있는 글은 공감을 주지 못한다고 혼냈다. 나의 경험을 적고 메시지를 찾아내라고 한다. 아, 미쳐버리겠다! 메시지가 중요하다고 해 놓고, 또 무조건 경험을 쓰라고! 경험과 메시지, 메시지와 경험, 둘 다 같은 맥락인데 앞뒤에 따라 자꾸 헷갈린다.

구체적으로 핏빛처럼 선명하게 적으라고 했다. 자세히 적었다.

군더더기라고 과감하게 잘라내라고 한다. 생략했더니 두리뭉실하다고 하고…. 뭘 하라는 건지 알 수 없다. 강의를 듣고 있을 때는 할 수 있을 것 같았다. 혼자는 힘들었다. 어느 날 미묘한 차이를 알아차렸다. 전하고자 하는 말에 중요한 사건을 '핀셋으로 잡아 올리듯이' 쓰라고 했다. 감이 왔다. 말하고자 하는 메시지가 있어야 핀셋으로 잡아 올릴 사건인지 아닌지 알 수 있다. 전하고자 하는 핵심을 몰라 이것저것 다 써버렸다. 조금씩 써 보고 고민하다 보니 말뜻을 이해하기 시작했다.

넷째, 매일 꾸준히 쓰지 않았다. 글을 쓰고 싶다는 마음만 가득했다. 책 읽기는 게을리하지 않았다. 매일 읽는 일에 치중해 쓰는 행동은 뒷전이었다. 채우고 나면 글쓰기가 술술 풀릴 것도 같았다. 핑계였다. 글을 읽는다는 건 쉬웠다. 침대에 벌러덩 누워 읽을 수도 있고 자투리 시간에 아무 데나 펼치고 읽으면 된다. 주제도 상관없다. 하지만 글쓰기는 시간과 노력이 필요하다. 먼저 책상에 앉아 노트북을 펼쳐야 하고 멍하니 화면을 주시하며 뭘 쓸 것인가 머리를 굴려야 한다. 한 줄이라도 결과물이 나와야 기분이 좋다. 그냥 보낸 시간은 만족감이 없다. 게으름 피울 수 없기에 두려웠다. 읽기와 쓰기는 확연히 다르다.

퇴고가 진행되지 않은 이유는 내게 있었다. 초고 80페이지. 막 써 내려간 글 속에 희미하지만, 전하고 싶은 핵심 메시지가 있을 것이다. 돕고자 하는 핵심 독자가 있을 것이다. 꾸준히 의미와 가치를 찾는다면 완성할 수 있지 않을까.

책을 출간한 작가를 부러워했다. 글쓰기에 대단한 재능이 있고 특별한 경험이 있어야 하는 줄 알았다. 저자특강을 들었다. 나와 똑같은 입장에서 시작한 초보 작가들이다. 고군분투하는 글쓰기 과정을 지켜보지 않고 출간한 책만 보았다면, 재능이라고 생각했을 것이다. 먼저 용기 내어 도전했고, 숱하게 연습하고 반복한 행위의 결과물이었다. 나는 겨우 일 년째 글쓰기 수업을 듣고 있는 초보 작가다. 글쓰기 재능도 특별한 경험도 없다. 엔젤라 더크워스는 《그릿》에서 재능보다 두 배 더 소중한 노력을 강조했다. 나에게 재능은 없어도 노력은 할 수 있다. 내가 가진 것과 지금 할 수 있는 것에 더 많은 시간과 정성을 들여 볼 작정이다. 일 년간 글쓰기 수업에 몰입했다. 힘들었지만 행복했다. 지금의 재능이 시작점임을 인정하고 도전한다면 나도 작가가 되지 않을까? 부족한 문장을 찾아 고치고 읽어본다.

09

용기 있는 초보 작가

정솜결

'정솜결은 2022년 작가가 되었다.' 주황색 A4용지에 검은색 유성 매직으로 굵직하게 글을 썼다. 주방에 있는 선반에 테이프로 붙여 놓고 설거지할 때면 한 번씩 선반을 열어 읽곤 한다. 자꾸만 말하다 보면 꼭 이루어질 것만 같다.

20대부터 새 달력을 받으면 12월 뒷장에 적었다. 그해에 꼭 이루고 싶은 일, 따고 싶은 자격증 등을 적었다. 잊어버리고 있다가 달력을 교체하며 1년 전 썼던 글을 보면, 80% 가까이 이루어져 있었다. 신기했다. 이후로 매년 새해 나의 달력 뒷장은 '꿈 적기'로 시작된다.

작가는 막연한 꿈이었다. 그래서 달력에 적진 못하고 늘 마음속으로만 간직했다. 하지만 이번에는 달랐다. A4 용지에 적어서 혹시나 가족들이 볼까 싶어 나만의 장소인 주방 선반 안에 붙여 놓았다. 어느 날 남편이 선반 안에 있는 컵을 꺼내며 "솜결 씨, 22년 얼마 남지 않았는데 언제 작가가 되실 건가요?" 하고 묻는다. 이왕 들킨 거 한번 해보자고 결심했다.

가족들에게 글을 쓰겠다고 말하고 며칠째 노트북 앞에 앉았다. 머리가 멍해지고 뭘 써야 할지도 모르겠다. '이유가 대체 뭘까?' 대략 추려보니 세 가지 정도가 나를 계속 방해하고 있었다.

첫 번째는 가족들의 지나친 질문에 부담을 느낀다.

집에는 남편과 태검이가 있다. 글을 쓴다고 얘기한 후 내 노트북은 거실 한가운데 원목 탁자 위에 올려져 있다. 아침을 먹고 설거지도 하지 않은 채 몇 시간째 거실에만 앉아있다. 작은방에서 거실로 나오는 태검이가 물어본다. 화장실을 가면서도 물어본다, 샤워 후 나오면서도 물어본다. "엄마, 글 썼어?" 남편도 안방에서 나오면서, 거실 소파에 앉으면서 습관적으로 물어본다. "정 작가님, 글 잘 써지고 있어?"

아니, '나와라 뚝딱!' 하면 나오는 도깨비방망이도 아니고. 노트북만 켜면 글이 써지는 줄 아나 보다. 왜 자꾸 물어보는 거야. 응원이 너무 과하다.

나는 새벽 4시에 일어난다. 이를 닦고 간단한 스트레칭을 한 후 거실에 앉아 블로그 글을 쓴다. 매일 글을 쓰는 게 재미있고, 쓰기 위해 고민하는 과정이 즐겁다. 매 순간 블로그 글감을 생각한다. 가족들 몰래 쓸 때는 내가 그냥 좋아서 했다. 하루하루 특별한 삶을 사는 것 같아 흥미롭고 즐겁기만 했다. 그런데 글을 쓴다고 말하면서부터 가족의 무한 관심을 받으니 오히려 쓰는 것이 어렵고 부담스럽게 느껴질 때가 많다. 취미처럼 해오던 놀이가 이제는 업무가 돼버린 것 같다. 한 줄이라도 글을 쓰고 있지 않으면 마치 내 할 일을 하지 못하고 있는 사람처럼 안절부절못하게 된다. 남편과 아들은 꼭 결재라도 받으려 기다리는 상사 같다.

두 번째는 통증 때문이다.

12년 전 교통사고가 났었다. 건널목에서 지나가는 차에 부딪혔다. 교통사고로 오른쪽 다리, 허리, 어깨, 목, 턱을 다쳤다. 1시간 이상 앉아있으면 오른쪽 어깨와 목이 누군가 누르고 있는 듯 묵직하다. 찌릿찌릿 전기가 오듯 아프다. 나도 모르게 피곤함이 몰려와 눈도 자꾸만 감긴다. 매일 동네 병원에 물리치료를 받으러 간다.

글을 쓰려면 장시간 앉아있어야 한다. 아직은 글감을 찾는 것도, 쓰는 것도 머리로는 재밌는데 몸이 힘드니 무리가 된다. 노트북을 켰다가 손가락만 올려놓고 1시간 이상 앉아있기만 할 때도 많다. 빈 한글파일을 바라보고 있다 보면 몰려오는 오른쪽 목과 어깨통증은 눈이 튀어나올 정도다. 머리를 양어깨에 대면서 목을 늘리고 스트레칭도 한다. 어떻게든 통증을 가라앉히고 써보려 하는데 쉽지가 않다.

마지막 세 번째는 가족들이 혹여 내 글을 흉볼까 두려운 마음이다.

2022년 2월 전자책을 썼다. 글 쓰는 사람들이 늘 부러웠다. 내 글을 쓰고 싶었지만, 자신이 없었다.

어느 날 남편이 "당신은 사자 성어를 말해도 한 글자씩 새로운 글자를 넣는 창의력이 뛰어난 것 같다."고 했다. 당시엔 별생각 없이 들었는데 스치듯 던진 칭찬에 힘이 났나 보다. 무슨 바람이 불었는지 그때부터 글을 쓰기 시작했다. 전자책 수업을 듣고 보름 만에 크몽에 등록까지 마쳤다.(남편과 두 아들에게는 보여주지 않았지만) 부끄러웠다. 읽고 나서 이것도 글이냐며 한 마디씩 할 것 같았다.

그랬던 내가 지금은 어디서 용기가 났는지 종이책을 쓰려고 한다. 내 이름으로 된 책이 세상에 나오는 상상을 하면 가슴이 벅차오른다. '이번에는 제대로 써야지. 제대로. 그래, 제대로 쓰는 거야.' 머릿속으로 계속 잘하자고, 제대로 한번 해보자고 되뇌다 보니 조금은 두려워진다. 아직 뚜렷하게 결과물이 나온 건 아니지만, 벌써 남편과 태검이가 무한 응원을 해주고 있다. 잘 써지냐며 수시로 물어보는 가족들에게 고개를 끄덕거리고 억지 미소를 지어 보인다. '어쩌지, 한 줄도 못 쓰고 있는데.' 속마음이 타들어 간다. 완성해서 책으로 만들어진다 해도, 행여 내 글을 보고 이런 글도 글이냐고 할 것 같아 두려움이 크다. 글 쓸 걱정은 안 하고 사람들 반응만 걱정하고 있으니…. 이래서 내가 초보인가 보다.

미국의 심리학자 윌리엄 제임스는 "사람의 생각이 바뀌면 행동이 바뀌고, 행동이 바뀌면 습관이 바뀌고, 습관이 바뀌면 인격이 바뀌고, 인격이 바뀌면 운명이 바뀐다."고 했다. 글 쓰는 습관을 만들며 생각도 단순하게 긍정적으로 하려고 노력한다. 혹시 인격도, 운명도 달라질 수 있지 않을까 기대하면서.
늘 닥치지도 않은 일에 미리 걱정을 많이 하는 편이다. 어떤 문제든 오래 생각하면 답은 안 나오고 오히려 걱정거리만 늘어난다. 타인을 의식해서 더 그런 것도 같다. 글을 쓰면서 내가 남에게 보이는 것, 인정받고 싶은 것에 민감한 사람이라는 걸 알게 됐다. 눈치 보거나 의식하는 것을 그냥 모른 척 넘기기가 너무도 어렵다. 그냥 그런 나를 인정하려고 한다. 내가 내린 결정에 대해 뒤돌아보지 말고 스스럼없이 행동에 옮기자고 다짐한다. 글은 다른 사람에게 인정받기 위해 쓰는 게 아니다. 나를 알아가고, 나 자신에게 '애썼다.'라고 다독여주기 위함이다. 이제막 재미를 알아가려는 참인데, 그 누구의 눈치도 보고 싶지 않다. 그저 재밌게 즐기며 해보련다. '글쓰기 놀이'를.

'키보드 위에 매일 손만이라도 올려놓자.' 다짐하는 나는, 용기 있는 초보 작가이다.

10

방해해, 다 써줄 테니까

최진경

실은 위 소제목을 받고 무척 반가웠다. 쓸 게 많아 차마 한 꼭지 안에 다 못 쓸 것 같은데 하는 걱정까지 했다. 평소에는 분량 채운답시고 간신히 쥐어 짜낼 때가 많다. 하지만 이런 주제라면 할 말이 차고 넘친다. 그래 놓고 왜 여태 한 글자도 못 썼을까. 혼자 속으로만 이 생각 저 생각 주거니 받거니 한다.

"이건 어때? 응? 그건 좀 별로. 이건? 글쎄, 쓰기 어렵지 않을까. 괜찮겠어? 아니, 자신 없어. 그치? 내 그럴 줄 알았다니까. 그럼 이건? 그것도 좀 그래. 왜 그런지 너도 알잖아. 응 알지, 알다마다."

주로 이런 영양가 없는 대화가 오간다. 하루 중 가장 귀하게 여기는 아침 글쓰기 시간이 벌써 삼십 분이나 증발해 버렸다.

글 쓸 때 방해되는 게 뭐가 있더라. 가장 먼저 떠오른 것은 잠이다. 방금도 꾸벅꾸벅 졸다 간신히 정신을 차렸다. 그다음은 아이들의 훼방, 부족한 시간과 자신감, 그리고 남편 눈치, 미리 괜한 걱정하는 것 등등. 뒤로도 끊임없이 많은 방햇거리가 떠오르고 또 떠오른다. 이 중 내게 가장 치명적인 방해꾼은 과연 뭘까. 혼자 가만히 심사한다. 토너먼트 방식으로 저울질해가며 하나씩 쳐 나가다 결국 최종 후보 둘만 남았다. 막상막하인 둘을 소개한다.

독서가 글쓰기에 도움이 된다는 건, 운동이 건강에 좋다는 말처럼 지극히 당연한 사실처럼 여겨지곤 한다. 나 역시 그랬다. 그래서 매일 글을 쓰고 책을 읽는다. 특히 근래는 에세이를 맛깔나게 잘 쓰는 작가들 책을 주로 본다. 나도 그렇게 '잘' 쓰고 싶다. 가독성이 좋아 술술 읽히는 데다 메시지도 명확하고 위트까지 넘치는 책을 발견하면 읽는 내내 감탄사를 연발하곤 한다. 그리고 한편으론 한숨도 난다. 물론 배울 점은 참 많다. 여러모로 도움도 되고 말이다.
반면에 그들이 너무 잘 써서 어쩐지 주눅도 들더라고 은싸부에게 하소연하니, "나는 글을 쓰라고 했지, '잘' 쓰라고 한 적은 없는데."라는 답변이 돌아왔다. 그러네. 그냥 쓰라고만 했지 잘 쓰라고 한 적은 없는데. 괜히 지레짐작 혼자 쫄아 겁부터 먹었다. 그렇다. 내 글쓰기를 방해하는 첫 번째는 바로, '자격지심'이다. 그 좋다는 독서조차 자격지심 앞에선 답이 없다.

사전을 검색해보니 자기가 한 일에 대하여 스스로 미흡하게 여기는 마음이라 쓰여있다. 자신을 부족하다 여기기 때문에 주눅이 드는 거였다. 그런 나를 설득할 방법은 한 가지뿐이었다. 할 수 있는 뭐든 다 해보고 충분히 노력하고 있다고 나 자신에게 보여주고 확인받는 것. 그럼 실력과 별개로 기특해서라도 그런 나를 믿고 응원해 줄 수 있을 것 같았다.

유시민 작가는 ≪유시민의 글쓰기특강≫에서 문학 글쓰기는 재능의 영향을 많이 받지만 '누구든 노력하면 에세이는 유시민만큼 쓸 수 있다' 고 했다. 희망적이었다. 믿거나 말거나지만 이왕 쓸 거 나는 믿어보기로 했다. 많이 읽고 많이 쓰면 정말 잘 쓰게 되는지 밑져야 본전인데 까짓거 한번 시험해보기로 했다. 이후로 나는 매일 아침 일어나 한 시간 이상 글을 쓴다. 글쓰기 관련 책을 읽는 것도 빼놓지 않는 일과 중 하나다. 매주 수업을 듣고 배운 걸 반영하여 부족한 부분을 채우려고 애쓴다. 그래서일까, 요즘은 여간해선 주눅 들지 않는다. 그저 이 사람 스타일은 이렇구나 하고 참고만 한다. 속 편하니 좋다.

두 번째 후보는 '부족한 시간'이다. 작가는 프리랜서니까. 딱 떨어지게 정해진 업무시간이 없다. 더군다나 나처럼 주부라면 더더욱 모호하다. 눈치껏 방에 들어가 쓰다가 남편의 헛기침이나 아이들 우는 소리라도 들리면 괜스레 찔려서는 안절부절못하곤 한다. 전업이 주부이니 우선순위가 살림과 육아여야 하는데 하고 싶은 게 너무 많은지라 집안일은 늘 뒷전인 날라리 주부다. 전업주부라는 말은 누가 만들어서 이렇게 나를 찔리게 하는지 모르겠다. 그냥 부업주부 하고 싶다, 나는.

모든 걸 회피한 채 글만 쓰고 싶다는 생각을 자주 하곤 했다. 누군가는 방에 들어가 계절 바뀌는지도 모른 채 집필만 한다던데. 방문 사이로 사식처럼 먹을 것만 슥 넣어주고 유유히 사라지는 마누라가 있다던데. 혹시 그런 남편도 있으려나. 우리 남편은 그래 줄 가망이 없으려나. 유명 소설가 인터뷰에서 들었던 기억이 난다.

나는 소설가도 아니고 유명하지도 않다. 현실적으로 냉정히 봤을 때 유명 소설가 운운하며 부러워하고 푸념할 시간이 없다. 그럴 시간에 내 글 하나 더 써내더라도 실력이 늘까 말까 하니까. 응? 나 잘 알고 있는데 왜 자꾸 욕심만 부리고 있지? 결혼해서 애를 둘씩이나 낳은 여자가 혼자 골방에 틀어박혀 글만 쓰고 싶다니. 말도 안 되는 헛된 바람이라는 거 나도 잘 안다. 좋아하는 것만 마냥 하고 싶고 다른 건 신경 쓰고 싶지 않은 이런 내 이기심을 어찌해야 할까.

아이들 방학이 끝나 드디어 원하던 개인 시간이 생겼다. '네가 원하던 대로 혼자 방에 틀어박혀 글 쓸 기회잖아. 어디 얼마나 대단한 거 쓰나 한번 보자.' 그토록 바라던 순간이 왔는데 막상 쓰려니 마땅히 떠오르는 것도 없고 어떻게 써야 할지도 난감하다. 그렇게 며칠 내내 끙끙 앓기만 하고 제대로 된 글 한 편 쓰지 못했다. 애간장이 타들어 간다. 어차피 이럴 거 그냥 단념하고 신나게 노는 게 낫겠다 싶어 결국 다 내려두고 방에서 나왔다.
돌아오는 주말 남편을 졸라 나들이에 나섰다. 치킨 한 마리 포장해 싣고 마트에 들러 간식거리 잔뜩 사 들고 구름다리 계곡으로 향했다. 튜브에 엎어져 몸을 맡긴 채 물속 돌고기도 들여다보고 물총 싸움도 했다. 그 뒤로도 며칠 더 탱자탱자 놀았다. 아쿠아리움에 가서 코끼리물범도 보고, 오후 내내 서이, 단이와 당근질주 토끼운동회랑 동물카드 놀이도 하고 월리도 찾으면서. 대신 중간중간 폰 메모 앱에 아이가 한 흥미로운 대답이랄지 재밌었던 얘깃거리를 간단하게나마 적어두었다(홋, 나는 작가니까).

써야지 작정하고 눈 부릅뜨고 달려들 때는 그렇게도 안 써지더니 신나게 놀다 와 이제 슬슬 한번 써볼까 하고 편하게 마음먹으니 술술 써진다(?). 이럴 수가. 내가 뭔가 단단히 착각하고 있었나 보다. '노력' 이라는 단어를 곧이곧대로 해석해서일까. 밤이든 낮이든 종일 엉덩이 붙이고 앉아 키보드 두들기고 책벌레처럼 죽어라 책만 봐야 훌륭한 글을 쓸 수 있을 거라 생각했다. 그러니 놀 시간 따위 없다고 말이다. 나는 에세이를 쓰는 사람인데. 에세이는 체험인데. 겪고 느낀 것을 글로 옮기려면, 실력만큼이나 다채로운 경험과 수용 또한 중요했다. 기억이 생생하면 생생할수록 팔딱거리는 싱싱한 수기를 쓸 수 있으니까 말이다.

생각만 달리해도 방햇거리라 여기는 것들에 방해받지 않을 수 있었다. 앞서 꼽은 두 가지는 순전히 인식에서 비롯된 오해였다. 자격지심도, 부족하다 느꼈던 시간도 결국 내가 만들어낸 허상이라 생각하니 조금 허탈하다. 그밖에 잠, 아이들, 남편 눈치 보는 것, 놀고 싶은 마음도 지나고 보니 다 마찬가지인 듯하다. 벗어나려 해봤자 그럴 수 없는 현실에 속만 탈 거다. 행여 잠시 뜻대로 된다 한들 본분을 어겼다는 자책감에 마음만 불편해질 테고 말이다. 그렇게라도 써봐야겠다고 고집 피워봤자 집중이 잘될 리 만무했다. 내 성향, 처한 환경, 소속된 공동체까지 모두 포함한 게 결국 나였다. 그 전부를 인정하기로 했다. 일어난 일을 어떻게 받아들일지가, 일어난 일 자체보다 중요하니까. 욕심을 내려놓고 현실 그대로 받아들이기로 했다. 그렇게 나는 평온함을 얻었다.

괴롭힌다 여겼던 요소 하나하나가 다시 보니 썩 괜찮은 소재 거리로 보인다. 잠이 쏟아지는 날엔 졸려서 쓰기 싫다고 쓰면 되고, 아이들이 주변에서 자꾸 맴돌며 훼방 놓으면 그 순간 그대로를 묘사하고 떠오르는 감정을 적으면 되는 거였다. 유독 남편의 눈치가 보이는 날엔 저 인간 눈치 보느라 갑갑해 죽겠다고 하소연하듯 쓰면 나 같은 아줌마가 읽다가 폭풍 공감하지 않을까.

그분이 오늘따라 예민해 보인다. 슬금슬금 눈치 보며 앱에다 적어둔다. '미간 찌푸림. 방금 한숨 두 번 길게 쉼. 그릇 내려놓는 소리가 평소와 달리 요란함.' 안 되겠다. 아무래도 그만 쓰고 얼른 나가봐야겠다.

글 쓰 기 를 시 작 합 니 다

제 3 장

오늘,
한 편의
글을
쓰다

Contents

01

틈새 시간 테트리스 공략법

김경란

시간 활용을 잘하는 사람이 늘 부럽다. 같은 일이라도 나에게는 남들보다 더 많은 시간이 필요하다. 시간을 쪼개서 틈틈이 하는 것은 더욱더 어렵다. 곧바로 집중 모드에 들어가지 못하다 보니 충분한 시간이 주어지지 않으면 아예 시작할 생각조차 하지 않는다. 그러니 나로서는 틈새 시간을 잘 쓴다는 것은 엄두도 못 낼 일이었다. 10분, 20분 남는 자투리 시간은 스마트폰이 해결해준다. 엄지손가락이 가장 분주해질 때다. 카톡, 네이버, 인스타그램을 번갈아 터치하고 화면만 이리저리 밀어댄다. 성과가 좋은 사람들이나 성공한 사람들이 하나같이 말하는 비법 중 하나는 바로 철저한 시간 관리다. 빌 게이츠는 분 단위로 계획을 세워 낭비되는 시간을 줄인다고 한다. 바쁘기로 따지면 나와 비교할 수 없을 정도겠지만 2, 3일에 책 한 권을 읽고 서평을 쓴다고 한다. 어떻게 가능할까.

독서에 관한 어느 유튜브 영상에서 하루에 책 한 권 읽는 방법을 소개했다. 간단했다. 자투리 시간이 생길 때마다 책을 읽으라고 한다. 항상 책을 들고 다니면서 틈날 때마다 펼쳐 읽기만 하면 된다고. 버스나 지하철을 기다리는 동안에도 읽고, 건널목 앞에서 파란 신호로 바뀌기 전까지도 읽고, 엘리베이터 타고 올라가는 동안에도 읽으라 했다. 잠깐의 시간이지만 하루 동안 모으면 2~3시간을 확보할 수 있다는 것이 핵심이었다. 의지만 있으면 못할 이유가 없어 보였다. 시간 활용은 물론 독서까지 할 수 있으니 일석이조(一石二鳥) 아닌가!

틈새 독서에 도전해 보겠다고 자가용 대신 지하철을 타고 출퇴근을 했다. 대중교통을 이용하면 이동하는 시간을 내 마음대로 활용할 수 있다. 시간 관리와 독서, 두 마리 토끼를 다 잡겠다는 새로운 도전 의지로 얼마간은 정신을 바짝 차릴 수 있었다. 사나흘 정도까지는 할 만했다. 어느 날부턴가 무릎 위에 펴놓은 책이 툭 하고 떨어져 발등을 찧거나 하차할 역 이름 안내방송에 황급히 책을 접고 뛰쳐나가기 일쑤였다. 단시간에 책에 몰입하기 쉽지 않았다. 피로한 탓일까 독서에 대한 흥미가 없는 탓일까 몰려오는 졸음을 쫓아낼 수 없었다. 나에게 맞는 틈새 시간 활용법을 찾기로 했다. 한 시간 단위로 일과를 적은 플래너를 통해 나의 행동 패턴을 분석하고 주어진 시간을 파악하여 할 일을 껴맞추어 보기로 했다. 틈새 시간을 공략할 세 가지 묘안! 드디어 찾았다.

첫째, 매일 규칙적으로 하는 일에 걸리는 시간을 확인했다. 기상 루틴으로 긍정 확언과 일기를 쓰고, 칼럼을 필사한다. 일주일 동안 루틴을 시작하는 시간과 끝나는 시간을 적어본 후 평균 시간을 구했다. 긍정 확언 쓰기 5분, 일기 쓰기 15분, 칼럼 필사는 10분이었다. 보통은 일어나자마자 곧바로 하는 일이지만 가끔 해 뜨기 전 새벽 공기를 마시며 달리고 싶을 때가 있다. 그런 날은 기상 루틴 대신 운동에 30분을 할애한다. 이후 하루 중 생기는 자투리 시간에 못다 한 세 가지 루틴을 틈틈이 채워 완수한다. 가령, 아침 식사 후 5분 동안 긍정 확언을 적고, 외출 전 20분 여유가 생기면 일기와 칼럼을 쓴다. 몇 분의 틈새 시간이 생겼는지 가늠해보고 할 일을 적절하게 배치한다. 틈새 시간을 알차고 야무지게 공략할 수 있다.

둘째, 원터치 타이머를 이용한다. 스마트폰 빅스비 루틴 앱에서 15분, 30분, 60분 타이머를 각각 설정하여 스마트폰 첫 화면에 배열해 두었다. 할 일을 하기 전 몇 분 동안 집중할 것인지 파악해서 필요한 타이머를 켠다. 신문 읽을 때 자주 활용하는 방법이다. 시간을 정해 놓고 읽지 않으면 끝을 맺기 어렵다. 낯선 경제용어를 일일이 찾아보느라 기사 하나에만 수십 분을 보낼 때가 있다. 이해하기 어려운 내용에 매달려 읽고 또 읽느라 진전이 없을 때도 있다. 신문 읽는 시간을 30분으로 제한했다. 시간을 정해두면 이해하기 어려운 기사는 과감히 넘기게 된다. 큰 제목을 훑어보면서 중요한 기사부터 먼저 읽게 된다. 타이머 종료 알람이 울리면 더 읽고 싶더라도 중단한다. 꼭 읽고 싶은 기사는 e-신문 링크를 복사하여 스마트폰에 따로 메모해 두었다가 시간이 날 때 열어본다. 타이머를 설정 해두면 집중이 잘 되는 효과가 있다. 중요하지 않은 일에 시간을 낭비하지 않을 수 있고, 허투루 보내는 시간을 줄일 수 있다.

셋째, 책 장르별로 집중해서 읽을 수 있는 시간을 파악했다. 책을 읽을 때 책 제목과 읽기 시작한 시간, 잡념이 들거나 집중력이 흐려지는 시간을 함께 플래너에 적어두었다. 읽는 시간대나

몸 상태에 따라 차이가 있지만, 내용에 몰입하기까지 걸리는 대략의 시간을 확인할 수 있었다. 자기계발서는 한 꼭지 내용이 짧고 줄거리가 이어지지 않아 끊어 읽기에 좋다. 읽기 시작하면 금방 집중할 수 있고 다음 꼭지 시작 전에 멈추어도 문제될 것이 없다. 10~20분이면 한 꼭지 정도 읽기에 충분하다. 반면 소설은 적어도 1시간은 읽어야 이야기의 흐름이 이어지고 감정 이입을 할 수 있다. 단시간에 한두 페이지 읽어서는 흥미도 떨어지고 이야기에 몰입하기 어렵다. 확보할 수 있는 시간에 따라 읽을 책을 정하면 효율적으로 독서에 열중할 수 있다.

아! 눈만 뜨면 바쁘다. 하고 싶은 일도 많고 해야 할 일도 넘쳐난다. 책 읽고, 글 쓰고, 운동하고, 경제 공부하는 직장인이 되려니 시간을 쪼개어 쓰지 않을 수 없다. 버려지고 새어나가는 시간만 긁어모아도 상당한 양이다. 의식적인 노력을 기울이지 않으면 집중하기 어려운 틈새 시간, 나만의 방법으로 깔끔하고 군더더기 없이 채워나가려고 애쓰는 중이다. 어렸을 때 즐겨하던 테트리스가 생각난다. 'ㄱ'자 모양을 바로 할지 뒤집을지, 'ㅡ'자 모양을 가로로 눕힐지 세로로 세울지, '+' 모양을 오른쪽에 내릴지 왼쪽에 내릴지 틈을 보고 판단한다. 요리조리 잘

메꿔 한 줄 가득 채우면 펑! 터진다. 짜릿한 쾌감과 함께 level up 된다. J. 하비스는 유명한 시간 명언을 남겼다. 승자는 시간을 관리하며 살고, 패자는 시간에 끌려 산다고. 자투리 시간만 잘 활용해도 승자가 될 수 있다. 틈새 시간, 집중해서 잘 공략하면 내 인생도 level up 될 수 있지 않을까.

02

덜 익은 몽키바나나 열매가 보여

김지안

"드르르 드르르" "따르릉 따르릉"

평소 나는 알람을 아침 6시부터 10분마다 설정해 둔다. 첫 알람 소리에는 눈이 쉽게 떠지지 않았다. 두세 번쯤 알람 소리를 듣고도 일어나지 않았다. 알람을 꺼버렸다. 오전 6시 30분. 이번에도 알람 소리를 끄면 지각할 것 같았다. 고개를 오른쪽으로 돌렸다. 게슴츠레한 눈으로 침대 옆 테라스 미닫이문 쪽을 바라보며 겨우 눈꺼풀을 떼었다. 창에는 습기가 가득 차서 온통 물방울이 맺혀 있었다. 이미 아침 해가 떠서 밖은 온통 환했다. 밤새 에어컨을 켜 놓고 잠이 들었던지 온몸을 이불로 돌돌 말고 있었다. 이불을 풀려니 몸이 무거웠다. 왼쪽 팔이 잘 돌아가지 않았다. 팔을 간신히 돌려 이불을 걷어내고 힘겹게 침대에 걸터앉았다. 왼쪽 팔 통증이 어제보다 더 심하게 느껴졌다. 에어컨 리모컨을 찾으려 주변을 둘러보았다. 건전지 덮개가 떨어져 나간 채 바닥 러그 위에 내팽개쳐져 있었다. 내 손에 밀려 침대 위에서 떨어진 게 분명했다. 만약 깨졌으면 집주인에게 변상해 줘야만 하는데 안 깨져서 다행이었다. 에어컨을 끄고 자리에서 일어나 두 팔을 하늘로 치뻗으며 기지개를 켰다. 뼈마디에서 우두둑 소리가 들리는 듯했다. 침대를 정리하고 무거운 발걸음을 떼어 침실 문을 열고 나왔다. 문을 열자 뜨거운 공기가 훅! 느껴졌다. 실내 온도는 36℃. 오늘도 하노이는 용광로 날씨다. 욕실로 들어서서 거울을 보니 꼴이 말이 아니다. 얼굴은 부었고 눈은 잘 떠지지도 않았다. 한쪽 머리카락은 눌려있고, 반대편 머리카락은 하늘로 치솟아 있었다. 어서 씻고 출근해야지! 정신 차리자!

공저 원고를 쓰기 시작한 지 이틀이 지났다. 하루 한 꼭지를 써야 한다. 첫째 날, 둘째 날 모두 한 꼭지를 쓰는 데 꼬박 4시간이 걸렸다. 어제는 글을 쓰느라 새벽 3시가 넘어서야 잠자리에 들 수 있었다. '글 쓰는 게 이렇게나 어려운 거구나! 이러니 작가가 일찍 죽는 거야!' 혼잣말로 구시렁거리기도 하고 온몸을 비틀어 가면서 꾸역꾸역 두 꼭지를 썼을 뿐이다. 잘 쓰는 건 기대도 할 수 없다. 그저 분량을 채울 뿐이다. 평소 나는 하루 7시간 정도 잠을 자야 일상생활에 무리가 없는 사람이다. 그런데 연이틀 글 쓰느라 겨우 3시간 30분밖에 잘 수 없었다. 젊어서는 철야를 해도 문제가 없었지만, 그것도 옛말이 되었다. 공저를 시작한 뒤 수영장에 못 가다 보니 몸이 더 아픈 것만 같았다. 오늘은 하노이 북부 푸토성 끝자락에 있는 외지 공장에 상담하러 가야 했다. 한편으로는 다행이라는 생각도 들었다. 이틀 동안 힘들게 글쓰기 했으니 낮에는 이동하는 차에서 부족한 잠을 자야겠다고 생각했다. 직업 특성상 장거리 출장을 많이 다닌다. 가깝게는 왕복 4시간 거리, 멀게는 왕복 10시간 거리 출장도 다반사로 다녀야 한다.

출장을 일로 생각하면 한없이 힘들고 지겨울 수 있다. 그래서 나는 출장길을 여행길로 생각하고 다닌다. 글쓰기도 풍경을 즐기며 다니는 여행길 같다. 고속도로 위를 빠르게 달리는 차 안에서 보면 길가 나무들이 후다닥 지나간다. 자세히 볼 생각을 해 본 적이 없었다. 짙은 초록빛 바나나 나무에 바나나 열매가 있다고 하는데 도통 보이지 않았다. 글쓰기를 시작한 뒤로 덜 익은 초록빛 바나나 열매가 보이기 시작했다. 푸르디푸른 끝도 보이지 않는 논바닥 중간중간 뜬금없이 보이는 무덤들. 지역을 알리는 도로 표시판의 글씨들도 보인다. 시골 시내에 들어서면 보이는 이발관, 쌀국수 식당 입간판이 보인다. 글을 쓰기 전에는 보이지 않던 것들이다. 출장길은 일하러 가는 곳이지 글감이 있을 거라고는 생각해 본 적이 없었다.

공저 단톡방에 선생님 공지 글이 올라왔다.

"반갑습니다! 오늘까지 세 꼭지 마무리하셔야 합니다! 주말에 몰아서 쓰려고 하지 마시고, 오늘까지 무조건 세 꼭지 끝내셔야 합니다! 불시 점검하겠습니다! 오늘 밤 11시까지 세 꼭지 올려주세요. 책 쓰기 양식에 맞춰 '1.5매 이상' 채워주세요. 파이팅입니다!"

"아 놔~! 안돼! 예정에 없던 중간 마감 기한을 말씀하시면 어쩌란 말입니까!"

계획에 차질이 생겼다. 오늘 분량은 오늘 마감 시간 전까지만 쓰는 건데 말이다.

넷플릭스 드라마 《오징어 게임》 내용이 떠올랐다. 플레이어들이 너무 게임을 잘 통과하니까 게임 설계자는 규칙을 바꾸었다. 나는 불평하려던 생각을 긍정하는 생각으로 바꾸기로 했다. 예비 작가들이 너무 글을 잘 쓰고 있으니 선생님은 규칙을 바꿔서 긴장하게 하려 하는구나. 좋아 그럼 나도 바뀐 규칙에서 살아남아 보자.

두 곳의 공장을 둘러보고 오더 투입 여부를 최종 결정을 해야 하는 중요한 상황이었다. 글쓰기는 잠시 내려놓고 업무에 집중했다. 두 곳의 공장을 이동하는데도 40여 분이 추가 소요되었다. 일단, 업무는 계획에 맞춰서 시뮬레이션해 보고 일정을 확인한 뒤 서둘러 하노이로 발길을 재촉했다. 하노이 지사 사무실 운전기사는 레이서 기질이 있다. 평소에도 고속도로를 달릴 때 천천히 가자고 말하지 않으면 레이싱 하듯 액셀을 밟아버린다. 오늘도 역시 이미 시속 100km였다. 곧 시속 120km 이상 액셀을 밟을 기세다. 오늘만큼은 운전기사를 말리지 않았다. 빨리 돌아가서 글을 써야 하는 내 마음을 기사가 알아챈 것만 같아 눈을 감아 버렸다. 이렇게 이중적일 수가!

언제부터 내가 이렇게 글쓰기에 진심이었을까? 글쓰기를 하면서 관찰하는 습관이 생기고, 좋은 생각을 하고, 긍정적인 태도로 웃음 짓는 생활을 하려고 노력하게 되었다. 세계적인 작가

나탈리 골드버그는 "글쓰기는 글쓰기를 통해서만 배울 수 있다. 바깥에서는 어떤 배움의 길도 없다."라고 말했다. 글쓰기는 남기고 싶은 사진처럼 배움을 흔적으로 남기는 추억 저장소다. 차를 타고 고속도로를 빠르게 달리면 길가 나무들이 덩어리져 보인다. 글쓰기는 덜 익은 초록색 몽키 바바나 열매를 발견할 수 있을 만큼 관찰력과 집중력을 키워준다. 배고픈 원숭이 눈에는 바나나만 보일지도 모른다. 오늘도 나는 고속도로 위를 달리며 배고픈 원숭이의 눈으로 덜 익은 몽키 바나나를 찾는 간절한 눈길로 글쓰기 글감을 찾아본다.

나를 기쁘게 하는 말

서영식

진짜와 가짜를 찾아내는 TV 프로그램인 〈식스센스〉에서 칭찬 심리치료를 하는 걸 본 적이 있다. 한 명을 가운데 두고 서로 돌아가면서 잘하고 있다고 말을 한다. "소민아! 너 정말 잘하고 있어." 잘하고 있다고 칭찬해 주는 모습과 서로 껴안고 눈물을 흘리는 걸 보면서 마음속에 뜨거운 기운이 올라오는 걸 느꼈다. 나도 누군가가 저렇게 해줬으면 하는 생각도 많이 들었다. 인정받고 칭찬을 듣는 건 모두 좋아한다. 어린이나, 어른이나 똑같다. 특히, 나이가 들수록 칭찬이나 인정받고 싶은 욕구가 강해짐을 느낀다. 내가 한 일을 누군가가 "너무 좋아요.", "잘했어요.", "수고 많았어요.", "최고예요.", "덕분에 잘 해결되었어요." 하는 사람이 있으면 저절로 힘이 나겠지만, 그럴 기회가 많지 않다. 이렇게 하면 누가 뭐라고 하지 않을까? 잘하고 있는 걸까? 나중에 문제가 생기면 어떻게 하지? 점점 선택하고 결정할 일은 많아지는데 결과에 대해 좋은 피드백을 받기가 쉽지 않다.

매일 아침 책상에 있는 거울을 보고 오늘 나의 표정이 어떤지 관찰한다. 밝은 표정은 아니다. 인상을 쓰고 있는 거 같기도 하고, 무표정하거나 심각하다. 억지로 웃어본다. 더 어색해진다. 하루 몇 번이나 웃을까? 재미있게 살아야겠다고 생각하고 말도 하지만, 표정과 행동은 그렇지 않은 듯하다. 내가 보는 나의 모습과 남이 보는 나의 모습이 다르다고 느낀다. 관찰 카메라에서 하는 것처럼 나의 일상생활 모습을 촬영해서 본다면 어떨지 궁금하다. 나는 잘살고 있는 걸까? 질문해 본다. 열심히 살고 있다고 생각한다. 잘 살기 위해서는 어떻게 해야 하는지 계속 고민을 한다.

거리를 걸어가다 보면 젊은 사람들은 표정이 밝고 웃음이 넘친다. 활기도 있고, 서로 깔깔 웃으면서 좋아한다. 반면 좀 나이가 있는 분들은 표정이 굳어있다. 식당에 가도 젊은 사람들이 있는 자리와 나이가 있으신 분들의 자리는 분위기가 다르다. 꼭 나이 탓만은 아니라고 생각한다. 주위에 나이가 있어도 즐겁게 사는 분들이 있다. 같이 있으면 덩달아 기분도 좋고 즐거워진다. 마음도 편안하다. 계속 얘기를 하고 싶어진다. 혼자 생각한다. 나는 어떤 사람일지. 같이 있고 싶은 사람일까? 아니면 빨리 자리를 벗어나고 싶은 사람일까? 주위에서 좋은 사람, 그래도 같이 있으면 즐겁다고 해줄 사람이 있으면 행복하다. 직장에서는 일로 만난 사이라서 항상 즐거울 수만은 없다. 주어진 일을 마무리하기 위해서 최선을 다해야 한다. 계속 말도 많이 한다. 그래도 일이 끝나고 나면 덕분에 잘 마쳤다고 꼭 얘기한다. 내가 후배로 있을 때 듣기 힘들었던 말들. '덕분에 잘 마무리했다.' '수고 많았다.' 는 말을 자주 하려고 노력한다. 시집살이를 혹독하게 겪은 며느리가 더욱 모질고 독한 시어머니가 되는 경우가 있다. 남자들은 군대에서 졸병 시절 당했던 힘들었던 경험을 본인이 상급자가 되면 고스란히 돌려주기도 한다. 나의 힘들고 어려웠던 경험을 후배들에게는 물려주지 않으려고 한다. '나만 억울하게 당했나? 당한 만큼 돌려줄까?' 라는 생각이 들기도 했다. 책을 읽고 글쓰기를 하면서 변했다. 직장생활과 인간관계, 리더십 관련 도서를 읽고 글을 쓴 경험 덕분이다.

점점 만나는 사람들과의 관계가 더욱 소중하게 여겨진다. 회사를 그만두고 난 후 연락해서 소주 한 잔 기울일 직장 동료가 있다면 그 사람은 성공한 인생이라고 한다. 스스로 질문해 본다. 내가 직장을 그만두고 연락할 수 있는 사람은 누구일까? 한두 명이 생각난다. 나만의 착각은 아니겠지? 예전 직장 상사였던 분의 부친상 조문을 다녀왔다. 거기서 직장 동료와 만나서 얘기를 하는데 A는 "저희 팀장님하고 친하다고 생각하시나요?" 묻는다. 난 "당연히 친하지. 알고 같이 근무한 지 15년이 넘었는데." 말하고 생각해 본다. 그분도 나와 같은 생각일까? 친하다는 기준은 뭘까? 마치고 일어나려는데 A가 얘기한다. "어디가서 저도 팀장님하고 친하다고 해도 되는 거죠?" 마음속으로 씩 웃는다. 그래도 나를 좋게 생각하고 친하다고 느끼는 사람이 있어서 다행이다. 직장생활은 인기 투표가 아니다. 좋은 사람으로만 지낼 수 없다. 성격 좋고 무능력한 사람보다는 성격이 나빠도 능력이 있는 사람을 원한다. 후배들도 그렇게 생각한다. 편하고 좋은 것과 업무 능력으로 성과를 내는 건 다르다. 그렇다고 잘 보이려고 억지로 행동하게 되면 남을 의식하면서 살게 된다. 의식을 하지 않고 살 순 없다. 중요한 것은 진실한 마음이다. 억지로 꾸미는 것은 결국 드러나게 마련이다. 항상 앞뒤가 다르지 않은 사람이 되는 게 나의 기준이다. 거짓되지 않고 진실한 마음으로 사람들을 대하고 진정성 있게 다가가기 위해 노력한다.

대화의 기술도 중요하다. 똑같은 상황이라도 어떻게 표현하는 지에 따라서 많이 달라진다. 칭찬도 어렵지만 야단치는 것이 더 어렵다. 성격상 불편한 마음을 오래 두지 못한다. 어떻게든 풀 어야 한다. 내가 불편한 상황은 참으면 된다. 나로 인해 누군가 가 불편해지는 상황은 빨리 해결하고 싶어진다. 불편한 상황을 만들지 않으면 되지 않을까? 하지만 살다 보면 별의별 일들이 다 생긴다. 좋은 사람에게 좋은 일이 생기고, 나쁜 사람에게 나 쁜 일이 생기는 것은 아니다. 아무도 안 보더라도 스스로 떳떳 해지기 위해 노력한다. 나로 인해 상처받는 사람이 없도록 배려 한다. 쓴소리를 할 일이 있더라도 두 번, 세 번 생각하고 얘기를 한다. 진심은 통한다. 마음의 문을 열지 않는 사람도 진정으로 위해준다고 생각하면 믿고 따른다. 시간이 필요하다. 성급하게 달려들지 않고 참고 기다린다. 벽에 공을 던지고 나서 뛰어가면 서 받으러 갈 순 없다. 벽에 맞고 돌아오는 시간이 필요하다. 급 하게 먹으면 체하기 마련이다. 천천히 씹어서 먹고 소화가 잘되길 기다린다. 점점 성격이 급해지고 여유가 없어진다. 조바심도 많이 생긴다. 빨리빨리 해결하고 싶은 욕구가 강해진다. 급하게 마무리해야 할 일은 빨리 끝내야겠지만, 그렇지 않은 일도 빨리 끝내려고 한다. 그럴수록 마음의 중심을 잡는 것이 중요하다. 두 다리를 딱 버티고 마음속에 중심을 잡으려고 노력한다. 내가 흔들리는 모습을 보이면 주위 사람도 같이 흔들린다. 나무가 버티려고 해도 바람이 흔들면 같이 흔들린다. 뿌리가 깊으면 중심은 잡을 수 있다. 아는 것이 전부인 것처럼 행동하지 않으려고 노력한다. 항상 겸손한 마음으로 배우려고 한다. 어설프게 아는 사람이 위험하다. 본인이 알고 있는 지식만으로 판단한다. 많이 알고 성숙한 사람은 쉽게 판단하지 않는다. 전후, 좌우 관계를 파악하고 여러 가지 상황을 고려한다. 넓고 깊게 삶을 바라보려고 한다. 한 번씩 높은 곳에서 객관적으로 바라보는 생각 연습을 한다. 물에 빠져 있으면 물 밖의 세상이 보이지 않는다. 때로는 머리를 비우고 새롭게 봐야 한다. 한 곳에만 빠져서 앞, 뒤 구분을 잘하지 못하고 잘못된 판단을 할 수도 있다.

'당당하게 신나게 살아야 하는 인생인데 무조건 참고 사는 건 아닐까?' 하는 생각이 드는 경우 마음이 불편할 때가 있다. 나이가 들수록 밴댕이 소갈딱지가 된다고 하는데 그렇게 되지 않도록 노력해야겠다고 다짐해 본다. 바다같이 넓은 마음으로 생각한다. 우주에서 바라보면 나는 먼지가 아닐까? 한 번뿐인 인생! 소중하게 하루하루를 살아간다. 후회가 없는 삶을 살기 위해 오늘도 나를 돌아본다.

나를 기쁘게 하는 말들을 생각해 본다. "감사합니다.", "안 계셨으면 큰일 날 뻔했어요.", "큰 힘이 됩니다.", "수고 많았어요." 남을 기쁘게 해줄 수 있는 말도 생각해 본다. "잘했어요.", "고마워요.", "덕분입니다." 살면서 좋은 말보다 부정적인 말을 할 기회가 더 많다. 생각도 부정적으로 하기 쉽다. '아! 힘들어. 저 사람은 왜 저러지? 오늘도 힘들겠구나.' 긍정적인 생각으로 바꾸려고 노력해 본다. '오늘 하루도 힘차게 즐거운 마음으로 지내야지.' 말도 긍정적으로 바꾸려고 한다. '왜 이렇게 했어?' 가 아닌 '어떻게 했는지 들어보자.' 같은 말이라도 받아들이는 느낌이 다르다. 기쁜 말, 좋은 말을 하면서 매일 즐거운 하루를 쌓아간다. 항상 좋은 일이 생기거나 좋은 생각만 할 순 없다. 하지만 즐겁게 살기 위해 생각과 행동을 바꾸려고 노력하니 인생이 재미있어지고 행복해진다.

04

아빠가 남긴 선물

서유정

2021년 4월 26일 아침 7시. 전화벨이 울렸다. 엄마였다. 다급한 목소리다.

"코로나 검사 지금 빨리 받을 수 있겠나? 검사받고 병원으로 빨리 들어와야 할 것 같다."

"왜? 무슨 일인데? 아빠 안 좋아?"

"오빠도 코로나 검사받고 들어오라고 했다."

손에 잡히는 옷 아무거나 걸쳐 입었다. 아빠가 입원해 있는 아산병원으로 출발했다. 병원 주차장에 도착했다. 엄마에게 다시 전화가 왔다. 코로나 검사를 받지 않아도 일단은 병실로 올라오라고 했다. 병원 입구에 도착해 확인증을 받고 엘리베이터로 향했다. 10층 병동으로 향했다. 간호사 선생님들께 아빠의 성함을 이야기하니 병실로 안내해 주었다. 한 달 만에 만난 아빠는 침대에 누워 산소호흡기를 끼고 거친 호흡을 하고 있었다. 엄마는 울면서 아빠를 흔들었다.

"눈 떠봐. 정아 얼굴은 보고 가야지."

아빠는 거칠게 숨 쉴 뿐 눈을 뜨지 못했다. 아빠가 힘들 것 같았다. 엄마에게 그냥 두자고 이야기했다. 아빠의 손을 잡았다. 차갑게 식어가고 있었다. 처음 느껴보는 온도였다. 크게 울지 않았다. 사람이 죽을 때 남은 가족이 슬프게 울면, 눈에 밟혀 좋은 곳으로 떠나지 못한다는 이야기를 들은 적 있기 때문이다. 점점 식어가던 아빠의 체온은 돌아오지 않았다. 아빠는 그렇게 지구별 여행을 마치고 돌아갔다.

장례식을 치르는 동안은 많이 울지 않으려고 했다. 이제 아파서 고통받지 않아도 되니까, 어쩌면 아빠가 간 세상은 더 좋은 세상일지도 모른다 생각했다. 장례식 이후. 참았던 슬픔이 여기저기서 터졌다. 점심을 먹으러 식당에 들어갔다. 주문받으러 오신 사장님이 경상도 사투리를 쓰신다. "나는 사투리 안 쓰는데?"라며 사투리를 쓰는 우리 아빠 말씨와 닮았다. 눈 주변이 뜨거워지며 눈물이 차올랐다. 지하철을 탔다. 70대쯤 되신 어르신이 노선도를 한참을 들여다보고 계셨다. 내 옆자리가 비어 있어 앉으셨다. "서울대병원에 가려면 어느 역에 내려야 해요?" 나도 지하철을 자주 타고 다니지 않아 잘 몰랐다. 잠깐 기다리시라 말씀드리고 핸드폰을 꺼내 손가락을 빠르게 움직였다. 혜화역이었다. 바로 말씀드리고 출구 번호도 알려드렸다. 환하게 웃으셨다. 그분의 미소 속에도 우리 아빠가 있었다.

가끔 아빠의 오랜 친구분이신 인수 아저씨가 전화를 걸어 안부를 물으신다. 아빠가 좋아하던 냉면집에 갔더니 생각이 나서 전화했다 하신다. 이야기를 듣고 있다 보면 어느새 눈물이 얼굴을 타고 흐른다.

한 번만 아빠의 두 손을 잡아볼 수 있다면 좋겠다. 한 번만 고마웠다고 이야기를 전할 수 있으면 좋겠다. 아빠를 잃은 상실감은 지금껏 경험해 본 어떤 아픔과도 비교할 수 없었다. 삶에서 일어나는 어떤 어려움도 배움을 준다고 믿으며 살아왔다. 시간이 지나면 어떤 아픔도 삶에 선물이 될 수 있다 믿었다. 그러나, 아빠를 잃은 상실만큼은 삶이 무엇을 알려주려 하는지 도무지 알 수 없었다. 그렇게 일 년 반이 흘러가고 있다. 아빠를 위해 기도한다. 함께했던 추억을 일기장에 적어본다.

그 사람이 이 세상에 존재하지 않아도 그가 주었던 사랑은 영원히 남는다. 초등학교 2학년 때쯤 아빠는 한 번씩 바비큐를 사 들고 퇴근하셨다. 치킨 바비큐가 흔하지 않던 시절, 한남동에서 사 왔다며 하얀색 쇼핑백 속 은박지 접시에 담겨있던 숯불 바비큐. 식기 전에 먹어야 맛있다며 잠자는 오빠와 나를 굳이 깨워서 먹이셨다. 엄마는 자는 애들 깨워서 뭐 하는 거냐고 잔소리하시곤 했다. 나는 그저 그 시간이 좋았다. 초등학교 시절 휴일에 늦잠 자는 아빠의 이불속에 쏙 들어가면 나를 꼭 안아주셨다. 그 포근함을 아직도 기억한다. 아빠는 장난을 좋아하셨다. 무릎 뒤에 손바닥을 대고 압축시켜 뿡뿡 소리를 잘 내셨다. 아빠가 공중에 다리를 들고 소리를 낼 때 깔깔대며 마주 보고 한참을 웃었다.

아빠는 나의 출근길에 늘 함께 엘리베이터를 타셨다. 담배를 피우시기 위해서였다.

"나 같으면 귀찮아서라도 안 내려오겠다. 담배 좀 끊어."
아빠는 그저 웃으실 뿐이었다. 그날도 한바탕 잔소리를 끝내고 아빠에게 손을 흔들며 차에 탔다. 짐을 싣고 정리하면서 시간이 걸렸다. 아빠가 기다리고 계셨나 보다. 다시 한번 손을 흔들어 주셨다. 백미러로 아빠가 보였다. 아직도 그 자리에. 내가 보이지 않을 만큼 왔는데도 아빠는 나를 향해 여전히 손을 흔들고 계셨다. 아빠가 꼭 담배를 피우기 위해 엘리베이터를 타는 것이 아니라는 것을 그때 알았다. 부모는 보이지 않는 곳에서도 늘 사랑을 보내 주고 있는 존재인 것 같다.

오래전 친구를 만났다. 20년 만이었다.

"너희 아빠가 중국 출장 다녀오시면서 너 준다고 명품 가방 사오셨잖아."

친구 집안 분위기와 달리 살가운 아빠와 딸 사이라 기억에 남았다고 했다. 아빠는 딸의 부탁으로 중국의 짝퉁 시장을 뒤져서 에이급 명품 가방을 사 오셨다. 그때 내 눈에는 가방만 보였다. 20년이 지난 지금에야 아빠의 마음이 보인다. 더운 여름 땀 흘리며 사람 많은 시장을 헤매고 다녔을 우리 아빠, 중국말이 서툴러도 손짓, 발짓으로 흥정했을 모습. 한국으로 돌아오는 길에 두 손에 가방을 꼭 쥐고 왔을 것이다. 가방을 받아 들고 기뻐하는 나를 보며 미소 짓던 모습. 조건 없는 사랑이었다. 나는 아빠에게 '사랑'을 배웠다. '상실'은 가장 큰 인생 수업이라 한다. 아빠는 이 세상에 존재하지 않지만, 아빠에게 받았던 사랑

만큼은 그대로 남았다. 아빠가 남긴 선물이었다.

"아빠! 나는 아빠 딸이어서 행복했어."

05

남편의 봉와직염이
불러온 깨달음

엄지인

남편의 다리에 피부병이 번지기 시작했다. 아파도 아 프다는 말을 잘 안 하는 성격인 남편의 다리가 진물이 나면서 퉁퉁 부어 걷지도 못할 정도가 되니 그때서야 본인도 병원에 가야겠다고 한다. 봉와직염이란 진피와 피하 조직에 나타나는 급성 세균 감염증의 하나로, 세균이 침범한 부위에 홍반, 열감, 부종, 통증이 있는 것이 특징이며, 대부분이 A군 용혈성 사슬알균이나 황색 포도알균에 의해 발생한다. 피부과와 민간요법, 대체요법을 찾아다녔다. 일반 피부과에서 주는 약과 연고는 스테로이드 성분 때문에 약이 독하기도 하지만 소화에도 지장을 준다고 하여, 수소문 끝에 멀리 지방까지 찾아가서 거액을 들여 발효액과 발효 연고를 구입해 발라도 소용이 없었다. 남편은 나에게 있어 아들 같은 존재다. 남편의 고통이 얼마나 심할까. 곁에서 지켜보던 나는 차라리 내가 대신 아픈 게 낫겠다는 생각으로 답답해하고 있던 차에 "도대체 네가 얼마나 남편을 부려 먹으면 다리가 저 지경이 되었냐?" 하며 시아버지가 따져 묻는다.

그 말을 듣는 순간, '아! 나는 이 집안에서 어떤 사람이었지?' 이 사람들이 나를 아직까지 가족이라고 여기지 않고 있다는 것을 35년이 지난 지금, 그 한마디 말에 다 들어있단 생각에 머리를 망치로 한 대 맞는 듯한 충격을 받았다. 며느리로서, 아내로서 도리를 다하려고 안간힘을 써 왔던 지난 35여 년의 세월이 허망하고 허탈해, 온 다리가 후들거리고 온몸의 기운이 싹 빠져나가는 느낌이었다.

누구보다 내 남편을 아끼고 사랑하는데, 부모가 되어 며느리 자식 앞에 저런 소리를 입 밖으로 표현할 수 있을까, 도저히 이해되질 않았다. 장남을 장남처럼 대하지 않고, 착하고 말이 없다고 무시하며 구박했던 자신들의 허물은 감추려 하는 걸까. 아들을 위하는 것처럼 하는 말이나 행동들이 가증스럽다. 그동안의 어떤 수모와 핍박보다 남편을 부려 먹는다는 그 한마디는 나를 당신들의 가정에서 등을 떠밀어 내는 큰 사건이었다. 그들에게 종속된 삶, 꼭두각시처럼 휘둘려 나의 의지나 생각 따원 버려 버리라는 것이 그들이 나에게 원하는 삶이었다. 결혼한 순간부터 나는 남편과 결혼을 한 것이 아니라 남편의 가족과 결혼을 한 것이었다. 이제 나는 내 남편과 살고 싶다. 시댁에서의 하루하루는 모든 것이 에피소드였지만, 그냥 참고 사는 것이 여자의 도리인 줄 알았다.

사람의 일생 중 한 주기가 갑(甲)이라고 한다. 수명이 짧았던 예전에는 60세까지 사는 일이 드물었기에 환갑잔치를 열어 축하해 주기도 한 것이다. 지금의 내 나이가 딱 그 나이가 되었다. 시아버지의 그 말이 나에게 나 자신을 찾게 해준 터닝 포인트가 되었으니, 참 고마운 사건이었다. 시댁이라는 울타리에서 등 떠밀려 나오지 않았다면 지금의 '나'는 없었을 것이다. 그리고 나의 편이 되어 준 남편, 우리만을 위한 삶을 살아야겠다는 굳은 의지가 지금의 나를 살게 하는 힘이다. 누구의 며느리가 아닌, 내 이름 석 자로 살아가야 할 날이 너무 짧고 애틋하다. 일분일초가 소중하고 아까워 시간을 붙잡고 싶은 심정이 간절하다.

간절함은 꿈이 있는 사람에게만 생겨난다고 한다. 스스로가 변화하지 않으면 희망도, 꿈도 물거품이 될 뿐이다. 자기 경영 시인 구본형은 "스스로 머리 깎고 벽 앞에 앉지 않고는 진정한 공부가 시작되지 못하며, 백척간두에서 다시 한 발을 내딛는 시퍼런 마음 없이는 정진할 수 없다."라고 했듯이 비장한 각오로 자신을 변화시킬 기회가 온 것이다. 위기를 기회로 만들었던 수많은 위인과 성공한 사람들도 많지만, 오픈 채팅방의 새벽 독서와 모닝 루틴을 실행하는 보통 사람들의 모습들을 보면서 신선한 충격을 받은 것이 불과 몇 개월 전이었다. 나는 그동안 내 삶이 아닌, 남의 삶을 책임지려고 노력하며 살았던 시간을 다시 되돌리고 싶었다. 내 안에 응어리진 감정의 찌꺼기들을 털어버리고 깨끗하고 정화된 감정들을 채워 넣고 싶다. 희망을 노래하고 싶다. 삶의 의미를 찾아가는 일에 열중하리라. 나를 찾아 떠나는 여정이 설레고 기대된다. 인생의 봄이란 그저 오는 것이 아니라 추운 겨울을 제대로 이겨내고 견뎌낸 사람만이 맛볼 수 있는 달콤한 시간이라는 것을, 어둡고 끝이 없어 보였던 긴 터널을 나와 밝은 햇빛과 푸른 숲을 만나게 되는 두려움 없는 여정을 보낼 수 있다는 확신이 생긴다.

언젠가 읽었던 《희망의 인문학》을 저술한 미국의 언론인이자 사회비평가인 얼 쇼리스는 미국 사회의 노숙자들을 대상으로 한 클레멘트 코스를 만들어 그들에게 인문학을 공부하게 함으로써 자신을 돌아보는 힘을 밑천으로 자존감을 얻고, 자기 삶의 질을 높이며, 더 나아가 '행동하는 삶'을 살도록 했다. 이와 같이 한 사회의 시민으로 자리 잡을 수 있게 하는 쇼리스의 인문학 프로그램은 실패와 좌절, 고난과 고통 속에서도 공부를 통해 새로운 삶으로 탈바꿈하는 과정, 책을 통해 가장 낮은 곳에서부터 시작하는 가장 부드러운 혁명이다. 시간이 부족해서, 경제적 여유가 없어서 하고 싶어도 하지 못했던 공부, 어떤 상황에서도 하고자 하는 열정과 의지만 있다면 더 늦은 때란 없다. 나이가 들수록, 마음이 혼란스럽거나 미래가 불안할수록 인문학이 중요하다는 것을 실감하게 된다. 이지성 작가의 《리딩으로 리드하라》는 책에서는 인문학을 공부하는 사람과 안 하는 사람의 차이를 지배하는 계급과 지배받는 계급, 두 계급의 분류는 인문학 독서의 여부로 나누어진다고 할 만큼 중요하다. 어떤 환경에서도 다시 일어설 수 있는 용기와 힘이 생겨나기 때문이다. 불우하고 자신의 의지로 어쩔 수 없는, 사회적 환경을 탓하지 말고 책을 읽고 공부를 꾸준히 해 나간다면 더 멋진 미래가 우리 앞에 다가올 것이라 믿는다.

내가 겪었던 고통과 시련들이 어떤 이들에게 위안이 되고 위로가 된다면, 타인을 이해하고 이웃의 아픔과 슬픔을 함께 나눌 수 있는 성숙한 나를 만드는 공부에 최선을 다해 볼 것을 결심한다. 또한 나 자신을 사랑하는 여유로운 사람이 되리라!

06

선택한 단어에 따라 세상의
방향이 다르다

이윤정

"여보, 당직하면서 MBC 김상운 기자가 쓴 《왓칭》이라는 책을 읽었는데, 사랑스러운 표정으로 긍정적으로 본 경우랑 신경 쓰지 않고 부정적으로 본 경우에 식물이 완전히 다르게 자란데. 보기만 했는데 다르게 자란다니 신기하지? 난 모든 걸 '긍정적'으로 보고, 자기는 '부정적'으로 보며 살았잖아. 어떻게 생각해?"

"음…. 당신은 낭만적인 생각을 하는 사람이고, 나는 냉철한 판단을 하는 사람이지."

갑자기 머리를 한 대 맞은 느낌이 들었다. 십 년 동안 나는 긍정적인 사람으로, 남편은 부정적인 사람인 줄 알았다. '물이 반이나 남았네'와 '물이 반밖에 없네'의 차이처럼 말이다. 그날 이

후, 더 이상 남편은 내게 '부정적'인 사람이 아니다. 이제부터 '냉철한 남편'과 '낭만주의 아내'가 되었다. 스스로 남편을 '부정적'으로 '관찰'했기 때문에 '부정적인 사람'이 되었다고 생각하니, 프레임이 얼마나 중요한지 깨달았던 날이다. 상대방이 나처럼 생각할 거라 싶지만, 전혀 아닌 경우가 많다. 각자의 세상에 존재한다. 나의 프레임만이 아닌 다른 사람의 프레임으로도 다양하게 관찰하고, 서로 다름을 인정하는 것, 함께 사는 세상에서 매우 중요하다.

여성경력이음센터에서 처음 개강하는 '나만의 출판사 만들기 A to Z'라는 강의를 신청했다. 강사는 "출판사를 운영하고 있고, 주 업무는 편집자입니다."라고 소개했다. 2022년 8월 첫 책을 출간한 상태였기에 작가와 편집자 간에 어떤 대화가 오가는지 어느 정도 파악하고 있었지만, 출판사에 관심이 있어 강의를 들었다. '책이 만들어지는 과정'에 이어 두 번째 강의 시간이었다. 책의 탄생과정에서 가장 중요한 것은 '원고'였다. 원고 기획, 저자 투고를 통해 원고가 수급되면 편집과 교정을 진행한다. 편집자는 원고를 다루는 일을 비롯해 전반적인 일을 모두 담당한다. 책 출간 의뢰를 위해 원고 탈고 후 출판사 몇 곳에 투고했다. 몇 명의 편집자들에게는 답변이 아예 없었다. '바쁘겠지' 하고 생각했다. 어떤 편집자는 1~2주, 어떤 곳은 4주 동안 원고를 검토하고 답변을 주겠다는 수신확인 메일을 보내왔다. 차분히 기다려야 한다. 어떤 편집자는 원고 내용은 좋지만, 출판사의 출간 방향과 달라서 출간이 곤란하다고 친절하게 답변을 보내주기도 했다. 출판사의 결을 확인했어야 했다. 투고 전 이메일 수집할 때 작성 중인 주제와 비슷한 책을 세 권 정도 출간한 출판사인지 확인해 두는 편이 유리하다. 한 편집자는 어떤 점은 좋고, 어떤 점은 보완하면 좋겠다며 진심 담긴 검토 의견을 보내주기도 했다. 단순한 응대는 오히려 편집자에게 귀찮은 메일일 수 있겠다는 생각이 들어, 형식적인 답장엔 회신하지 않았다. 다만 친절하고 진심 어린 의견이 담긴 답장 메일에는 다음에 좋은 원고로 다시 만나길 바란다는 메일로 회신했다. 편집자인 강사로부터 출판사에 투고 메일이 다양하게 온다는 이야기를 들었다. 복사하여 붙여넣기 한 듯한 메일, 수십여 곳 출판사로 동시에 보낸 메일은 열람조차 하지 않는다고 한다. 작가는 일단 편집자부터 통과해야 한다. 좋은 첫인상으로 비추어지려면, 편집자의 심리를 이해해야 한다. 적어도 원고 투고 메일에 내가 누구인지, 책의 주제와 예상 독자 정도를 포

함해서 저자 프로필, 출간 기획서, 초고를 함께 보내주는 정성
은 필요하지 않을까.

편집자는 출판사의 기존 출간 도서와 어울리는지 투고 원고를
검토한다. 시의성도 따지고, 사업의 이득도 고려하며, 원고의
질을 판단한다. 원고 투고 후, 한 출판사에서 연락이 왔다. 출판
사 대표는 투고한 원고 대신 다른 키워드가 마음에 든다며 새로
운 내용으로 기획 출판해보자고 역제안했다. 새로 써야 했다.
목차를 새로 정하고, 목차별로 키워드와 한두 문장 정도로 주
제를 정해서 보냈다. 첨삭 의견을 받고 수정하고 또 수정했다.
출판사 소개자료를 함께 보내주었는데, 기획 출판 중인 작가들
의 리스트와 그동안 출간한 책 리스트가 포함되어 있었다. 10
명 이상의 작가들과 동시에 작업 중이었다. 기획 출간의 경우
원고와 퇴고 기간만 거의 6개월 이상 예상했고, 이후 책 출간도
두 달 이상 필요해 보였다.

처음 투고한 원고는 그대로 출간해 보겠다는 출판사의 연락이
없었다. 아쉬움이 남아 다른 출판사에 한 번 더 투고하기로 했
다. 운이 좋았다. 두 번째 투고를 시도한 결과 출간 방향이 맞는

출판사를 만났다. '독서법' 관련 책들을 출간해 본 출판사였다. 총괄 편집자로부터 그날 저녁 원고에 관심이 있다는 연락을 받았다. 투고 다음 날 바로 출간 계약을 했다. 편집자는 일주일가량 초고를 내부 검토한 뒤 의견을 메일로 보내주었다. 목차수정, 글의 장 절 이동, 불필요한 내용 삭제 등 주제와 관련된 내용으로 집중하여 글을 보완해 달라는 요청이었다. 독자가 주제에 대해 더 집중해서 읽을 수 있도록 수정이 필요하다고 했다. 초보 작가다 보니 이런저런 내용을 모두 쏟아부었던 게 문제였다. 작가가 전하고 싶은 주제가 하나가 아니면 편집자, 독자 모두 혼란스러워한다. 편집자의 요청에 따라 뺄 건 빼고, 강조할 내용만 남겼다. 독자의 관점에서 원고를 천천히 읽어보니, 중복되고 불필요한 내용이 많이 있었다. 작가가 전하고 싶은 경험이라도 책 주제와 연관성이 떨어지는 부분은 원고에서 과감하게 삭제해야 했다. 이런 과정을 서너 차례 거친 후, 최종원고가 완성되었다. 전달하고 싶은 메시지가 확연히 돋보였다. 초고 계약 후 편집과 교정, 디자인, 인쇄, 그리고 출간까지 2개월 만에 책을 만날 수 있었다. 작가가 쓰고 싶은 책, 편집자가 보여주고 싶은 책, 독자가 읽고 싶은 책이 처음엔 모두 달랐지만, 마침내 하나가 되어갔다.

책으로 만드는 동안 편집자와는 다섯 번의 통화, 세 번의 이메일, 그리고 카카오톡으로 대화하며 편집을 진행했다. 보완 요청 및 제출 메일을 교환하고, 카톡으로 메일 확인 요청 메시지를 보냈다. 첨부파일을 보면 혼란스러울 수 있으니 연락 달라는 메시지가 왔다. 메일을 열어 보고 바로 전화를 걸었다. 혼자서 이해하고 수정하면, 편집자와 다른 방향의 원고가 나올지 모른다. 각자 이해한 부분을 서로 이야기하며, 어떻게 수정할지 다시 확인했다. 최종 탈고 요청 메일은 7월 22일 금요일 오후 4시경에 받았다. 7월 25일 월요일 오전 9시까지 최종 수정본을 보내주면, 8월 12일 출간을 위해 본격적으로 교정 등 작업에 들어간다고 했다. 7월 24일 일요일 밤늦게까지 원고를 수정했다. 메일이 일요일 밤늦게 도착하면, 편집자에게 실례가 될까 봐 구글 지메일로 '월요일 아침 8시 예약 메일'을 전송한 후 잠을 청했다. 출판사 편집자는 월요일 업무시간 동안 원고를 검토한 후, 보도자료에 들어갈 저자 소개 글, 블로그, 인스타그램 등 SNS 채널을 작성해서 보내달라고 했다. 7월 29일 드디어 《평단지기 독서법》 본문 PDF를 받았다. 교정 진행 중이지만 작가만이 볼 수 있는 수정사항이나 오류가 있으니 꼼꼼히 봐달라고 하셨다. 본문 PDF 파일을 받으면, 혹시 모를 사고 우려 때문에 규모가 큰 수정이나 삭제는 반영이 곤란하다. 8월 1일 저녁 8시 즈음, 드디어 10개의 표지 시안을 받았다. 작가가 독자의 관점에서 책을 골라야 하는 순간이다. 선택사항이 많으니 오히려 어려웠다. 그중 마음에 드는 시안 두 개를 골랐다. 하지만 딱 마음에 들지 않아, 각 시안에 아이템을 추가하거나 다른 시안에 있던 테두리를 병합하면 좋겠다는 의견을 덧붙여 보냈다. 출판사는 아이템을 반영하여 새로운 표지 시안 5장을 바로 보내주셨다. 최종 선택을 했다. 내 책의 주요 독자층은 누굴까. 독자가 집고 싶은 책 표지를 하나 골랐다.

각자의 세상 속에서 살아간다. 내가 보는 세상, 남편이 보는 세상이 달랐다. 작가가 보는 세상, 편집자가 보는 세상, 독자가 보는 세상도 달랐다. 선택한 단어에 따라 세상이 달라졌다. 해야 하는 일, 하고 싶은 일은 각자 스스로 정한다. 내가 선택한 단어가 세상의 방향을 바꾼다는 사실을 알게 되었다. 오늘 하루 선택한 단어가 새로운 세상을 마주하게 만든다. 초보 작가 타이틀을 선택하고, 글을 쓰기 시작했다. 다작가의 세상이 열렸다. 작가는 우연이 아닌 선택이다.

07

엄마와 여행을 가다

이진행

캠핑카로 여행을 다니는 사람들이나 자연 속에서 사는 이들이 방송을 통해 연일 나온다. TV를 보시던 어머니는 캠핑카로 여행 다니는 사람들을 보면 부럽다는 표정을 지으면서 말씀하신다. 어머니는 평소 〈나는 자연인이다〉나 시골에서 아름다운 집을 살고 사는 이들의 이야기를 소개하는 프로그램을 자주 시청하신다. 어머니는 내가 운전하는 자가용을 타고 자주 여행을 다녔으면 하는 소망이 있으시다. 어머니의 소원을 들어 드리고 싶은 마음 간절하다. 운전면허가 있지만 장롱면허다. 고등학교 졸업을 앞둔 겨울방학 때 지인에게 운전을 배웠다. 운전면허시험을 봤다. 필기시험은 두 번 만에 합격, 코스는 한 번에, 주행은 두 번 만에 합격했다. 어머니는 가끔 이런 말씀을 하신다.

"진행이 네가 운전면허 따고 난 뒤에 그 지인 따라가서 일도 배우고 연수를 받았으면 지금쯤 능숙하게 운전할 수 있지 않았을까?"

운전을 가르쳐 준 지인을 따라갔더라면 했는데, 그렇지 못한 것을 아쉬워하며 하신 말씀이다. 하지만 그 지인에 대한 소문이 그리 좋지 않았다. 어머니에게도 그 사실을 낱낱이 말했다. 그런데도 아쉽다는 말뿐이다. 어머니 마음속에는 그 지인에 대한 소문이 안 좋은 건 상관이 없었다. 내가 운전을 능숙하게 배워 나와 함께 여행을 다니면서 여생을 보내고 싶어 하셨다.

2019년 9월 24일 아침에 어머니, 막냇동생과 함께 여행을 떠났다. 막냇동생이 운전하고, 목적지는 전북 전주와 군산으로 정한 후 출발했다. 1박 2일, 장소만 정한 채 아무런 계획도 없이 무작정 떠난 여행이었다. 원래 막냇동생과 어머니, 단둘이만 가려고 한 여행이었다. 나도 가고 싶다고 해 함께 떠나게 된 여행이었다. 어릴 적에는 가족끼리 여행 한번 가본 적이 없었다. 가족끼리는 가지 않고 아버지 초등학교 동창생들, 학교 직원 식구들과 단체여행은 몇 번 다녀왔었다. 어릴 적 나와 함께 걷기 연습을 하시던 아버지도 나이가 들수록 무뚝뚝해지셨다. 그래서인지 아버지는 가족들과 여행을 가자는 말을 한 번도 하지 않으셨다. 초등학교 1년 동안 등하교 때 비가 오나 눈이 오나 휠체어를 타고 다닌 아들과 함께하신 어머니다. 그런 어머니에게 여행 한번 같이 가자는 말을 나조차도 하지 않았다. 아침마다 TV를 보면서 여행 한번 가보고 싶다는 어머니의 바람을 들어 드리지 못해 아쉬움이 있었다. 그러던 차에 동생이 먼저 어머니에게 여행을 가자는 말을 한 것이다. 아쉬움과 미안함이 있던 차에 막냇동생이 먼저 이야기를 꺼내 주어서 고마움과 더불어 형으로서 미안한 마음이 들었다. 그렇게 첫 목적지인 전주로 일단 떠났다. 가는 동안 차 안에서 어머니와 이야기를 많이 나누었다. 어머니는 내가 운전하는 자기용을 타 보고 싶다는 말씀도 하셨다. 그 말을 듣고 있자니 죄송한 마음에 고개가 절로 숙어졌다. 어머니 소원 하나 들어 드리지 못한 죄송함이 아직 남아 있다. 그러면서 언젠가는 능숙하게 운전해서 어머니를 모시고 전국 곳곳을 여행 다니겠다는 마음 간절하다.

점심 때쯤 전주 한옥마을에 도착했다. 주차 후 어머니, 동생과 한옥마을에 들어가 구경을 시작했다. 어머니는 관광 물품을 파는 가게에 들어가셔서 동네 지인들에게 주려고 밥상보 3개를 구매하셨다. 한옥이 자리한 골목을 지나가면서 고풍스러운 모습에 압도되어 한동안 한옥을 바라보기도 했다. 점심 전이라 식당을 찾기 위해 두리번거렸다. 전주의 대표적인 음식으로는 전주비빔밥, 콩나물국밥, 대합죽, 깨죽 등이 있다. 우리는 그런 전주의 대표적인 음식을 맛보지 못하고 서울에서도 자주 먹는 떡볶이와 만두를 먹었다. 비빔밥을 먹고 싶었지만, 눈에 띄는 식당에 들어가자고 한 것이 분식집이었다. 전주의 대표 음식은 아니었어도 맛있게 먹었다. 점심을 해결한 뒤 천천히 걷다 보니 '경기전'이라는 곳이 보였다. '경기전'은 태조의 초상화, 즉 어진을 봉안하고 제사를 지내기 위해 지어진 건물이다. 전주 한옥마을을 대표하는 공간이다. 그곳에서 나온 우리는 한옥마을 거리를 걸으면서 전통 한옥의 자태에 심취되었다. 목이 말라 편의점에 들어가 음료수를 사서 목을 축이며 의자에 앉아 잠깐 쉬었다. 쉬면서 어머니의 얼굴을 지그시 바라보았다. 어머니는 다리가 아프셔서 걸으면 걷다 쉬기를 반복하신다. 그날도 다리가 아프다고 하셨다. 아들 셋을 키우시느라 파출부, 만화가게를 하며 고생하신 게 생각나서 가슴이 먹먹해졌다. 평소에도 자주 어머니의 다리를 주물러 드린다. 그렇지만 더 많이 주물러 드려야겠다는 다짐을 해본다. 그러고 나서 조금 걷다 보니 한옥마을에 어울리지 않는 건물이 눈에 들어왔다. 온통 한옥 일색인데, 전혀 다른 느낌을 주는 전동성당에 들러 잠시 기도를 했다. 성당 계단에 서서 오랜만에 어머니와 단둘이 사진도 찍었다.

전주에서 조금 아래로 내려가면 고향 오수가 있다. 처음에는 오수에 들렀다가 전주에 오려고 했다. 하지만 전주로 온 이유가 있다. 내가 어릴 때 우리 가족은 전주에 자주 올 수 있었다. 하지만 자라면서 뭐가 그리 분주했는지 가까운 곳이었음에도, 와서 구경 한번 제대로 못 해 보고, 맛난 음식도 못 먹었는지 모르겠다. 전주는 장애인으로 태어난 첫 아이인 나로 인해 병원을 찾아온 게 전부다. 그건 여행이 아니었다. 여행은 아니었지만, 남원 광한루에 다녀온 게 전부다. 그것도 가족과 함께 간 게 아닌 친구와 함께. 아무리 일이 많았더라도 가족끼리 여행을 자주 다녔다면 얼마나 좋았을까.

한옥마을에 오후 세시 정도까지 있다가 서울에서 출발할 때 정한 군산으로 갔다. 군산에 도착해 이마트에 들렀다. 밤에 숙소에서 먹을 것을 구입한 후 바로 옆에 있는 경암동 철길마을로

가서 철길을 걸으며 어머니와 사진도 찍었다. 동생은 사진을 찍어주기만 하고 같이 찍지는 않았다. 같이 찍자고 했지만 거절했다. 철길에 두 시간 정도 있다가 동생이 예약해 놓은 숙소로 향했다. 군산 터미널 근처에 있는 에이븐 호텔이었다. 침대가 없는 방이었으나 어머니에게는 편한 방이라 좋았다. 서울에서 출발할 때 군산에 사는 은총이 아빠이면서 친구이기도 한 지훈에게 카톡을 보냈다. 군산 여행 중인데 가족과 함께 왔다고. 가족과 함께여서 은총이 가족 만날 수 없었다. 은총이 가족은 다음에 만날 것을 기약하며 어머니, 동생과의 여행에 만족하기로 했다. 숙소에 가서 짐을 풀고 가까운 한정식 식당으로 향했다. 저녁을 먹은 후 숙소로 와서 잠시 이야기를 나누다가 동생은 마트에서 산 간식을 먹었고, 어머니와 나는 피곤해서 일찍 잠자리에 들었다. 다음 날 늦게 일어난 우리는 새만금으로 향했다. 군산 새만금은 말만 들었지 실제로 가보기는 처음이었다. 바람이 불어 추었지만, 좋아하시는 어머니의 모습에 추위도 잊었다. 어머니의 모습을 보고 있자니 그동안 여행 한 번 같이 오지 못한 미안함이 밀려왔다. 차마 어머니 앞에서 울 수가 없었다. 고개를 돌려 눈물을 흘렸다. 다행히 어머니는 눈치를 채지 못하셨다. 새만금에서 구운 오징어와 음료수를 사서 어머니, 동생과 먹고 서울로 향했다.

왜 어머니와 단둘만의 여행을 한 번도 다녀오지 않았는가? 장애를 입고 태어난 아들을 위해 헌신한 어머니와 함께 여행을 다닐 생각을 왜 한 번도 하지 못했단 말인가? 평소 캠핑 다니는 사람들, 자연 속에서 사는 이들을 동경하며 부러워하는 어머니의 말을 한쪽 귀로 흘려보낸 나. 한심스러웠다. 전주와 군산을 여행하며 어머니의 얼굴을 유심히 살펴보았다. 그 즐거워하시는 모습, 기뻐하시는 모습이 눈에 선하다. 어머니는 아버지가 하늘나라로 가신 후로 늘 내게 힘이 되어 주셨다. 장애인 아들을 키우면서 제대로 된 여행 한 번 해보시지 못했다. 내가 운전하는 차를 타 보고 싶어 하시는 어머니의 소원! 운전하며 어머니와 멋지게 전국 일주하는 꿈을 이루리라.

08

엄마의 청춘

장춘선

유튜브 북 토크를 자주 본다. 퇴근 후 구독 사이트를 옮겨가며 읽고 싶은 책을 찾곤 했다. '다독다독'에서 《청춘은 청춘에게 주기 아깝다》를 소개하며 실수를 하면서도 열정적으로 꿈을 위해 애썼던 20대의 얘기를 나누고 있다. 책 제목에 끌렸다. 여러 번 곱씹어 보았다. 청춘은 청춘에게 주기 아깝다고. 그럼 누구에게 주라는 거지. 나의 청춘을 떠올려 보게 했다. 스물셋, 간호대학을 졸업하고 간호사가 되었다. 세월이 흐를수록 직업에 대한 만족감은 크다. 하지만 나를 위한 다른 선택과 다양한 경험을 하지 못한 아쉬움은 있다. 그때 해보지 않았던 경험이, 정확하게 무엇인지 몰라도 늘 갈망하게 한다. 20대의 두 아들을 생각했다. 그때의 나에게 해줄 수 없지만, 아들에게는 해줄 수 있지 않을까.

큰아들 상민이는, 대학교 4학년 2학기 때 위메프 취업 연계형 인턴사원으로 뽑혔다. 고민 없이 취업까지 해결하면 좋겠다고 생각했다. 한두 달 지났을까. "한 번도 옆길로 가지 않고 바로 왔잖아. 이렇게 취업하면 계속 직장인으로 살아야 하는데, 후회할 것 같아." 졸업하지 않고 한 학기 연장해서 하와이대학 교환학생으로 가겠다고 한다. 제때 대학에 입학했고 군대를 다녀와 휴학 없이 학업을 지속했다.

나는 스물셋에 직장생활을 시작했다. 순리대로 결혼하고 두 아들을 낳았다. 상민이 말처럼 옆길이 없었다. 친정엄마는 40대 후반에 남편과 사별하고 딸 넷을 홀로 키우셨다. 나는 막내딸이다. 어떤 일을 하고 싶은지 생각할 시간을 주지 않았다. 대학을 꿈꿀 수 없는 어려운 형편이었지만 첫 입학금만 내주기를 원했다. 엄마의 현명한 판단으로 간호대학을 선택했고 나름 성공적인 삶을 살았다. 하지만, 청춘의 시기에 도전하지 못한 아쉬움이 항상 있었다.

상민이는 2학년 때 군대 전역 후 교환학생 기회를 놓쳤다. 마지막 기회를 잡고 싶다고 했다. 지금이 아니라도 평생 일해야 할텐데, 결혼하면 또 가장으로 힘들게 살아야 하는데, 미래를 설계할 시간을 주고 싶었다. 취업할 시기에 하와이대학 교환학생으로 방향을 바꾸었다. 모든 결정에는 잘한 결정과 잘못한 결정이 함께 있다. 지금 하고 싶은 일에 결단을 내리고, 부합하기 위해 노력하면 더 나은 세상을 만날지 아무도 모를 일이다.

다음 해 상민이는 또 다른 계획을 세우고 돌아왔다. 미국 대학의 석사과정을 가겠다고 비전을 제시했다. 돌아온 지 한 달 만에, 해외 인턴십 연수 기회를 얻었다. 전공과는 아무런 관련이 없는 태권도 사범으로, 한 달간 미국 보스턴으로 가겠다는 상민이를 이해하기 힘들었다. 미국 생활이 맞는지 경험해보고 싶다고 했다. 인턴사원으로 가기 위한 절차를 계획대로 진행했다. 어릴 때 상민이가 아니었다. 자기 확신이 뚜렷했다. 미국에 도착해서 한 달 정도는 풀 죽은 목소리로 전화를 해댔다. 음식이 입에 맞지 않는 모양이었다. 차츰 생활이 익숙해졌는지 여행지마다 영상을 담아 보냈다. 가족과 함께면 더 좋았겠다는 문자가 자주 왔다. 당당하게 두 달 만에 돌아왔다. 장기 목표를 향한 계획은 더 선명해졌다. 가던 길을 벗어나면 새로운 현재와 마주한다. 도전하지 않은 곳에 성장이 있을 리 없다. 어떤 인생 계획이 추가될지 기대가 된다.

둘째 아들 주현이는, 대학교 2학년 1학기를 마치고 군대에 입

대했다. 친구를 무척 좋아해서인지 1학년 신입생을 사귀고 가야 돌아오면 학교생활이 재밌다며, 더운 8월에 갔다. 2022년 2월 건강하게 전역했다. 창원 집에 머물며 복학을 기다렸다. 엄마의 요구대로 일찍 군대를 갔다면 1학기 때 바로 복학할 수 있었는데, 괜한 욕심이다. 아침 5시에 일어나 아침밥을 해두고 출근한다. 병원에서 일과를 보내고 돌아오면 저녁 7시. 바쁘게 사는 것에 익숙하다. "오늘 저녁 메뉴는 뭐로 준비할까요?" 아들의 전화다. 익숙하지는 않지만, 기분이 좋다. 함께 책을 읽고 독서 노트를 쓰며 저녁 시간을 보냈다. 행복했지만, 주현이가 목적 없이 머무는 시간이 아까웠다.

나는 초등학교, 중학교 시절에 방학이 되면 집에서 무료하게 지냈다. 밀양댐이 들어선 산골이었다. 산을 둘러싼 테두리 안에 갇혀 살았다. 특별한 놀이도, 갈 곳도 없었다. 몇 안 되는 친구와 냇가에서 놀다가, 심심하면 낮잠을 잤다. 밤이면 총총히 빛나고 있는 별을 홀로 바라봐야 했다. 긴 밤이 싫었다. 다음 날도 반복이다. 방학이 끝나기를 간절히 바랐다. 새로운 자극이 없는 답답함. 어른이 된 지금도 싫어하는 감정이다.

"하와이 갔다 올래?" "진짜로! 나야 좋지!" 생기 넘치는 주현이가 보기 좋았다. 시간이 주어졌고 돈보다 경험을 쌓을 수 있는 가치에 중심을 두었다. 내가 누리지 못했던 좋은 경험을 쌓게 해주고 싶었다. 하와이에 있는 상민이에게 부탁했다. 주현이와 한 달 정도 같이 있어 주면 안 되겠냐고. 처음에는 좋다고 하더니 이런저런 핑계를 대며 부담스러워했다. 섭섭하기도 하고 이해가 되기도 했다. 짧은 한 학기 교환학생으로 와서 적응하기도 힘든 기간에 동생까지 신경 쓰게 하려는 엄마의 생각이 짧았다. 한 달 후에 보내라고 했다. 거품에 빠져있던 주현이가 다시 생기가 돈다. 여행은 호기심을 자극한다. 익숙한 곳에서 편안한 생활은 기존의 생각에서 벗어날 수 없다. 새로운 발상과 관점으로 세상을 바라보는 안목은 호기심에서 출발한다. 때로는 낯선 곳에서 새로운 관심사를 발견하기도 한다. 형이 머물고 있는 숙소에서 따뜻한 집주인의 배려와 형 친구들과의 만남을 통해 새로운 세상을 경험하고 돌아왔다. 하와이 생활이 담긴 영상에 상민이 주현이는 행복한 청년들로 느껴졌다.

경험은 도전하게 했다. 하와이에서 돌아온 지 며칠 후, 주현이는 제주도 한 달살이를 떠났다. 게스트하우스에서 숙식을 해결하며 스텝으로 일한다고 했다. 정년퇴직 후에 유행처럼 가는 줄 알았는데, 젊은이들도 그런 방법으로 과감하게 갈 수 있다니 부러웠다. 젊음은 한곳에 머물기에는 아까운 것 같다. 제주도 생활을 영상으로 보내왔다. 살아있는 눈빛, 깔깔거리는 웃음은 무엇으로 바꿀 수 있을까. 하와이에서 돌아올 때 복학하면 교환학생을 준비하겠다는 계획이, 캐나다 워킹홀리데이로 바뀌어 왔다.

친정엄마와 5분 거리에 살았다. 불규칙한 3교대 간호사로 가정을 챙기기 힘들었다. 엄마는 나를 대신해 육아와 살림살이를 도맡아 하셨다. 두 아들의 성장은 친정엄마의 보살핌 덕분이다. 주현이가 고등학교에 입학하면서 이젠 내가 할 일이 없다며 드문드문 발길을 끊으셨다. 그때부터였을까. 쉬엄쉬엄 치매가 찾아왔다. 아들이 없다는 이유로 늘 마음이 외로우셨던 엄마. 상민이와 주현이는 엄마의 아들이나 다름이 없었다. 엄마는 2020년 치매 전문 요양병원에 입원하셨다. 그 이후 집으로 돌아오실 수 없었다. 언니들과 의논 끝에 엄마의 집을 팔기로 했다. 정든 집을 정리했다. 작은 방에 두루마리 휴지를 거꾸로 감아 딱딱한 속 깍지를 뺀 휴지가 가득했다. 얼마나 외로우셨으면 그랬을까. 엄마의 집이 팔렸다. 병원비로 쓰게 될 돈은 엄마 통장에 넣었다. 언니들과 엄마의 바람을 생각했다. "해 준 거 없이 고생만 시켜서 미안하다!" 메아리처럼 들린다. 딸들에게 주고 싶었던 용돈으로 여기며 '이천만 원 통장'을 받았다. 홀로 딸 넷을 키우시며 해주고 싶었던 게 얼마나 많으셨을까. 줄 수 있는 모든 걸 다 주고도 애태우셨던 엄마 생각에 가슴이 뭉클하다. 귀하게 쓰기로 했다.

두 아들 2학기 복학을 위해 네 식구가 서울로 향했다. 상민이는 기숙사로 주현이는 화양동 원룸으로 이사했다. 청춘의 가치는 새로운 도전이다. 당신이 사랑했던 손주들에게 이천만 원을 쓰기로 했다. 하와이를 오가며 행복했던 시간도 서울에서 살아갈 원룸도 외할머니가 주신 용돈 덕분이다. 그동안의 경험은 무엇과도 바꿀 수 없다. 경험의 꽃망울이 세포 구석구석에 맺혀 적절한 시기에 꽃피우길 바란다.

미국 시인 사무엘 울만은 "청춘이란 인생의 어떤 시기가 아니라 마음가짐이다."라고 했다. 나는 청춘이라 생각했던 20대에 도전하지 못했다. 분별 있는 어른이 되어 있었다. 50대에 들어선 지금에서야 흔들린다. 주변의 자극에 마음이 달아오르고 도전하고 싶은 욕망이 잦다. 내 것이 아니라고 생각했던 것에도 심장이 뛴다. 간절히 원하는 삶을 살기로 했다.

09

아빠를 기억해 줘서 고마워

정솜결

소주잔을 들어 입 안으로 넣는다. 젓가락으로 작은 멸치를 한 움큼 집는다. 송송 썰은 매운 고추와 얇게 썬 마늘을 넣어 볶은 멸치볶음이다. 전기밥솥으로 갓 지은 흰쌀밥에 올려 먹으면 입안에서 단맛이 느껴진다.

문득 남편의 어린 시절이 궁금해졌다. 시댁은 담양인데, 광주 외숙모집에 자주 다녀간 이유를 물었다. 남편은 광주에서 초등학교, 중학교를 모두 나왔다. 또래의 사촌이 있어 자주 왔다고 했다. 남편은 외숙모님 중매로 만났다. 외숙모님은 내가 어릴 때 살던 집의 집주인이기도 하다. 남편과 나는 나이 차가 다섯 살이다. 남편이 중학생이었을 때 초등학생이던 나를 봤다고 했다. 한 번씩 외숙모 집에 놀러 가면 어린 여자아이 하나가 마당에서 뛰어다녔다고. 오른손으로 소주병을 들어 갈색 잔에 따른다.

"나는 장인어른도 봤지."

숟가락을 멈췄다. 갑자기 머리가 멍하다. 술잔을 입에 털어 넣는 남편의 얼굴을 쳐다봤다. 아무 말도 할 수 없었다. 나는 일곱 살 때 돌아가신 아버지의 얼굴이 기억나지 않는다. 친정에 가면 엄마의 자개장 화장대 뒤쪽에 아빠의 영정사진이 걸려있다. 얼굴이 벽 쪽으로 향해 있어 몇 번 보지 않았다. 흑백으로 된 삼십 대 젊은 아빠의 모습이다. 엄마 방을 청소하며 한 번씩 꺼내어 보곤 했다. 동그라니 큰 눈. 나와 닮아있는 그의 눈에 괜스레 애정이 간다. 뚜렷한 이목구비. 미남이다.

영정사진으로만 보았던 아빠를 남편은 실제로 보았다고 한다. 멍하니 쳐다보는 나를 보며 말한다. "왜 그렇게 쳐다봐." 남편은 아빠의 모습을 정확히 기억하고 있었다. 주말이면 외숙모 집에 놀러 갔고, 그때마다 장인어른을 보았다고 한다. 남편에게 물었다. 그래서 장인어른의 모습과 분위기가 어떻더냐고.

"참 선해 보이셨어."

내 기억 속 아빠랑 달랐다. 얼굴은 잘 기억나지 않지만, 나에게 아빠란 '밤에만 오는 노래 부르는 사람'이었다. 늘 술에 취해 집에 오셨다. 흥얼흥얼 노래를 부르면서. 아빠가 오는 소리를 듣고 엄마는 늘 손을 떨었다. "솜결아! 이불장 안에 숨어!" 나는 엄마가 가리키는 곳으로 가서 숨곤 했다. 이불장, 마당에 있는 평상, 집주인 다락방 등에서 밤을 보냈다. 그런 아버지를 그는 '선하게 보였다'고 한다.

내 어린 시절 기억 속 아빠의 모습을 이야기하니, 남편은 장인 어른도 술을 먹고 들어왔던 이유가 있을 거라고 한다. 장인어른도 힘드셨을 거라며. 남편의 말이 무슨 의미인지 알 수 없어서 무슨 말이냐고 물었다.

"서른 살 남자가 아내의 얼굴에 곰보 자국이 있으면 좋겠어?"

엄마는 어릴 때 수두에 걸려 움푹 팬 흉터 자국이 많았다. 엄마 나이 스물둘, 아빠 나이 스물다섯에 결혼했다. 그때 아빠는 엄마의 얼굴을 보고 어떤 기분이 들었을까? 남편이 물어보기 전까지 한 번도 생각해보지 않았다. 그냥 아빠는 술 먹고, 밤이면 엄마를 벌벌 떨게 만드는 나쁜 사람이라고만 생각했다. 이제야 아빠 편에서 당신의 마음을 헤아려본다. '스물다섯 먹은 아빠에게 얼굴에 구멍이 잔뜩 나 있는 아내가 어땠을까?' 내가 아빠였다면. 서로가 죽도록 좋아했던 연인이었다면 괜찮았을까? 그들은 중매로 결혼했고, 심지어 결혼 날짜가 잡힐 때까지 만나보지도 못했다.

나의 20대를 돌이켜본다. 미팅을 하면 먼저 남자의 외모를 봤다. 키는 큰지, 작은지, 얼굴은 잘생겼는지 못생겼는지. 겉에 보이는 것만 중요했다. 나 자신도 외모에 신경을 많이 썼다. 예뻐 보이려고 화장도 정성껏 하고, 날씬해 보이려고 다이어트도 했다. 10cm 하이힐은 기본이었다.

돌아가신 아빠의 소리를 들을 수는 없다. 하지만 20대 청년이 외모를 보지 않을 수는 없을 것 같다고 생각하니 한편으로 애틋한 마음이 든다. '속상하셨겠다. 속상하셨겠네!'

엄마는 아빠의 이야기를 할 때면 늘 "너희 아빠는 술만 안 마시면 참 착한 사람이었는데…"라며 둘러대곤 하셨다. 아빠는 자신의 감정을 표현할 도리가 없어 술에 의지하셨었나 보다. 너무나 마음이 연약해서. 나는 기억하지도 못하고 기억하려 하지도 않았던 아빠의 모습이었다. 남편과 나의 기억 속 아빠는 달랐다.

"다 각자의 이유가 있는 거야."

나를 대신해 아빠 마음을 이해해 주는 남편이, 무심한 듯 다정한 그의 말이 고맙다. 40년 동안 미워했던 아빠인데. '젊었던 우리 아빠 속상했겠네.'

남편의 말에 40년 이상 두려워했고 미워했던 아빠를 처음으로 남자로 생각해보게 된다. 미안하다. 그토록 미워하고 원망하고 무서워만 했는데. 젊은 아빠의 마음을 온전히 이해하고 알 수는 없지만, 조금은 알 것 같다.

아프리카 부족의 '원숭이 사냥법'에 관한 이야기가 떠오른다. 한 부족은 원숭이를 아주 특이한 방법으로 사냥한다고 한다. 사냥이라고 하면 흔히 총이나 그물 같은 도구를 생각하거나, 아니면 최소한 활이나 창 같은 도구라도 있어야 하지 않을까 싶은 생각이 드는데, 도구 하나 없이 원숭이를 쉽게 사냥한다고 한다. 필요한 것은 단지 조그마한 구멍이 있는 항아리, 혹은 야자열매, 그리고 원숭이가 좋아하는 과일이나 먹이만 있으면 된다. 원숭이는 먹이를 먹으려 좁은 틈새로 손을 집어넣는다. 먹이를 집으면 원숭이의 손은 좁은 구멍을 통과할 수 없다. 먹이를 단념하고 손을 놔버리면 되지 않나 싶지만 놓지 못한다. 행여 놔버린다 한들 좁은 입구에 손이 껴서 어쩔 줄 몰라 하는 사이에 천천히 다가가 원숭이를 잡으면 된다.

문득 내 선입견으로 굳어진 아빠의 모습만 붙잡고 43년을 살아 왔던 건 아닐까 하는 생각을 했다. 원숭이는 나, 야자열매는 내가 그토록 두려워하던 아빠 같았다. 날마다 술에 취해 들어오시던 젊은 아빠를 조금이나마 이해할 수 있게 되니, 손에 쥐고 있던 아빠라는 열매를 어느 정도 내려놓을 수 있게 되었다. 어리석고 가여웠던 나. 아빠의 마음을 한 번쯤 헤아려봤더라면 내 마음도 조금은 편하지 않았을까 싶다. 계속 놓지 못하고 붙잡고 있어 괴로울 수밖에 없었던 시간, 남아 있던 미련까지도 모두 손에서 놓아버릴 수 있게 됐다.

어린 시절 나의 이야기를 글로 쓰며 나를 발견해 간다. 그동안 숨겨놓았던 얘기를 글로나마 털어놓으니 신기하게도 말할 수 있는 용기가 생긴다. 오랫동안 자물쇠로 꼭꼭 걸어 잠가놓았던 '아빠'. 행여 얘기를 꺼내면 나를 지질하고, 못나고, 부정적인 사람으로 볼 것 같아 두려웠다. 두려움이 만들어 낸 또 다른 두려움일 뿐이었다. 남편과의 대화로, 글쓰기를 통해 나를 다독이고 위로받을 수 있어 다행이다.

10

일을 더 잘하기 위한 '쉼'

최진경

오전 내내 초고를 썼다. 평소 같으면 집중하는 시간보다 그렇지 못하는 시간이 더 긴데 오늘은 모처럼 몰입하여 하얗게 불태웠다. 즐거운 마음으로 술술 풀어 써나갔다. 아마 예상컨대 다음 주에 다시 보면 방금 내가 쓴 글에 짜증이 날지도 모르겠다. 어째서 한창 쓸 때는 아무리 눈 씻고 찾아봐도 뭐가 이상한지 어딜 고쳐야 할지 잘 안 뵈는 걸까. 어차피 몇 시간 더 붙들고 늘어져봤자 좀 전과는 판이하게 글이 좋아진다거나 하는 기적은 일어나지 않을 거다. 그러니 털고 일어나는 게 현명하다. 남은 미련은 퇴고에 맡겨두자.

어제는 글이 잘 안 써졌다. 그래서 본의 아니게 저녁에 달걀 여덟 개를 팔팔 끓여 삶아 놓고는 모닝빵 봉지 하나 덜렁 식탁에 올려 두고 방으로 들어와 버렸다. 뭔가 더 나올 듯 말 듯한 데 쓰다 말고 중간에 끊고 나온 게 영 마음에 걸려 다시 앉았다.
퇴근한 신랑에게 아이들과 함께 에그 샌드위치 만들기를 하다
겸사겸사 딸기잼을 발라 우유와 함께 저녁을 먹으라고 했다.
그렇게 한 끼를 대충 때우려는 내 큰 그림을 그는 단번에 눈치
챘고 나는 그런 그의 눈치를 봤다. 마음이 불편해서 그렇지 어
쨌든 계획대로 몇 문장 더 쓸 수 있음에 기뻤다. 덕분에 샌드위
치도 '편하고' 맛있게 먹을 수 있었다.

그렇게 며칠간 틈만 나면 글을 썼다. 기존에 완성했던 초고를
새로 받은 목차대로 뒤엎으려니 곤혹스러웠다. 하지만 이렇게
고생 조금 하다 보면 실력도 늘겠거니, 더 잘 되려고 그러는 거
니 하며 애써 마음을 다잡았다. '이제 조금 물려. 아무래도 안
되겠어.'

남편에게 전화를 걸었다. 오늘 늦냐고 물을 때는 뭔가 이유가
있는 거다. 알아챘는지 마누라 물음에 "왜에?" 하고 평소보다
말꼬리를 길게 늘여 '뭔가 있지?' 하는 뉘앙스로 묻는다. 퇴근
하거든 호수공원에 가자고, 가야겠다고 얘기한다. 서이 단이도
폭염에 한동안 못 나가서 답답할 테고, 뛰놀지 못해 몸이 근질
근질할 거라고 그럴싸한 이유를 붙여본다. 실은 내가 제일 가

고 싶으면서 괜스레 민망함에 애들 핑계를 앞세운다.

저녁 일곱 시가 조금 넘어 우리는 일산호수공원 제4주차장에 차를 세우고 내렸다. 차 문을 열자 단순 기계음이 아닌 뭔가 더 살아있는 날 것의 웅장한 음성과 멜로디가 들려온다. 정확히 어딘지는 알 수 없으나 오른쪽 건너편에서 웅웅거리는 스피커 울림이 느껴지는 걸 보니 그쪽으로 향하면 어떻게든 찾을 수 있겠다 싶다.

서이 단이는 싱싱카를 타고 일러준 방향대로 산책로를 따라 전력 질주했다. 남편과 나는 빠른 걸음으로 따라 걸으며 아이들을 행여 눈에서 놓치기라도 할세라 계속해서 주시했다. 야외라 마스크를 벗어도 되지 않냐는 그의 말에 주변을 휘 둘러보니 아무도 쓰지 않았다. 그제야 안심하고 빼서 주머니에 넣는다. "와~ 공기가 이랬단 말이야?", "확 다르지?" 마주 보며 잠시 싱긋 웃고는 코를 벌름거리며 몇 번씩이나 크고 길게 숨을 들이마셨다 뱉었다 한다. 밤에만 나는 특유의 공기 냄새, 흙내와 풀 내음까지 한데 섞인 바람이 시원하게 콧속을 비집고 들어왔다 빠져나갔다 한다.

'하, 좋다......!'

아이들은 싱싱카 레이싱에 온 마음이 사로잡혀 엄마 아빠는 안

중에도 없다. 어느새 저 멀리 다리 밑까지 가 있다. 연신 부르는데도 안 들리는지 답이 없어 결국 달려가 잡는다. '이게 무슨 소리지?' 그리고 보니 아까 차에서 내릴 때 들었던 그 음성이 바로 가까이에서 들린다. 찾았다, 공연장!

열창하고 있는 한 남자 가수 뒤로 '뮤직 비어 페스티벌'이라고 쓰여있는 무대 뒤 거대한 전광판이 눈에 들어온다. 아, 음악이랑 맥주 즐기는 페스티벌이구나. 거참 이름 한번 명료하게 잘 지었네, 생각하며 공연장 둘레로 이어진 그늘막 틈새를 따라 걸어 안으로 들어갔다. 맥주를 즐기는 축제여서인지 객석이 빼곡히 들어찬 흔히 보던 공연장 모습이 아니라 특이하게도 테이블이 세로로 줄지어 쭉 늘어서 있는 형태다. 둘러보고는 적당한 테이블을 찾아 앉았다. 얼떨결에 고개를 까닥이며 음악 듣고 있는 내 모습이 어쩐지 우스웠다. 나도 모르게 어깨와 다리가 자꾸만 들썩거렸다. 플리지(PLZY)라는 가수가 노래하는 모습을 가만히 지켜봤다. 〈You〉라는 곡을 들으면서는 후렴구의 감미로운 음색과 멜로디에 잠시지만 설레기까지 했다. 아지매 마음에 불을 지피는구나. 훌륭한 청년이로다. 저스틴 비버의 〈Stay〉라는 곡과 잘 기억나진 않지만 역시 좋았던 다른 한 곡을 더 듣고는 아쉬운 마음을 안고 공연장을 나왔다. 아니, 나와야 했다. 더 정확히는 쫓겨났다.

남편이 오더니 누군가 입장권을 샀는지 물어보더라고, 없다면 나가주셔야겠다고 했단다. 그래서 우린 신사적으로 쫓겨났고 민망해 부랴부랴 출입구를 찾았다. 어디로 나가야 할지 방황하다가 공연장 출입을 막으려고 설치해둔 가로 형태의 긴 현수막을 들어 올리고 그 사이로 어정쩡하게 몸을 숙여 빠져나왔다. 아이들도 그렇게 무사히 탈출(?)에 성공했다.

매력적인 생음악 소리에 홀리듯 들어가 앉은 것뿐인데. 어쩌다 보니 티켓도 안 사고 무단 잠입한 꼴이 돼버렸다. 들어왔던 길 입구에도 안내 문구나 가림막 하나 없었는데 말이다. 어쩐지 어떤 커플이 우리를 이상한 눈으로 쳐다보는 것 같긴 했다. 흠, 알 게 뭐야. 의도한 건 아니니 끝까지 당당하기로. 오늘 글 쓰느라 수고 많았다고 좋은 음악 들으며 좀 쉬라고 누가 상 줬나보다 여기기로 했다.

집에 돌아와 잠잘 준비를 하고 누웠다. 공원에서 찍은 풍경 사진과 함께 짤막한 일상 글을 적어 SNS에 올린다. 두 시간 남짓 걸었을 뿐인데 쓸 얘기가 꽤 된다. 페스티벌 덕분에 소재 거리도 생기고 흐릿하던 머릿속도 맑아진 느낌이다. 역시 가길 잘했다.

주부이다 보니 정해진 업무시간이 따로 없다. 아이들이 원에 가면 글을 쓰고, 돌아오면 함께 놀며 중간중간 집을 정리한다. 저녁 설거지 마치고 조금 있다보면 어느새 잘 시간이다. 아이들을 재우고 다시 글을 쓴다. 직장인인 남편 역시 다를 바 없다. 출근해서 일하고 퇴근하면 육아와 집안일을 거든다. 그리고 그것을 매일 반복한다. 더군다나 우리집은 남편의 직업 특성상 주말 개념이 따로 없다. 주로 아이들이 원에 가는 평일에 쉬곤 하는데 그마저도 그간 미뤄 뒀던 일 처리를 하느라 오전을 통째로 차압 당할 적이 많다. 아마도 그래서 더 쉬는 것의 소중함을 절절히 느끼는 건지도 모르겠다.

당신의 주말은 안녕한지 묻고 싶다. 혹은 주말만을 고대하며 월화수목금을 '존버' 하고 있지는 않은지 궁금하다. 누군가 나서서 쉼표를 찍지 않는 이상, 우리는 도돌이표 안에서 허덕이며 마냥 돌고 또 돈다. 신경 써서 챙기지 않는 이상 쉴 기회가 제 발로 알아서 찾아오는 경우는 드무니까. 그래서 그렇게 퇴근도 하지 않은 남편에게 전화해 저녁에 공원에 가자고 졸랐다. 그냥 막 더 가다간 지칠 것 같아서. 며칠간 악착같이 붙잡고 지내던 것과 의도적으로 거리를 뒀다.

피로를 풀기 위해 따끈한 물로 샤워하면서 불현듯 괜찮은 아이디어가 떠오르곤 한다. 잠 푹 자고 일어나면 개운해져 글을 쓰든 책을 읽든 집중이 잘된다. 걷고 나면 몸이 가벼워지고, 음악을 들으면 별로였던 기분이 한결 나아진다. 쉬어야만, 일도 더 잘할 수 있다. 이 당연한 걸 왜 그리 자주 잊는 걸까. 어째서 한 번 마음 먹기가 그렇게도 힘이 드는지 모르겠다. 없는 시간을 쥐어 짜내서라도 자주 쉬려 노력한다. '쉼'은 일 만큼이나 중요하니까. 보다 풍성한 삶을 위한 '필요충분조건'이니까 말이다. 집 주변에 가보지 않은 장소가 있다면, 또는 자주 가지 못해 갈 적마다 신선하게 느껴지는 곳이 있다면 이참에 한 번 바람도 쐴 겸 나가보면 어떨까. 말 나온 김에 이따 저녁에 냉큼 말이다. 별 기대 없이 나갔다가 어쩌면 운 좋게 라이브 음악을 공짜로 듣게 될지도 모른다. 누구처럼(부디 쫓겨나진 말길).

글 쓰 기 를 시 작 합 니 다

제 4 장

글을 쓰고
달라진 일상

C o n t e n t s

익숙함 속 새로운 발견

김경란

초등학생 시절 방학 끝 무렵이 되면 밀린 숙제하느라 진땀을 뺀 기억이 난다. 가장 힘들었던 것은 바로 일기 쓰기였다. 매일 쓰는 게 귀찮아서 미루다가 한 달 치를 몰아 쓰려니 괴로웠다. "오늘은 가족들과 계곡에서 물놀이했다. 참 재밌었다. 다음에 또 가고 싶다."처럼 고작 2~3줄이었을 텐데 말이다. 어렸을 때야 글을 써 본 경험이 많지 않으니 글쓰기가 어려운 건 당연했을 수 있다. 2~3줄 쓰는 일기도, 10줄 편지도 모두 글이다. 40년 넘게 살아오면서 꽤 많은 글을 써왔다. 경험이 많이 쌓였으니 과연 지금은 술술 써질까?

얼마 전 아버지의 생신이었다. 선물 하나 달랑 드리기에는 성의가 부족해 보였다. 모처럼 손편지를 쓰기로 했다. "아버지,

생신 축하합니다. 항상 건강하세요"까지는 무난했다. 다음 말을 이어가려니 편지지 한 장의 여백이 그렇게 커 보일 수 없었다. 두 장을 준비했던 편지지 중 한 장을 슬며시 서랍에 넣었다. 반 장쯤 썼을 때, 편지지 대신 작은 카드에 쓸 걸 그랬나 후회했다. 한번은 사내 신문 발행에 필요한 글을 A4 용지 반 장 분량으로 써달라는 요청을 받았다. 〈마음을 전하는 책〉이라는 코너에 실릴 글이었다. 동료 중 한 명에게 칭찬이나 고마움을 전하는 메시지를 쓰고, 선물하는 책이 어떤 내용인지 간단하게 소개하면 되는 일이었다. 말로 하라고 하면 고민할 필요도 없었겠지만 글로 쓰려니 첫 마디부터 어려웠다.

글을 쓰면 좋은 이유는 숱하게 들어왔다. 일상을 기록하여 남길 수 있고, 생각을 정리할 수 있고, 자신의 감정을 바라보고 객관화할 수 있다는 등. 좋은 줄 알면서도 어렵고 힘든 일이라 시작을 머뭇거렸다. 글쓰기에 도전과 시작이라는 단어가 어울리기나 할까? 생각을 담아내고 참한 표현으로 다듬는 글, 시간과 노력, 정성을 들여 쓰는 글을 '글'이라고 한다면 2021년 1월 1일 감사일기가 나의 글쓰기 도전이자 시작이었다.

쉽게 쓸 수 있는 글로 매일 쓰겠다고 다짐했다. 일어나자마자 감사한 일을 찾아 세 가지씩 적어보는 것이었다. 매일 새벽 4시 30분, 스티브 바라캇(Steve Barakatt)의 〈Rainbow bridge〉가 울린다. 낮에 들으면 우아한 피아노 연주곡이지만 새벽잠을 깨울 때는 쩌렁쩌렁한 소음이다. 검지로 화면을 휙 밀어 끈 후 책상에 앉는다. 졸리지만 쓸거리를 생각해야만 한다. "어제 무엇을 했지?", "어떤 기분이 들었지?", "지금 떠오르는 한 단어는?", "감사한 일이 뭐가 있을까?" 생각하고 글을 쓰는 동안 잠이 달아나기도 한다. 찬물 세수보다 효과가 더 좋다. 도저히 정신이 차려지지 않을 때는 "잠이 깨지 않는다. 더 자고 싶다. 다시 누울까? 말까? 아니다. 이 순간만 이겨내자."라며 지렁이 기어가는 글씨체로 끄적이기도 한다. 잠을 깨우는 방법이기도 하다. 종종 감사한 일이 생각나지 않을 때도 있다. 그럴 땐 깊이 생각하지 않고 상황에 대한 감사라도 쓴다. 예를 들어 "나에게 주어진 오늘 하루에 감사합니다, 조용한 새벽 시간에 감사합니다, 더 자고 싶은 유혹을 뿌리칠 수 있어서 감사합니다."라고.

요즘 들어 긍정적인 기운이 들 때가 부쩍 늘었다. 종종 신나는 노래를 틀어놓고 따라 불러 본다. 이야기할 때 목소리 톤이 올라가거나 사소한 일도 흥미롭다. 굳이 하지 않아도 될 일조차 적극적으로 나서기도 한다. 농담하며 일부러 웃을 일을 만들기도 한다. 하루 내내 좋은 기분을 유지할 수 있는 건 한 날의 시작을 긍정적인 글쓰기로 여는 덕분이라 굳게 믿는 중이다.

필사(筆寫)는 글쓰기 근육을 기르는 비법 중 하나다. 검색해서 얻은 명언이나 마음에 와 닿는 책 구절을 노트에 옮겨 적는다. 처음에는 그저 베껴 쓰기에 지나지 않았다. 손이 아프도록 열심히 써 보지만 글쓰기 실력이 느는 것도 아니고, 삶의 태도가 변하지도 않았다. 필사하고 난 후 나의 경험이나 생각을 적어 보기로 했다. 며칠 전, 가기 싫다고 말하는 것이 미안해서 마지못해 참석한 모임이 있었다. 재미는커녕 대화 내용이 귀에 들어오지 않았다. 하품을 들키지 않으려고 어금니를 꽉 물고 입술을 힘껏 모았다. 애꿎은 스마트폰만 만지작거리며 사람들이 일어나기만을 기다렸다. 집에서 편히 쉬는 것도 아니고 그렇다고 사람들과 즐겁게 어울리는 것도 아니었다. 집에 돌아와 일기를 쓰면서 법륜 스님의 책 중 한 구절을 필사했다.

"인생에는 정답이 없습니다. 자기가 선택한 대로 사는 것뿐입니다. 그런데 우리가 이럴까 저럴까 망설이는 것은 선택에 대한 책임을 지고 싶지 않기 때문입니다."

나의 태도를 돌이켜보며 생각을 덧붙여 썼다. "최고의 선택은 없다. 어떤 일이든 최선을 다하고 집중한다면 그것이 바로 최고의 선택이다. 내가 선택한 일이라면 반드시 집중하자! 이도 저도 아니었던 태도를 반성해 본다." 법륜 스님이 선택과 집중에 대한 가르침을 주는 것 같았다. 사리에 맞는 훌륭한 말도 내경험에 빗대어야 충고나 조언, 깨달음이 될 수 있다. 글쓰기는 나의 태도를 평가하고 피드백할 수 있는 도구이기도 하다.

글감은 불현듯 떠오르지 않는다. 전문 작가에게는 주변의 모든 것이 글감이라지만 초보 작가인 나에게는 희망 사항일 뿐이다. 어쩌다 운 좋게 글을 쓸 만한 영감이 생겨나기도 하지만 아직은 무언가 쓰기 위해 눈에 불을 켜고 글감을 찾아내야 할 때가 많다. 그러려면 지극히 사소한 일상도 깊게 관찰하고 의미를 발견하려 노력하게 된다. 밥 먹는 일상도 그냥 지나칠 수 없다. 갓지은 흰 쌀밥이 다르게 보인다. 따뜻하게 먹을 수 있도록 퇴근 시간에 맞춰 준비한 어머니의 배려와 딸에 대한 사랑을 발견한다. 땀을 뻘뻘 흘리고 푹푹 찌는 열기에 더워 죽겠다며 씩씩대다가도 애써 여름을 새롭게 바라본다. 무더운 여름을 잘 버텨낼수록 선선한 바람 부는 가을이 더욱 반가울 것이라고 위안 삼는다. 무엇을 쓸 것인지 고민하는 순간 사소한 일상도 특별해진다. 늘 반복하는 익숙함에서도 새로움을 발견하게 된다.

코로나19로 삶의 테두리가 점점 좁아지면서부터 매일 다를 게 없었다. 똑같은 일상의 무한 반복이었다. 단조로움에 지루해질 무렵, 나는 글을 쓰기 시작했다. 늘 보던 것에 더 가까이 다가가고, 늘 들리던 것에 귀 기울인다. 무심했던 삶을 유심히 대하게 된다. 벤저민 프랭클린은 읽을 가치가 있는 글을 쓰거나, 아니면 쓸 가치가 있는 삶을 살라고 했다. 매일 글쓰기를 시작하면서 삶의 의미가 다양해졌다. 일상의 가치가 달라졌다. 글을 쓴다는 건 의식하지 않던 사소한 일상을 알아차리고 새롭게 소생시키는 축복이다. 새로움은 언제나 심장을 살살 간지럽힌다. 지극히 익숙한 일상이 새로울 수 있는 것만큼 행복한 일이 또 있을까. 글을 쓰면서 달라진 일상, 매 순간이 선물이다.

독서와 글쓰기는
후시딘과 마데카솔

김지안

책 쓰기 수업을 듣겠다고 저녁 약속을 하지 않았다. 독서를 시작할 때도, 글을 쓰겠다고 나섰을 때도 주변의 반응은 한결같았다. 회사 일만도 바쁘고 힘든데 피곤하게 독서니, 글쓰기 하겠다는 나를 이해하기 어렵다고 했다. 내가 독서를 하든 안 하든, 글을 쓰든 쓰지 않든 다른 사람은 나에게 관심이 없다. 남들 눈 때문에 내가 하고 싶은 걸 포기해야 할 이유는 없다. 다른 사람이 나를 보는 모습은 어차피 그들이 나를 향한 프레임 속에서 평가할 뿐이다. 내 생각과 태도가 바뀌었다는 사실이 중요하다. 글 쓰는 시간은 오롯이 나와 만나는 시간이다. 글쓰기에 관심이 생기면서 자연스럽게 글쓰기 관련 정보를 찾아보는 시간이 많아졌다. 평소에는 그냥 지나칠 것들도 유심히 관찰하게 되고 곱씹어 생각하게 되었다. 나는 내가 공감 능력이 부족하다는 걸 글쓰기를 하고 나서야 알아차렸다. 대화할 때 상대의 감정을 살피게 되었다.

월요일 베트남 하노이 오후 1시. 본사 직원들과 화상회의를 시작했다. 로그인하자 본사 직원 8명이 보였다. 최근 입사한 두 명의 신규 입사자와 대면식을 겸한 업무 화상회의였다. 몇 가지 안건에 대해서 논의를 했다. 회의가 끝나갈 무렵, 본사 본부 임원은 내게 물었다. 하노이지사 초기 업무를 진행하면서 이것저것 문제가 많았는데 요즘은 어떤지 물었다. 나는 반사적으로 여전하다고 대답했다. 아뿔싸, 말을 잘못했다. 나의 말을 들은 임원은 "아~ 여전해?"라고 탄식하는 듯했다. 순간적으로 튀어나온 말을 나는 곧바로 후회했다. 이미 말을 뱉어 버린 후였다. 바로 나는 상황을 수습해야겠다고 생각했다. 여전하다는 뜻은 여전히 일이 많다는 뜻이고, 담당 직원들의 협조가 잘되고 있어서 다소 문제가 있어도 잘 해결하고 있다고 말을 덧붙였다. 여러 명이 모인 자리에서의 말실수는 치명적일 수 있다. 나의 대답을 듣고 있었을 담당자를 생각하니 얼굴이 빨개지는 것만 같았다. 책 읽기, 일기 쓰기를 하지 않았다면 여전히 상대방의 입장을 고려하지 않았을 일이다.

현재 다니는 회사에서 18년째 일하고 있다. 같은 회사 장기근속자이긴 하지만 보직 이동이 잦았다. 18년 동안 8번 이동했다. 2013년 중국 상해 주재원으로 발령 난 후 2018년 12월 베트남 하노이 주재원으로 이동한 지 4년이 되었다. 해외 주재원 생활 10년 차. 나는 목표 성과주의자였다. 사람의 마음을 돌보기보다는 성과를 위해서 목표 지향적으로 일했다. 함께 일하는 동료는 나를 일 중독자로 보았다. 업무의 성과를 위해서라면 개인의 희생이나 노력은 당연하다고 생각했다. 눈치 보며 일하지 않았다. 남을 기준으로 살지 않았기 때문이다. 내가 좋아하는 일. 성과를 향해서 맹목적으로 일했다. 좋아하는 일을 하고 돈도 벌 수 있으니 더할 나위 없이 열심히 일했다. 자기중심적으로 생각했다. 사람과 함께하는 일인데도 목표 성과만 생각했다. 직급이 올라가면서 나에게 기대하는 조직의 기대치는 달라졌다. 내가 알아채지 못했을 뿐이다. 회사 조직은 점점 거대해져 가는데, 나는 조직에서 원하는 관리자 상으로 성장하지 못했다. 관리자는 조직원을 품을 수 있는 품성과 관리 능력이 우선시 된다. 그 중심에 사람이 있어야 했는데 말이다. 함께하는 동료들에게 냉정하고 가혹했다. 업무 성과를 올리기 위해서는 그렇게 해야만 하는 줄 알았다. 사람의 마음이 떠나버리면 소용이 없다는 것을 너무 늦게 알았다. 독서와 글쓰기를 하면서 알게 되었다. 세상 규칙을 이해하지 못했음을.

사람마다 성장배경과 경험치가 다르다. 똥인지 된장인지 먹어 봐야 아는 사람도 있다. 그게 바로 '나'라는 사람이다. 독서와 글쓰기를 하지 않았다면 나는 여전히 세상을 원망하고 탓하는 사람으로 살고 있었을 것이다. 6년 전 독서를 시작했다. 세상을 이해하는 데 도움이 되긴 했지만 내 상처가 치유되지는 않았다. 그런 나의 상처를 돌보게 된 시점은 독서와 글쓰기를 병행하면서부터였다. 내 문제를 알고 싶어서 책을 읽고, 내 문제를 해결하고 싶어서 글쓰기를 한다. 생각만으로는 변하지 않았다. 글쓰기를 하면서 나를 바꾸려는 구체적인 계획을 세우게 되었다. 이를테면 삶의 균형을 만들기 위한 노력이다. 온통 업무로만 차 있던 다이어리 일과에 독서, 운동, 글쓰기를 포함하여 계획을 세운다. 세상을 흑과 백으로만 나눠 생각했었다. 부정 편향적으로 치우친 사고를 다양한 방면으로 확대할 수 있었다.

내 의견 전달이 가장 중요하다고 생각했다. 데일 카네기 《인간관계론》에서는 경청을 강조했다. 나는 그렇지 못했다. 숫자와 근거자료, 데이터만으로 상대방을 설득할 수 있을 줄 알았다. 다른 사람의 말을 끝까지 들으려 하지 않았다. 상대가 말하고 있는 중간에 끊고 내가 말해서 상대의 기분을 상하게 하기도 했다. 상대의 감정을 고려하지 않았다.

세상을 바꾸기 어렵다는 걸 깨달았다. 내가 바뀌어야 한다는 것을 알게 되었다. 글쓰기 덕분이다. 얼마 전 종이에 손가락을 베인 적이 있다. 연고를 사러 약국에 갔다. 이미 잘 알고 있는 연고 두 가지가 보였다. 마데카솔과 후시딘. 약사에게 두 가지 종류의 연고가 어떤 점이 다른지 물어보았다. 설명은 이랬다. 후시딘에는 '퓨시드산 나트륨' 이라는 항생제가 함유되어 있어서 상처 초기 감염 치료에 효과적이다. 마데카솔은 병풀 혹은 호랑이 풀이라고 불리는 성분이 들어있는데 흉터 치료와 피부 재생에 도움을 주는 성분이라고 했다. 후시딘은 상처 초기에, 마데카솔은 상처 중후반에 발라주는 것이 좋다고 했다.

나는 독서를 하면서 내 마음에 난 상처에 후시딘을 발라줬던 거다. 부정적인 감정으로 뒤덮여 있는 나의 마음에 소독 작용을 했다. 상처는 쉽게 아물지 않았다. 독서를 하면서 내 마음에 난 상처를 소독하면서 부정적 생각을 걷어내고 긍정적인 사고와 태도로 변화할 수 있었다. 글쓰기를 시작하면서 나는 마데카솔을 바르기 시작했다고 표현하고 싶다. 마음에 난 상처, 흉터가 남지 않도록 치료하는 중이다. 살아오면서 알게 모르게 누군가에게 상처 주었고 나도 상처받았다. 조금 더 성숙해지기 위해서 오늘도 독서와 글쓰기에 시간 투자를 마다하지 않는다. 다친 곳을 소독하고 흉터 치료하는 후시딘과 마데카솔! 바로 부정적인 생각을 소독하고 긍정적인 생각과 태도로 나를 바꿔주는 그것! 독서와 글쓰기다. 아물어 가는 상처 위에 생긴 딱지, 잘 떨어지지도 않고 떨어질 때 더 아프다. 어려울수록 꼭 해야 하는 일이라고 하지 않던가? 딱지가 떨어지는 순간까지 열심히 후시딘과 마데카솔을 바르겠다. 새살이 돋아나는 경험. 나를 치유하는 독서와 글쓰기를 시작해 본다.

나를 위한 최고의 선물 글쓰기

서영식

"생각하는 대로 살지 않으면 사는 대로 생각하게 된다."라는 말이 있다. 주체적으로 살 것인가, 그냥 흘러가는 대로 살아갈 것인가. 글을 쓰면서 깨달았다. 살아가는 방식은 매우 다양하다. 하루를 의미 있게 살아가는 방법은 여러 가지다. 그중 하나가 글쓰기라고 생각한다. 글을 쓰기 전에는 막연하게 그냥 쓰면 된다고, 그때그때 떠오르는 생각을 옮기기만 하면 되지 않냐고 쉽게 생각했다. 나름 책도 많이 읽는다고 생각했고, 안 써서 그렇지 쓰기만 하면 잘 쓸 거라는 근거 없는 자신감에 빠져 있었다. 업무 중에도 남이 하는 걸 지켜보면 쉬워 보인다. 보고 있으면 금방 따라 할 수 있을 거 같고 별것 아니라고 생각하게 된다. 막상 실제로 해보면 막히는 부분이 자꾸 생긴다. '어라, 왜 안 될까? 어떻게 했었더라.' 무슨 일이든 직접 경험을 해봐야 안다. 생각하는 것과 말하는 것이 다르듯, 할 수 있겠다는 생각이 드는 것과 실제로 하는 것은 확연히 다르다.

글쓰기도 마찬가지다. 매일 글을 쓸 때와 그렇지 않을 때 느끼는 감정은 다르다. 자주 쓰면 쓸수록 막연하게만 여겼던 것이 손에 잡힐 듯 또렷해진다. 두려움은 희미해지고 실체만 남는다. 안개가 걷히듯 생생하게 보이게 된다. 인생은 선택의 연속이다. 선택한 결과에 만족할 수도 있고 후회할 수도 있다. 글을 쓰는 삶과 그렇지 않은 삶, 언젠가 그 결과는 눈에 띄게 달라지지 않을까 싶다. 나는 '글 쓰는 삶'을 택하기로 했다. 이전과 생각이 많이 바뀌었다. 전에는 TV나 유튜브에 빠져 있었다. 평면적이고 딱딱한 일상이었다. 글을 쓰기 시작하면서는 입체적으로 생각해 보려 애쓰게 된다. 그러면서 자연스레 관찰하는 습관도 생겼다. 무심코 지나쳤던 것을 관심 있게 보게 된다. 사람들과 대화할 때도 한 번 더 생각하고 신중히 답하게 된다. 하루를 꽉 채워 풍성하게 살아보려는 목표가 생겼다.

삶이 정돈되는 것을 느낀다. 잊고 살았던 인생 목표도 다시 정하게 되고, 혼자 가만히 앉아 이런저런 생각도 많이 한다. 수동적으로 받아들이는 외부의 자극은 금방 잊기 마련이다. 유튜브나 TV는 아무 생각 없이 보게 되고, 시간이 가고 나면 뭔가 허전하고 아쉽다. 글쓰기는 능동적이다. 계속 생각해야 하고 머리와 손을 동시에 사용해야 한다.

하루 중 나만의 성장을 위한 시간이 얼마나 될까? 일상은 나보다는 항상 상대방 중심으로 돌아간다. 착한 사람 콤플렉스까진 아니지만, 좋은 모습으로 살기 위해 내가 먼저 참고 희생한다. 업무 대부분은 보고하는 사람이 아닌, 받는 사람이 원하는 결과물을 내기 위해 노력한다. 하지만 글을 쓰면서는 온전히 나를 위해 집중하게 된다. 계속 스스로 질문한다. 신기한 경험이다. '그동안 왜 그렇게 너에게 무심했니? 주위만 신경을 쓰지 말고 네가 무슨 생각으로 어떻게 사는지 관심 좀 가져줘!' 내가 나에게 부탁한다. 걱정 고민하던 일들도 쓰면서 하나둘 정리가 된다.

쓰다가 막혀도 그냥 막 써본다. 머리 싸매며 멋진 문장을 쓰려고 하기보다 일단 막 써놓고 다시 본다. 글쓰기만큼 내 마음대로 할 수 있는 게 또 있을까? 썼다가 지우고 또 썼다가 마음에 들지 않으면 다시 써보고. 인생은 연습이 없고, 시간은 지나가면 끝이다. 하지만 글쓰기는 얼마든지 무한 연습이 가능하다. 이렇게도 써보고 저렇게도 써보며 오롯이 나에게만 집중할 수 있다. 나 자신을 살뜰히 챙겨보고 있다는 느낌이 들어 좋다.

일할 때 가장 중요하게 생각하는 부분은 목적이다. 왜 이 일을 하는지 목적이 분명해야 하고자 하는 의욕과 동기가 생긴다. 글쓰기도 왜 해야 하는지 처음엔 딱히 목적이 없었다. 막연하게 책 읽는 것을 좋아하니까, 글을 써서 작가가 되고 싶다고만 생각했다. 생각만 하고 실천은 하지 못했다. 쓰기 시작하면서부터 생각이 구체화 되고 왜 써야 하는지 목표가 생겼다. 내가 도움받은 것처럼 다른 사람도 도울 수 있으면 좋겠다고, 나와 같은 고민을 하고 힘들어하는 사람이 있다면 조금이나마 돕고 싶다는 각오로 글을 쓰고 있다. 쓰기 전엔 '내가 무슨 작가? 될 수나 있을까?' 그냥 희망 사항이라 여겼다. 아직 한 줄도 쓰지 못한, 작가가 '되고 싶은' 사람일 뿐이었다. 쓰기 시작하니 어느새 작가라는 단어가 어색하지 않아졌다. 쓰고 싶은 사람에서 '쓰는' 사람이 되었다.

매일, 매주, 매월 해야 할 일을 챙기다 보면 어느덧 시간이 쏜살

같이 지나간다. 한 해의 계획을 세우긴 하지만 결과를 확인하는 시간은 많지 않다. 끝나고 나면 새로운 일이 기다린다. 글쓰기를 하면 내가 살아온 흔적을 확인하고 더 잘하기 위해 방법을 고민하게 된다. 책을 통해 얻은 지식과 정보는 금세 잊는다. 기억 나는 경우도 더러 있지만, 다시 보는데도 마냥 새로울 때가 더 많다. 서평을 써 놓고 문장을 발췌해 놓으면 다시 읽을 때 유용하다. 무엇이든 기록으로 남기려고 노력하는 편이다. 업무를 할 때도 그렇다. 누군가 내 일을 맡아 할 경우, 시행착오를 줄였으면 하는 마음에서다. 회사 일은 그렇게까지 하면서 왜 글쓰기는 하지 않았을까.

같이 일하는 동료들의 마음도 헤아려본다. 그동안은 앞만 보고 달리는 경주마처럼 일의 결과만을 위해 열심히 내달렸다. 달리면서 보이는 주위 풍경은 신경도 쓰지 못했고, 내 뒤에 누가 오고 있는지 관심을 가지지 못했다. 글을 쓰면서는 조금 더 여유를 가지게 됐다. 한 번 더 생각하고 뒤돌아보고, 주변에도 관심을 가지고 지켜본다. 마음이 넓어지고 생각도 깊어진 듯하다. 한층 성숙해지는 기분도 든다. 사소한 일에 쉽게 흥분하거나 들뜨지 않고 마음을 차분히 갖는다. 달라졌다고 느끼는 게 나만의 착각일지도 모른다고 생각했는데, 요즘 들어 부쩍 어딘지 모르게 달라졌다는 얘기를 주변에서 자주 듣곤 한다. 흔히 사람이 변해선 안 된다고 하지만, 변하지 않는 것은 변한다는 것 말고는 없다고 생각한다.

그간 남의 눈치를 많이 보고 살았다. 이제는 내 눈치 보느라 바쁘다. 내가 어떻게 생각하고 있는지, 좋은지 나쁜지 의견을 묻는다. 하고 싶은 말도 꾹 눌러 참을 때가 많았는데 지금은 필요한 말은 하고 산다. 단단한 무게 중심이 생겼다. 타인의 말에 지금은 그리 개의치 않는다. 모르는 사이에 마음이 강해진 걸까? 운동으로 근육을 만드는 것처럼, 마음에도 근육이 있다면 글쓰기를 통해 더 커지고 강해질 수 있으리라 믿는다. 이렇게 써놓고 보니 바뀐 게 참 많다. 글로써 변화하는 일상을 주변과 나누고 싶다. 달라진 인생의 행복감을 알려줄 수 있다면 좋겠다.

그림 잘 그리는 사람들이 부러웠다. 인물화는 나중에 기회가 된다면 꼭 배우고 싶었다. 아는 사람의 얼굴을 그려주고 선물로 주고 싶다. 글을 쓰니 마음속 그림을 그려 나에게 선물하는 느낌이 들어 좋다. 쓰다 보면 모르고 지나쳤던 속마음이 슬며

시 드러난다. 자신에게 칭찬을 많이 하라던지, 특별한 날엔 맛있는 걸 먹거나 사고 싶었던 물건을 사라고 일러준다. 언제든지 할 수 있고 돈도 들지 않으니까 마음껏 할 수도 있다. 마음만 먹는다면 말이다. 돈으로 환산해 가치를 매길 수 없을 정도로 귀하다. 마음이 점점 더 풍요로워지는 느낌이다. 달라질 내 모습을 기대해 본다. 나를 위한 최고의 선물 글쓰기. 평생 쓰는 삶을 살고 싶다.

04

나를 알아가는 여정 글쓰기

서유정

 "애한테 눈 좀 맞춰줘라."

구미 이모가 내 어깨를 툭 치며 말씀하셨다. 오랜만에 친정집에 외가 식구들이 모였다. 구미 이모, 대구 이모, 외삼촌, 외숙모, 도하, 나, 엄마 이렇게 거실 테이블 앞에 동그랗게 모여 앉았다. 복숭아를 먹으며 이야기를 나누고 있었다. 얼마 전 외숙모께 요가 매트를 선물했다. 외숙모는 국민건강보험공단에서 운영하는 요가 프로그램에 참여하고 계신다. 온라인으로 진행되는데 요가 매트가 없어서 집에 있는 이불을 접어 매트로 사용하고 계신다고 했다.

"요가 매트 안 쓰는 것 있으면 외숙모 하나 드려라."

얼마 전 엄마가 말씀하셨다. 집에 있는 요가 매트를 살펴보았다. 매트의 상태가 외숙모께 보내드릴 만큼 온전하지는 않았

다. 이번 기회에 하나 사서 선물로 보내드리면 좋겠다고 생각
했다.

"유정아, 요가 매트 너무너무 고맙게 잘 쓰고 있어. 좋은 매트 위
  에서 요가를 하니까, 내가 요가강사가 된 것 같아."
외숙모와 대화를 이어 가고 있을 때였다. 쇼파 위에 엎드려 장
난감으로 혼자 역할 놀이를 하던 도하가 나를 불렀다.

"엄마! 엄마! 어제 유치원에서, 엄마! 엄마!"
어른과 이야기를 하고 있기에 눈을 돌릴 수가 없었다. 못 들은
척하며 여전히 외숙모 이야기에 집중했다. 도하도 포기하지 않
았다. 목소리 데시벨을 높였다. 더 크게 '엄마'를 불렀다. 보다
못한 구미 이모는 나에게 애하고 눈 좀 맞춰주라고 하셨다.

"엄마 대치동 할머니랑 이야기하고 있으니까 기다렸다가 이따 이야
  기해."
마음 한구석에서 짜증이 올라왔다. 아이는 내가 누군가와 이야
기를 하고 있으면 불러서 장난감 이야기, 유치원에서 어제 있
었던 이야기, TV에서 보았던 이야기를 불쑥불쑥 꺼낸다. 지금
하지 않아도 될 이야기들 같은데. 굳이 왜 지금? 아이니깐 그럴
수 있는데 나도 대화에 집중하고 싶다. 상대가 불편하지 않을
까. 마음이 편하지 않다. 시간이 지나면, 내가 아이에게 너무했

나 싶다. 집에 돌아오는 차 안에서 아이에게 이런저런 질문을 한다. 눈 한번 맞춰주었으면 될걸, 이야기 한번 들어주면 될 것을. '왜 그랬을까? 도하는 어떤 마음을 느꼈을까?' 생각이 많았다. 다음 날 아침 책상에 앉아 노트북을 펼쳤다. 어제 일을 돌아보며 일기를 썼다. 마음이 불편하거나 혼란스러울 땐 손 가는 대로 적는 것이 최고다. 한 줄 한 줄 쓰다 보면 스스로 해결점을 찾아낼 때가 많다. 생각해보면 아이는 밖에 나와서 내가 누군가와 말을 하고 있을 때 끊임없이 질문하고 이야기하고 싶어 한다. 친정엄마랑 있을 때, 집에 손님이 와도 그렇다. 보통은 도하에게 기다리라고 말한다. 어른들이 이야기할 때는 끼어드는 것 아니라며 시대와 상황을 고려하지 않은 '장유유서'를 아이에게 강요한다. 엄마라는 신분은 누군가와 대화하는 것 하나 쉽지 않다. 이야기에 흐름이 계속 끊긴다. 방해받지 않는 고요한 시간을 갈망한다. 나에게 이런 욕구가 있음을 글을 쓰면서 알게 되었다. 엄마가 되면서 내 시간이 부족하다는 생각이 크다. 상대방은 어떨까? 이야기에 집중할 수 없어 짜증이 나지 않았을까? 내가 아이의 마음을 잘 보살피지 못하는 엄마로 보이는 건 아닐까? 아이를 야무지게 잘 키우는 엄마로 보이고 싶은데...... 그 와중에 내 이미지도 생각하느라 마음이 바쁘다. 내 욕구, 마음에 대해 써나가다 보면 진짜 내가 보인다. 내 마음을 이해할 수 있게 되는 것이다. 내 생각, 감정을 이해하면 마음의 시야가 넓혀진다. 도하의 마음에 대해서도 생각해 볼 수 있는 마음에 공간이 생긴다. 아이는 엄마가 온전히 집중해주는 시간이 필요하다고 요구한다. 사람들이 갑자기 많이 모이거나, 모르는 사람이 집에 왔을 때, 변화가 있을 때 아이는 엄마로부터의 안정감을 원한다. 엄마에게 와서 더 말을 시킨다. 아이의 마음을 조금씩 헤아리게 되었다. 아이와 눈을 맞추고 이야기할 수 있는 시간을 오늘 가져봐야겠다고 다짐한다. 당분간은 다른 사람과의 만남보다 도하와의 대화에 집중할 수 있는 시간이 필요한 것 같다. 아침밥을 먹으며 아이에게 물었다.

"엄마랑 오늘 데이트할까?"

아직 여섯 살 아이는 데이트가 무엇인지 모른다. 그러나 좋다고 한다. 오후 세 시 반 유치원으로 도하를 데리러 간다. 하원시킬 때 둘만의 필수 코스가 있다. '무궁화꽃이 피었습니다.' 술래는 늘 나다. 숲 유치원이라 땅이 넓다. '무궁화꽃이 피었습니다.'를 최소 20번은 외쳐야 놀이를 마무리할 수 있다. 7월의 땡볕에 온몸에 땀이 흐른다. 놀이를 실컷 즐긴 후, 아이를 차에 태우고 근처 스타벅스로 갔다. 아이스 초코 한 잔에 빨대를 두

개 꽂았다. 땀 흘린 후 마시는 아이스 초코는 달고 맛있다. 둘이 나란히 앉아 오늘 있었던 이야기를 한다. 친구가 선생님께 혼난 이야기, 방송 댄스 하기 싫다는 이야기, 이를 닦는데 머리가 천장에 닿아 불편하다는 이야기, 그동안 하고 싶었던 이야기가 많았나 보다.

다음 날 아침 "엄마, 우리 오늘 데이트할까?"

글쓰기는 나를 이해하게 한다. 상대의 마음을 전부 안다고 확신할 수는 없지만, 적어도 마음을 헤아려보게 한다. 마음에 연결 스위치를 켜는 것이다. 이해하게 되면 바뀐다. 생각도 행동도. 어제보다 나은 오늘을 살아가고 있음을 확신할 수 있다.

"35년 살면서 제 발이 평발이란 걸 처음 알았어요."
요가 수업을 마치고 회원들을 배웅하고 인사를 나누고 있었다. 좋아할 일은 아닌 것 같은데 회원님의 목소리가 밝다. 사람들은 자신에 대해 몰랐던 부분을 알게 되는 것을 흥미롭게 여긴다. 좋은 점은 물론이고, 평발처럼 반갑지 않은 소식도 그렇다. 알아차리는 것은 변화의 시작이기 때문이다. 평발이라는 것을 알면 발바닥 아치를 만들어 몸을 올바른 정렬로 바꿀 수 있다.

고요한 시간이 필요하다는 것을 알면, 나를 위한 시간을 정할 수 있다.

글쓰기는 나를 알아가는 여정이다. 양파 껍질처럼 여러 겹으로 쌓여있는 마음을 한 겹씩 벗겨낸다. 글을 쓸수록 한 겹씩 더 벗겨진다. 내면을 알아가는 은은한 기쁨이 있다. 내 이야기를 충분히 들어주면, 그제야 다른 사람 마음도 봐줄 수 있는 여유가 생긴다.

나만의 사는 방식

엄지인

힘들었던 지난날을 잊어버리자고 머리를 흔들어 본다. 아직도 밀물처럼 욱하고 올라오는 화를 진정시키고 감사하며 사는 삶을 살아보자고 안간힘을 써 본다. 시아버지와 한바탕 실랑이하며 눈을 떴을 때 오늘은 또 무슨 일이 일어날까? 꿈이 심상치 않아 화장실로 들어가 침을 뱉으며 '오늘 하루도 무사할 수 있게 도와주세요!' 혼잣말로 중얼거린다. 물에 젖은 솜뭉치처럼 정신도 몸도 무겁기만 한 아침이다. 서둘러 준비해서 사업장으로 출근한다. 차를 타는 순간부터 주변의 모든 것에 신경이 쓰인다. 악몽을 꾸게 되면 유난히 그날 하루는 기분 좋지 않은 일들이 생기기 때문이다. 트라우마에서 벗어나고자 '오늘은 다른 날과 다를 거야!' '좋은 일이 생길 거야!' 하며 마인드 컨트롤해 보지만 영락없이 직원들과 언성이 높아지는 일이 생긴다. 기분이 안 좋은 상태로 신경이 곤두서 있었기에, 평소의 말투들도 거슬리기 시작해 손님들에게 불친절하고 퉁명스러운 태도에 화가 나 직원을 나무란 것이다. 분명 직원의 잘못이란 생각이 들어 불러서 다그쳤더니 일을 그만두겠다고 한다. 속이 부글부글 끓어오른다. 일하는 사람 구하기가 힘든 시기에 기껏 가르쳐 놨더니 자기들 성질 나는 대로 '안 하면 그만이지.' 라고 배짱을 부린다. 주객이 전도된 세상이다. 사장이 직원들 눈치를 보며 하고 싶은 말도 제대로 하지 못하는 현실에 염증이 느껴져 '접어버릴까?' 하는 마음이 든 것도 수십 번이다. 세상이 변해 오히려 사장인 내가 쩔쩔매는 현실이 된 것이다. 직원들 관리, SNS 마케팅, 메뉴 개발 등 한 가지에서 열 가지 모두를 해야만 하는 것이 자영업자이다. 어려운 시기에 장사를 계속해야 하나 말아야 하나를 하루에도 몇 번씩 기와집을 지었다 부수기를 반복하며 생업을 접는다는 것이 쉽지 않아 이러지도 저러지도 못하는 답답한 상황이다.

언제까지 육체노동을 계속해야 할지 미래가 불확실하고 노후 준비가 되지 않은 앞날이 두렵고 불안하기만 하다. 무거운 것을 반복적으로 들다 보니 터널증후군이 왔다. 무릎도 아프고 고관절도 고장이 나기 시작한다. 병원 순례하는 나이가 되었나 보다. 내 몸에서 들리는 아우성을 귀 기울여 살피며 몸을 소중히 여겨야겠다. 노인이 되어가는 과정에 있다는 사실이 무섭고 불안하다. 이렇게 살다가 죽어야 하나? 그럴 순 없다. 갱년기 이후 살이 찌기 시작하더니 배만 불룩하고 팔다리는 가늘어지는 ET의 형상이 되어가고 있는 이런 모습을 바꾸고 싶었다. 그래서 살부터 빼야겠다고 마음먹고 21일 동안의 프로그램 단식을 시작해 보식 기간을 거쳐 거의 한 달을 실시한 결과 7~8kg을 감량했다. 그리고 바쁜 점심시간 이후에 짬을 내서 PT를 받기 시작하자 아팠던 무릎이며 고관절이 병원에 가지 않아도 될 만큼 좋아졌다. 롱런하기 위해서는 체력관리가 무엇보다 중요하다는 사실을 잊으면 안 되었기 때문이다.

가끔 마음이 시끄럽거나 혼란스러워지면 필 콜터(아일랜드 뉴에이지 뮤지션)의 연주곡을 이어폰을 통해 눈을 감고 들으면 우주의 충만한 에너지가 내 몸속으로 스며들어오는 파동을 느낄 수 있다. 아일랜드의 정서와 우리의 정서가 닮아있어서인지, 아니면 나의 정서에 맞는 것인지 이 세상 그 무엇보다 나를 안정되게 하고 정화되는 선율에 영혼을 맡겨버리고 나면 마음이 한결 가벼워진다. 늦었다고 생각할 때가 가장 **빠르**다는 말을 위안 삼아 지금부터라도 열심히 남들보다 2~3배 더 열심히 배워야겠다고 결심한다. 주식 공부, 부동산, 경매, SNS 마케팅, 블로그 상위 노출 전략 등 고등학교에 다닐 때보다 공부해야 할 과목들이 더 많지만, 배우고 익히는 일에 가슴이 뛰고 삶의 활력이 생기니, 나에게 있어 공부는 재미있는 놀이 중의 하나다. 불확실한 미래에 대한 대처 방안은 결국 공부하고 배우며 지적 자산을 만드는 일이다. 또 한 삶에 있어 필요 없는 군더더기 살들, 에너지를 **빼앗**는 사람과의 관계, 시간을 죽이는 만남을 절제하며 **뺄** 것은 과감하게 **빼**고 정리할 수 있는 지혜가 필요한 때이다.

우유부단하고 결단력이 없었던 과거의 나는 이 사람 저 사람을 만나 시간을 허비하는 일이 많았다. 모임도 많아 하루도 **빠짐**없이 여기저기를 쏘다니며 돈을 쓰고 다녔었다. 그땐 거기에 의미가 있다고 생각했기 때문이지만, 지금 생각해보면 쓸데없는 시간 낭비, 돈 낭비를 하고 다녔다는 생각이 든다.

이기적이라 생각될 수 있지만, 어떤 만남도 전략적으로 하기로 했다. 젊은 사람에게서 배울 점이 많다는 사실을 알았기 때문이다. 오픈 채팅방을 운영하는 대표들을 보면, 거의 자식들 또래의 유능한 젊은이들이다. 이들은 성실하고, 똑똑하고, 경제적으로도 여유 있는 모습들이다. 부럽기도 하고 존경스럽까지 하다. 마케팅 스터디나 주식 스터디 등에서 만나는 청년들과 소통하고 싶어지면 그들의 이야기를 경청하고, 조금 얼굴이 익혀지면 일단 밥을 사준다. 술을 좋아하는 사람들에겐 술을 산다. 그들에게서 듣고 싶은 말들이 너무 많고, 그들이 가진 지식과 정보 들을 듣고 배우고 싶어서이다, 우리가 젊었을 때는 생각지도 못한 똑똑하고 속이 꽉 찬 청년들이 너무 많아 우리나라의 앞날이 기대된다.

인생의 전반전은 남이 이끄는 대로 살았다면, 인생의 후반전은 전략적으로 나를 위한 삶을 살아야겠다고 마음먹었다. 살아오면서 잘못했던 일은 반성하고, 무지한 자신을 돌아보지 못하고 어리석은 행동을 했던 것은 무엇이었는지, 타인에게 관대하기보다 나 자신에게만 관대하고 편협한 생각으로 살지는 않았는지 돌이켜보며 부족함과 어리석음을 지혜로 채우기 위해 인문학 서적을 읽으며 통찰력과 혜안을 넓혀가기로 결심했다.

내가 무엇을 잘할 수 있는지, 하고 싶고 되고 싶은 것들이 너무 많아 어디에 집중해야 하는지, 방향 설정을 어떻게 해야 하는

지도 모른 채 우왕좌왕하고 있다. 가수는 감동적인 노래로 사람의 마음을 사로잡아야 하고, 그림을 그리는 사람은 자기만의 개성이 묻어나는 그림을 그려야 하고, 시인은 자신만의 언어로 사물을 세밀하고 아름답게 표현하여 독자들에게 정서적 안정과 위로를 줄 수 있는 확실한 정체성이 있어야 한다. 자신이 잘할 수 있는 것에 몰입하여 강점을 최대한 끌어낼 수 있는 것이 무엇일까?

나는 지금도 그것을 찾아가는 과정에 있다.

오랫동안 소망했던 여류시인의 꿈을 조금씩 키워내기 위해 내 이름으로 된 전자책 시집 《비 오는 숲을 걷다》를 출간했다. 다이어트를 성공한 후 자축의 의미로 리마인드 웨딩 촬영을 하며 남편과의 사랑을 다시 돈독히 하는 시간을 만들었다. 계절은 돌고 돌아서 겨울이 가고 곧 봄이 온다. 나와 우리만을 위한 꽃밭을 가꾸기 위해 씨를 뿌리고 꽃을 피우게 할 것이다. 가물어 갈라터진 마음 바닥에 물도 주고 영양분도 듬뿍, 맑은 공기와 찬란한 햇빛이 비치는 옥토에서 자라나는 긍정의 언어들과 확신의 의지로 누군가에게 위로가 되고 카타르시스가 될 수 있는 향기를 전파하고 싶다. 건강한 시너지를 만들어 내는 사람이 되고 싶다.

06

시간이 흘러도 찾아볼 수 있는
나의 추억들

이윤정

"아, 잠깐만요!"

블로그 앱을 찾아 열고, 내 블로그 검색창에 '행복'을 입력한다. 검색 결과가 673건이다. '뒤센의 미소를 부르는 행복한 하루', '행복한 사람, 적분이 곧 나의 삶이다.', '자기 행복을 따라가', '오로지 행복을 추구하라', '행복하지 못한 데는 이유가 있다.', '행복한 사람은 작은 것에서 즐거움을 자주 맛봅니다.', '행복, 내가 고른 선물', '적당한 지점에서 멈출 줄 아는 것은 삶을 행복하게 만드는, 작지만 소중한 용기다.' 아, 찾았다. 김형석 교수의 〈100년 살아보니 알겠다. 절대 행복할 수 없는 두 부류〉 제목을 클릭해서 링크를 찾아 지인에게 공유했다. '행복'에 관해 이야기하다가 얼마 전에 봤던 기사 하나가 갑자기 떠올랐기 때문이다. 블로그에 스크랩해 두었었다. 내 블로그에서 검색하면 금방 찾을 수 있다.

책 읽다가 마음에 쏙 드는 문장을 발견한다. 복잡한 머릿속을 들여다본 듯 저자는 딱 한 문장으로 준비해두었다. 블로그에 독서 후기 남길 때 간직하고 싶은 문장을 옮겨 적는다. 문장 아래 나만의 경험과 생각도 조금 덧붙였다. 하나둘 모았더니 '생각 종합 선물 세트'다. 밥 프록터의 《부의 확신》에서 "좋은 책 한 권을 두 번째로 읽었을 때 그전까지 그 책에 없었던 부분을 보게 되는 게 아닙니다. 그전에는 없었던 여러분 자신의 무언가를 보는 거죠."라는 글귀를 읽었다. 책을 읽을 때 만난 문장은 내 생각과 마주하는 시간이었다. 시간이 흘러도 지난 생각을 찾아볼 수 있는 자신만의 역사다.

"지난 오늘, 블로그에 남겨둔 추억을 돌아보세요." 블로그에 글을 포스팅한 지 일 년이 지났을 때부터, 과거의 오늘 글을 가끔 들여다본다. 일 년 전에는 무슨 생각을 하고 지냈을까? 어떤 일이 있었나? 2017년부터 하루 10분 책을 읽었다. 블로그는 그로부터 1년 후 시작했다. 책을 읽고, 떠올랐던 생각을 함께 기록했다. 단 하루도 빠짐없이 6년째. 1년 전 오늘 글이 떠올랐을 때다. '와! 내가 일 년이나 적었어?' 2년 전 오늘 글도 어느 날부터 보였다. '2년째다!' 3년 전, 4년 전 오늘 글이 보인 날 '그만두면 안 되겠다.' 다짐했다. 웨인 다이어의 《인생의 태도》에 형이상학적 질문이 나온다. '나는 정말로 누구인가?'에 대한 답을 제출하라는 시험문제였다. 단, 여기엔 조건이 있다. 나이, 가정환경, 목표, 취미, 종교적 지향성, 정치 성향, 고향, 수입, 살면서 뭘 해야 할지 생각하고 있는 것 모두 제외하고 답을 적어야 한다. 하루 꼬박 고민했다. 다음 날, 질문에 대한 답을 발견했다. 6년째 나의 일상을 기록해 둔 블로그 글이 바로 '나'였구나 하고 말이다. 2022년 10월 3일은 독서 추억을 기록한 지 2,000일이 되던 날이다. 오늘도 '지난 오늘 글'을 눌러본다. 1년 전 오늘 "주기적으로 재확인하라."라는 피터 린치의 글에 분기별로 재점검하고 체크 리스트를 만들기로 한 날이다. 2년 전 오늘 "함께 나누면 더 증폭된다."라는 애덤 그랜트의 글에 경험을 나누며 함께하라고 남겼다. 3년 전 오늘 "자신만의 전문가 활용법을 100퍼센트 끌어올리는 노력이 필요하다."라는 신동일의 글에 금융전문가를 활용하는 습관과 더불어 메모하고, 꼼꼼하게 확인하고, 부에 대해 집중하고, 지출에 대한 통제와 축소를 하겠다고 기록했다. 4년 전 오늘 "내 생각과 문장으로 정리하는 것과 그렇지 않은 것의 차이는 굉장히 크다."라는 사이토 다카시의 글이 있다. 인용구 베스트3 노트와 도서 10자 평노트 방법을 활용해서 후기를 정리하기로 다짐한 날이었다. 과거에 남겨둔 글이 하나씩 피드 되니, 기억 저편에 숨어 있던 내가 다시 떠오른다. 하루하루 글을 쓰고 달라진 일상이다. 과거에 굳게 다짐한 생각들이라도 하루만 지나면 쉽게 잊힌다. 모든 걸 머릿속에 담고 살기엔 삶이 매우 바쁘고 복잡하다. 잊어버려도 괜찮다. 네이버 블로그는 1년이 지나면 자동으로 '지난 오늘, 블로그에 남겨둔 추억을 돌아보세요' 하면서 알려준다. 다시 떠오르는 글로 인해 1년마다 반복-반복-반복-반복 횟수가 늘어간다. 새로운 마음으로 다시 다짐하고, 필요하면 다시 오늘 행동으로 정착시킨다.

마음이 맞는 지인 넷이 모여 독서 모임을 시작했다. 재테크 공부하느라 한동안 우선순위가 바뀌었던 사람들이다. 우리는 조금씩 삶의 가치를 '지금 이 순간, 여유로움'으로 방향을 전환했다. 한 달에 한 번 만난다. 첫 번째 독서 모임 선정 도서가 《백만장자 메신저》였다. '골든 티켓'이란 단어가 나왔다. 그곳에서 우리의 독서 모임명이 정해졌다. 골든 티켓. 독서 모임을 시작한 지 벌써 2년이 흘렀다. 한 권의 책을 필독서로 정해 읽는다. 매달 셋째 주 토요일 오전, 책 이야기와 수다 시간을 갖는다. 한 달 동안 각자의 삶을 이야기한다. 독서 모임이라 책 관련된 이야기를 주로 해야 하지만, 이런저런 이야기를 나누면 2시간이 훌쩍 지난다. 그제야 책 이야기로 넘어가 읽은 책에서 각자 본 이야기, 함께 나누고 싶은 주제로 의견을 나눈다. 시간 가는 줄 모른다. 금방 점심시간이다. 2차 식사 장소로 발걸음을 옮긴다. 아저씨들처럼 같은 메뉴를 하나씩 시킨다. "아보카도 덮밥, 넷이요!" "호박 찌개, 넷이요!" 기억 속 숨겨진 이야기가 다른 사람들에 의해 도화선이 되어 새록새록 떠오른다. 이야기 꽃은 쉽게 지지 않는다. 오전 아홉 시에 만났지만, 집에 오니 오후 네 시다. 온종일 독서 모임이다.

집에서 잠시 쉬었다가 남편에게 독서 모임 이야기를 꺼내 본다. 방대한 이야기를 다 끄집어내고 싶었지만, 나이 때문인지, 기억력이 떨어져서인지 이야기의 절반은 이미 기억에서 사라졌다. 기록으로 남겨야겠다고 다짐하고, 언젠가부터 모임에 아이패드와 애플 펜슬을 챙겨 나갔다. 웃고 떠들며 나누던 이야기를 현장에서 서기처럼 하나씩 키워드로 남긴다. 아이패드에 적어둔 키워드와 메모를 보고 블로그 후기로 옮긴다. 다시 한

번 그 시간의 이야기꽃이 내 마음속에 피어난다. 추억이 소환된다. 골든 티켓 멤버들에게 글을 공유하고 독서 모임을 마무리한다. 생생한 기억으로 서로의 가족에게 수다를 이어간다. 골든 티켓 1호 작가가 탄생했다. 1호 작가 덕분에 나는 2호 작가가 되기로 했고, 책을 출간했다. 3호 예비작가는 출판사에 원고를 투고했다. 4호 예비작가는 글쓰기 수업을 시작했다. 우리 넷, 공저 프로젝트를 시작한다. 차곡차곡 쌓아둔 후기와 기록은 조만간 '(가칭)골든 티켓 라이프'로 재탄생되지 않을까. 《백만장자 메신저》 골든티켓 1, 2, 3, 4호 작가들의 삶의 태도가 될 것이다.

6년간 모아둔 내 생각과 경험들이 바로 내가 출간한 첫 책 초고의 씨앗이었다. 조금 전에 있었던 상황은 하루만 지나면 과거의 경험이다. 금방 잊힌다. 기억하지 못해도 필요할 때 찾아볼 수 있는 것이 바로 글쓰기다. 글을 쓰기 시작하니, 사람들과 대화할 때 조금 더 집중하여 듣게 된다. 그래야 적을 수 있었다. 상대방에 관한 관심 지수가 높아지니 인간관계는 자연스레 향상되었다.

첫 책이 출간된 지 한 달쯤 될 무렵, 독자들의 후기가 하나씩 올라왔다. 한 줄이라도 도움 되었다는 말, 왜 이제 책이 나왔냐는 말 한마디에 미소가 절로 지어졌다. 지치고 힘들 때 후기를 읽으니 다시 힘이 솟는다. 글쓰기 자세를 가다듬는다. 책에 쓰인 그대로 움직여본다. 나도 독자도 실망하지 않도록 말이다.

50년 전 엄마에게 보낸 아빠의 연애편지를 얼마 전에 엄마가 내게 보여주셨다. 오랜 시간으로 편지 종이는 누렇게 변했지만, 부모님의 풋풋한 연애편지다. 전화가 없었으니 편지로밖에 전할 수 없던 시기였다. 결혼을 앞두고 오간 몇 통의 편지는 결혼에 대한 기대감과 두려움으로 고스란히 내게 전해졌다.

지금 이 순간 행복을 글로 남기면 오랫동안 행복감이 유지된다. 슬픔을 글로 남기면 깊은 곳에 묻어 둘 수 있다. 키보드의 자판을 두들기기 시작하면, 손가락을 따라 머릿속 생각이 꿈틀거린다. 한 단계 더 멀리 생각이 확장되는 날도 있다. 내가 바라는 것, 5년 뒤, 10년 뒤 나의 미래도 미리 결정하고, 현재시제로 써둔다. 글로 적으면, 적은 대로 살아가게 된다. 5년 전, 남겨둔 글은 바로 현재의 '나' 다. 5년 후 나의 미래는 지금 쓰는 글로 정한다. 추억을 기록하고, 미래를 결정한 글, 시간이 흘러도 찾아볼 수 있는 '나'이다. 글을 쓰고 나서 오롯이 내 삶의 가치에 집중하는 시간을 갖게 되었다는 점이다. 중요한 것은 좋은 글이 아니다. 목적에 따라 적은 글, 흔들리는 세상에서 곧게 서 있는 내가 보이는 글이면 괜찮지 않을까.

07

가능성을 보게 한 글쓰기

이진행

2021년 11월 3일 저녁 무렵, 문자가 왔다. 모르는 번호였다. 한국장애인개발원 사보 〈디딤돌〉 제작 담당자 임혜선 과장이라면서 원고청탁을 부탁한다는 문자였다. 블로그를 통해 전화번호를 알고 연락을 해 온 것이다. 바로 연락했다. 통화 후 메일주소를 전송했더니 자세한 청탁내용을 보내주었다. 원고 작성 기간은 2주였다. 시간이 더 필요하면 연락을 달라는 말도 덧붙였다. 한국장애인개발원 사보 〈디딤돌〉 1월 호에 2022년 새해 권두칼럼으로 나가는 거라 했다. 주제는 '도전, 살아있는 증거' 였다. 이 주제에 대한 칼럼을 청탁해 온 이유는 선천성 뇌성마비 장애인으로 태어나 작가, 감사마스터, 강연가, 영화감독 등 다양한 형태의 삶에 치열하게 도전해온 것 때문이라고 했다. 주제에 맞게 이야기를 편하게 작성해 달라고 해 바로 글을 썼다. 술술 글이 써졌다. 2주간이란 기간을 주었지만, 주말 동안 작성해서 월요일 아침에 메일로 보냈다. 원고료를 받은 첫 번째 청탁원고였다. 한 달 뒤에 책이 집으로 배송되었다. 맨 앞부분에 실린 내 글을 보는데 눈물이 났다. 감격이 밀려왔다. 첫 책 《마음 장애인은 아닙니다》 책이 내 손에 쥐어졌을 때도 울었다. 기쁨의 눈물이었다. 그 후로 임혜선 과장은 경기도 하남시에서 발행하는 시정지 〈청정하남〉에 실을 글을 부탁했다. 4월 장애인의 날을 맞이한 관련 특집에 대한 원고 청탁을 했다. 원고 주제는 '장애인 복지에 대한 지역사회의 역할' 이었다. 장애인과 비장애인이 더불어 살아가는 사회를 위해 지역사회가 어떤 역할을 해야 하는지 편하게 생각을 풀어주면 된다고 했다. 올해 3월 10일에 문자가 왔다. 다음 날 11일까지 가능한지 물었다. 기간이 짧아 촉박했다. 그래서 월요일까지 해 드리면 안 되겠냐고 하니 그렇게 하란다. 원고를 바로 쓰기 시작했다. 약속한 월요일까지 보낼 수 있었다. 4월, 내 글이 실린 하남시 시정지 〈청정하남〉을 집으로 배송되었다. 다니는 한샘교회 중·고등부 교사 중 하남시에 살고 계신 선생님이 기뻐해 주던 모습이 눈에 선하다. 중고등부 예배 광고 시간에 '진행 선생님 글이 내가 사는 하남시 시정시에 실렸어요' 하며 광고도 해주었다. 장애인개발원 사보, 경기도 하남시 시정지 외에도 여러 장애인 관련 신문에 칼럼이 실렸다. 여기에 실린 칼럼은 원고료는 받지 않았지만, 내 글이 신문에 실린 것만으로도 뿌듯했다.

칼럼을 제의받은 것 말고 작가가 된 후 저자특강을 할 수 있는 기회가 많았다. 코로나19 바이러스로 현장이 아닌 줌으로 저자강연을 했지만, 저자강연을 한다는 것만으로도 가슴이 벅찼다. 책을 출간할 수 있도록 도움을 준 이은대 자이언트 북 컨설팅, 인생디자인학교, DID 저자특강, 윈윈시대, 100년 평생학습교육원 등에서 줌으로 저자강연을 했다. 강사가 꿈이라 매일 발음 연습을 하며 꿈을 향해 한발 한발 다가서고 있다. 1인 기업 64기로 수료했다. 1인 기업 경영 멘토인 김형환 교수님이 운영하시는 경영 인사이드 유튜브 방송에도 출연했다. 응원의 말과 도전되었다는 댓글은 용기를 주었다.

2020년 6월, 첫 책 《마음 장애인은 아닙니다》가 출간되었을 때 주위 분들로부터 축하와 격려를 수없이 받았다. 당시 코로나가 심각해 오프라인으로는 북 콘서트를 할 수 없는 상황이었다.

하지만 위기는 기회가 되었다. 북 콘서트를 해 보고 싶다는 말에 매달 도움을 주고 있는 하선회(하나님의 선한 일을 하는 모임)에서 북 콘서트를 기획, 진행했다. 북 콘서트 날을 정하고 코로나 상황도 주시하였다. 상황이 급박하면 취소를 해야 할지도 모르니 상황을 보면서 북 콘서트를 준비했다. 북 콘서트를 앞두고 정성을 다해 간절히 기도했다. "하나님! 코로나 여파 없이 북 콘서트를 진행할 수 있도록 도와주세요." 하고 간절하게 기도했다.

드디어 북 콘서트 당일. 조금 일찍 행사장에 도착해 대기실에 혼자 남아 기도를 했다. "하나님! 오늘 북 콘서트 아무 일 없이 마치게 해 주세요!"라고. 멋진 곳, 에일리 하우스에서 북 콘서트를 하다니. 꿈을 꾸고 있는 것 같았다. 배 안에서의 북 콘서트, 얼마나 멋진 북 콘서트인가. 그날 50여 명이 참여해 주었다. 저자강연을 위해 매일 발음 연습을 했더니 그날 오신 분들 한 분 한 분이 "발음도 알아듣기 쉽게 강연을 잘해 주었어요."라는 긍정의 말을 해 주셔서 어깨가 절로 들썩거렸다. 그런 긍정의 말을 듣고 앞으로 발음 연습을 더 열심히 해야겠다는 각오를 다졌다.

글쓰기는 초등학교 때부터 이어졌다. 글쓰기는 가능성을 보게 해 주었다. 노트북을 펼쳐 자판을 두드리고 있을 때는 '나 장애인 맞냐?'는 물음이 들린다. 자판을 두드리고 있을 때는 장애인처럼 보이지 않는다. '탁, 탁' 하며 글을 써 내려가는 모습에서 가능성을 본다. 한 편의 글을 완성했을 때, 해낸 자신에게 격려의 말을 한다.

"진행! 잘해 냈어! 이대로 글을 쓰면 글솜씨도 좋아지리라 믿어."

어릴 적 걷기 연습을 하면서 격려의 말을 해 주신 아버지처럼 지금은 나 자신에게 해 준다. 글쓰기를 하면서 인내를 배울 수 있었다. 자신감이 붙었다. 글을 쓰면서 작가라는 타이틀을 얻게 되었고, 뛰어넘고 싶은 닉 부이치치를 보면서 강사의 꿈을 가지게 되었다. 글 쓰며 강의하는 작가의 삶을 살려 한다. 내가 살아온 길, 앞으로 살아갈 길, 도전의 과정을 글로 풀어내어 세상 사람들도 가능하다는 것을 행동으로 보여주련다.

걷기 연습과 매일 운동을 통해 도전하는 정신을 정착했고,

257
〈제4장〉 글을 쓰고 달라진 일상

글쓰기를 하며 가능성을 보게 되었고,
발음 연습을 하며 '강사'의 꿈을 향해 한발 더 다가선다.

글을 쓰며 무엇이든지 할 수 있다는 자신감을 가지게 되었다. 글쓰기는 행동하게 만들어 주었다. 도전하는 모습을 글로 써서 내 글을 읽는 사람들에게 도전의 정신을 심어주었다. 그들에게 가능성을 보여주었다. 그동안 출간된 두 권의 책이 증거이다. 그 증거는 나의 꿈이었던 강사의 꿈과 연결해 주었다. 가능성을 보게 해 준 글쓰기! 글을 쓰는 데 장애는 아무것도 아님을 글쓰기를 통해 보여주련다. 오늘도 글쓰기를 통해 가능성을 넓혀 나가고 있다.

08

글쓰기 시작은 진정성이다

장춘선

명절을 앞두고 인연이 닿은 곳마다 감사 문자가 쏟아진다. 핸드폰 화면을 밀어 올리며 눈으로 훑고 넘긴다. 좋은 말인데 공허하다. 괜스레 감사 인사를 보내야 할 곳은 없는지 마음이 쓰인다. 일하는 중에도 머릿속은 적당한 말을 찾느라 분주하다. 무슨 말을 쓸까 맴돈다. 네이버 검색창을 두드려 본다. 세상에 좋은 말은 다 찾아 썼다. 글쓰기를 시작하면서 신중해졌다. 단어 하나를 고를 때, 그 사람에게 의미 있는 말인지 아닌지 생각한다. 투박하지만 진정성이 담긴 글을 쓰려고 한다. 시간이 걸리고 소심해졌다. 먼저, 그 사람을 생각한다. 나에게 선한 영향을 끼쳤던 구체적인 장면을 떠올린다. 주고받았던 일상 이야기로 감사를 전한다. 받은 만큼 감사의 표현을 다하지 못하지만, 그 사람에게만 통하는 언어를 찾고자 애쓴다.

펜을 만지작거리며 노트에 이말 저말 낙서처럼 써 보기도 한다. 잡은 펜에 힘이 들어가는 순간이 있다. 숨겨둔 마음을 적절한 언어로 찾아내는 행위가 행복해졌다. 글로 표현한 수고와 정성을 인정하게 되었다. 책으로 선물할 기회를 만들었다.

'이만하면 됐지! 지금 와서 뭘 하겠어!' 현실에 안주하며 평범한 직장생활을 한 적 있다. 내가 정한 적당한 테두리 안에서 지냈다. 특별한 재능이 없다고 생각했고 스스로 나서지 않았다. 묵묵히 일했다. 근무하던 병원에 원장님이 새로 오시게 됐다. 내겐 무척 특별한 인연으로 남은 홍성화 원장님. 우리 병원 독서토론회를 처음 주관하신 분이다. 도서 《그릿》을 읽고 토론회를 통해 직원들에게 '그릿' 개념을 심어주고자 했다. 2018년 어느 날, 독서토론회 사회자로 지목되면서 미친 듯이 나의 한계를 넘어보았다. '간호사와 그릿'을 주제로 10개 부서 간호사들과 함께했다. 그릿을 발휘한 경험 이야기를 중심으로 소통하는 자리였다. 아무도 해보지 않은 일에 누구도 나서지 않았다. 내가 사회자라니! 부담이 컸다. 같은 페이지를 여러 번 읽었지만, 숱한 논리적 근거에 덮여 뚜렷한 메시지를 찾을 수 없었다. 평상시 책을 읽지 않는 나에겐 상당히 어려운 책이었다. 누군가는 해야 할 일을 내가 힘들다고 떠넘길 수 없었다. 여러 번 읽기를 반복했다. 의미 없이 한두 번은 졸면서 책장만 넘겼다. 조금씩 이해하고 넘기는 페이지가 늘어났다. 작가의 메시지가 어렴풋이 보였다. 책을 다 읽고 덮으면 처음부터 다시 읽고 싶어졌다. 알듯 말듯 미묘한 깨달음을 반복하게 했다. 재능보다는 노력이 더 중요하다는 사실에 꽂혔다. '그래, 노력하면 된다는데 해보자!' 포기할 수 없었다. 독서토론회 도중에 맥락이 끊어지면 어쩌지. 질문지를 만들고 대비할 논평과 돌발 사례까지 준비했다. 다행히 성공적으로 마쳤다. 독서토론회 성취 경험은 무엇보다 만족감이 컸다. 직원들의 칭찬보다 스스로 준 점수가 더 높았다. '난 할 수 있는 사람이었네!' 한 번의 기회가 잠재된 열정과 도전정신을 일깨웠다. 그 후로도 원장님의 열정을 따라잡기 위해 책을 읽기 시작했다.

2022년 1월은 원장님의 퇴임일이었다. 그분에게 무엇을 해줄 수 있을까? 간호본부 사람들과 추진단을 만들어 고민했다. 나도 큰 역할을 하고 싶었다. "퇴임 선물로 책 만들어요!" 당당하게 말했다. 글쓰기를 시작했고 초고를 완성한 경험으로 할 수 있을 것 같았다. 개인 저서를 출간해 드리고 싶었지만, 퇴고 과정에서 멈췄다. 여러 사람의 힘을 모으면 될 것 같았다. 간호본부에 속한 직원들에게 원장님을 위한 공감 편지를 써달라고 요청했다. 흔한 일이 아니다. 친구에게 편지 한 장 쓰기도 힘든데 감히 원장님께 글을 쓴다고. 어려워했다. 나도 마찬가지다. 용기를 냈지만, 말과 글은 달랐다. 크고 대단한 말을 쓰려고 애쓰니, 이말 저말 빙빙 돌아 뭘 말하고 싶은지 핵심이 없었다. 함께 한 일상을 떠올려 보았다. 간호본부 사무실에서 나누었던 수많은 대화, 리더십 강의를 들으며 가슴 뛰었던 순간, 강의 자료를 초안부터 보여줬던 진한 감동, 같은 책을 읽고 선뜻 독서 노트를 내주신 친절함, 모든 순간이 선명하게 떠올랐다. 글쓰기 수업에서 배운 방법대로 구체적인 경험 이야기를 적고 그때의 감정을 입혔다. 쓰고 지우고를 반복했다. 순간순간 떠오르는 솔직한 언어로 표현하고자 했다. 목적이 분명했고 하고 싶은 간절한 말이 있었다. 쓰면 쓸수록 부족했다. 마음을 다 담을 수 없었다. 그래도 끙끙거리며 애쓴 시간이 행복했다. 서툴지만, 그분을 향한 진심을 다해 적었다.

책 제목과 목차를 고민했다. 뜻깊은 책 제목과 목차를 만들고 싶었다. 최근에 이기호가 쓴 《세 살 버릇 여름까지 간다》를 보면서 '가족은 자란다!' 라는 문장이 눈에 띄었다. 원장님과 '우리는 가족이다!' 라는 구호로 조직 문화를 만들었기에 의미가 있었다. 에릭 슈밋이 쓴 《빌 캠벨, 실리콘밸리의 위대한 코치》를 읽고 이름만 다를 뿐 우리 원장님과 무척 닮았다 싶어 반가운 마음에 선물한 적이 있다. 독서토론회 선정 도서로 추억을 남긴 책이기도 하다.

제목은 《우리는 가족이다! 홍성화, 우리들의 위대한 코치》로 정했다. 원장님과 잘 어울렸다. 표지는 어떻게 만들까. 책으로 편집해야 하는데… 모든 순간이 행복한 도전이었다.

감사하게도 50여 편의 글이 들어왔다. 50여 명 공동 저자가 한 사람을 위한 글을 썼다. 원장님과 함께한 6년. 에피소드와 감사로 심리적 가까움을 아낌없이 표현해 주었다. 글쓰기를 배우지 않아도 구체적이고 진심이 담긴 말은 글이 되었다. 모여진 글을 읽고 전하고 싶은 중심 문장을 찾아 주제로 정했다. 목차에 맞게 분류했다. 목차만 읽어도 소중한 추억이 보인다. 글로써 마음을 표현한다는 것은 행복 찾기다. 일상에서 의미를 찾아 한 자 한 자 적어가는 수고로움은 진정성 없이는 할 수 없다. 글을 쓴다는 것. 벅찬 마음을 전달할 수 있는 최고의 무기가 되었다.

실패를 무릅쓰더라도 도전하는 삶의 태도가 나의 삶에 '쿵' 하고 다가왔다. 내가 받은 긍정적인 영향을 글로 표현하고 싶었다. '간절함'은 방법을 찾도록 도와주었다. 내 안의 내가 끊임없이 질주한다. 열정적인 날들을 보내고 있다.

구체적일수록 진심에 가까워진다고 생각한다. 일상 이야기를 편하게 할 수 있는 사이가 얼마나 될까. 작가와 독자의 관계도 마찬가지다. 일상을 살아낸 나만의 이야기가, 글에 섞여 진심으로 전해진다면 더할 나위 없겠다. 책을 읽다가 밑줄 쫙 긋고 싶은 전율은, 바로 그때다. 그 사람에게만 통하는 가장 적절한 언어를 찾아내는 일. 그게 작가라는 사실을 알아간다. 모든 사람에게 좋은 말보다 그 사람에게 꼭 맞는 말로 표현하고자 생각이 많아진다. 적확한 말을 찾느라 느려진다. 그래도 찾는 노력이 그 사람을 바라보게 하고, 그 사람의 가슴에 행복으로 맺힌다.

30여 년 간호사로 살았다. 사람을 대하는 직업이다. 아픈 사람과 보호자, 그들을 둘러싼 의료인과 어울렸다. 벼랑 끝에 날 선 감정도 만났다. 나에게 사람을 대하는 한 가지 기술을 묻는다면, 그들을 돕고자 하는 '진정성'이다. 모든 사람에게 통하는 위로와 공감은 없었다. 오직, 그 사람에게 필요한 구체적인 요구를 찾는 일, 빠르고 정확하게 해결하는 행위는 그들을 돕고자 하는 진정성에서 나온다. 작가로 사는 삶도 마찬가지다. 독자에게 줄 수 있는 가장 소중한 것은 바로 나 자신이다. 그 사람을 돕겠다는 진실한 마음을 담아야 한다. 글쓰기는 진정성이 시작이다.

09

엄마, 그렇게 좋아

정솜결

 "엄마, 그렇게 좋아?"

줌으로 글쓰기 수업을 듣던 중 세현이가 뭔가를 말한다. 오른쪽 귀에 끼워진 이어폰을 뺀다.

"뭐라고? 뭐가 좋냐고?"

글 쓰는 것을 제대로 배우고 싶어 매주 수요일 오후에 수업을 듣는다. 나도 모르게 웃고 있었나 보다. 궁금했는지 뭐가 그리 좋냐며 세현이가 묻는다. 어쩌다 불러주는 정솜결 '작가님' 이라는 호칭이 좋다. 글 쓰는 일은 아무나 하는 게 아니라고 생각했다. 그런데 그런 내가 글을 쓰고 배우고 있다니. 글 쓰는 사람들과 함께하고 있다니 신기했다. 늘 같은 일상이 반복되지만, 글을 쓰기로 하고 배우고 있는 이 시간이 무척 즐겁다. 그러한 행복감이 수업을 듣는 내내 얼굴에 드러났었나 보다.

오후에 시간제로 공동육아 나눔터에서 돌봄 강사로 일을 한다. 일을 나가기 전까지 잠옷을 입고 있다. 세수도 안 한다. 집에서는 늘 내가 느끼기에 가장 편안한 차림으로 지낸다. 그렇게 평온하게 아무런 방해도 받지 않는 시간에 매일 블로그에 글을 썼다. 처음에는 쓸 내용이 별로 없었다. 아니, 어떻게 시작해야 할지조차 몰랐다. 그래도 쓰기로 했으니 무작정 썼다. 쓸 내용이 없으면 사진이라도 넣었다. 한 장은 조금 허전하여 여러 장을 붙여 올렸다. 30명이던 이웃이 4천 명이 넘었다. 이웃 수가 늘면서 댓글도 달렸다.

오후에 일하러 가는 것 말고는 집에만 있다. 주변 지인들이 집에서 혼자 답답하지도 않냐고 물어본 적이 있다. 일과는 늘 반복되었다. 새벽에 일어나 스트레칭하고 유튜브 영상을 본다. 아침 식사를 준비하고 설거지를 해놓고는 병원에 가서 물리치료를 받고 온다. 점심을 먹고 집을 청소한 뒤 일하러 간다. 퇴근하고 저녁을 준비하고 나면 졸음이 쏟아진다. 대충 치우고 잔다. 이게 내 하루다. 글로 적으면 몇 줄 안 되지만, 나에게는 더할 나위 없이 풍요로운 시간이다. 이런 시간을 감사함을 느끼며 산 지도 얼마 되지 않았다.

늘 무언가를 배우려고 했다. 매년 한 가지라도 배워 자격증을 따려고 했다. 그렇게 취득한 자격증만 30가지가 넘는다. 아무 것도 하지 않으면 불안했다. 아무짝에도 쓸모없는 사람 같았다. 그러다 몸도 마음도 아파졌다. 겉으로 보이는 밝은 모습과 무언가를 배우는 게, 그저 남들에게 인정받고 싶어서였음을 그제야 알았다. 지쳤다고 느끼면서도 '잘하고 있어. 힘이 드는 건, 잘살고 있다는 증거야.' 하며 자꾸만 채찍질했다. 그동안 내가 너무 나를 함부로 대했구나 싶었다.

글을 쓰면서 '너의 있는 그대로를 사랑해도 된다.' 라고 하는 내 안의 말들이 들렸다. 처음에는 좀 이상했는데, 점차 나 자신을 다른 사람 대하듯 바라볼 수 있게 되었다.

그러면서 나를 위로하게 되었다. '정솜결, 너 지금 그대로도 예뻐. 애썼다, 솜결아.' 지질하고 볼품없는 모습이어도 있는 그대로를 인정하니 하염없이 눈물이 흘렀다. 울고 또 울고, 눈물 콧물을 그렇게 쏟고 나니 그제야 글 쓰는 게 조금 덤덤해졌다. 자신을 스스로 위로해 줄 수 있음에 기쁘고 감사한 시간이 되었다.

책을 낸다고 올해 초부터 말하고 다녔다. 속으로는 '못 지키면 어쩌지.' 하며 불안해했다. 그럴 시간에 한 자라도 쓰는 게 낫겠다 싶어 제목을 받고 바로 쓰기 시작했다. 매일 아침 일어나자마자 노트북 앞에 앉았다. 약속된 날짜가 있기에 무조건 써야 했다. 안방에서 남편이 나오더니 그런 나를 본다. 오른손을 이마에 대더니 "어이, 정 작가. 글 잘 써지는가!" 하고 묻는다. 고개를 돌리며 웃었다. 정 작가라는 호칭이 영 어색하고 부끄럽다. 아직 내 이름으로 된 책이 나온 것도 아닌데 민망하다. 그래도 듣기 싫지는 않다. 앞으로 진짜 작가가 되면 어색하지 않을 거라고 생각한다.

세현이가 초등학교 3학년, 태겸이가 초등학교 2학년 때 일이다. 연년생인 두 아들을 키우며 다시 일하고 싶었다. 서른일곱이 될 무렵, 농협에서 경력직 금융텔러를 모집했다. 결혼 전에는 신협에서 7년간 근무했었다. 경력이 통할까 싶어 이력서를 쓰고 필요한 서류를 작성해 접수했다. 서류전형에 합격하고 면접에도 합격했다. 10대 1이었다. 그러나 합격의 기쁨은 잠시였다. 농협에서의 일은 주판과 계산기로 일을 했던 시대와 달랐다. 텔레뱅킹, 폰뱅킹 등 낯선 업무들이 많았다. 한 번씩 한글 문서를 하기 위해 사용했던 컴퓨터는 엑셀 작업까지 추가되었다. 서툴러 우왕좌왕했다. 함께 일하는 직원 중에 남편의 회사 직원 부인도 있었다. 자신보다 나이도 많고 상사 부인이라 일을 시키는 것이 영 불편했는지, 애들이나 키우지 뭘 힘들게 일하냐며 그만두기를 내심 바라는 눈치였다. 그렇게 8개월 동안 일하고 그만뒀다.

미련이 남아서인지 다시 일하게 된다면 컴퓨터 활용 자격증이 필요할 것 같아 학원을 알아봤다. 수강료가 생각보다 비쌌다. 집에 있는 주부가 언제 써먹을지도 모르는 자격증을 돈 내고 배우기가 아까웠다. 아이들이 잠든 새벽에 문제집을 보고 공부했다. 용어도 모르고 수식도 어려웠지만, 매일 밤을 새워 연습하고 또 연습했다. 3개월쯤 지나 결국 합격했다.

작년 12월에도 전자책을 쓴다고 말해놓고 돌아오는 2월, 《하루 루틴으로 쉽게 우울증 극복기》라는 제목으로 책을 냈다. 엄마가 무언가를 한다고 하면 어찌 되었든 결과가 나오니, 글을 쓴다고 말한 이번에도 궁금한가 보다. 엄마 뭐하냐고 세현이와 태검이가 자꾸만 묻는다.

글을 쓰면서 20대의 세현이와 태검이에게 책을 읽고 너의 생각을 글로 써 보라는 말을 자주 한다. 글을 쓰면 생각이 정리된다.

글쓰기 수업을 하면서 글을 짧게 쓰려고 의식적으로 노력했다. 아들과 대화할 때도 간단명료하게 생각을 전달하려고 했다. 그 전에는 말을 하면, "엄마, 말이 너무 길어요. 그만하시면 안 될까요?" 하며 자르던 아이들이 지금은 오히려 엄마가 무얼 하고 있는지, 글은 어떤 주제로 쓰는지, 얼마만큼 썼는지 물어보니 신기하다.

지금 나는 배운다. 꿈꿔왔던 글쓰기를. 글을 쓰면서 나를 다독일 수 있는 용기를 배운다. 나만 힘들게 산다고 생각했다. 다른 저자의 특강을 들으며 타인의 고통이 내게 위로가 되는 경험을 했다. 나와 비슷한 삶을 들을 때는 통곡하며 울기도 했다. 힘들다고 징징거린 내가 부끄러웠다. 지금은 그저 감사하다. 글을 쓰고 배우면서 나도 모르게 웃음이 많아졌다.

글을 쓰는 사람은 주변을 관찰하는 눈을 가져야 한다고 한다. 글감을 찾아야 해서 주변에 관심을 두게 되었다. 지나가는 사람들의 옷차림, 말투, 걷는 모습을 유심히 보게 된다. 버스를 타면 버스 안의 한 사람 한 사람의 특징을 관찰하게 된다. 마트를 가기 위해 걸어가는 동안 하늘의 구름과 나무와 꽃 색깔을 보며 글감을 찾는다. 이런 사소한 노력이 글을 쓰면서 하나하나 허투루 버릴 수 없는 재료가 된다.

사람들은 자신의 운명을 자신이 만들어간다고 한다. 운명이란, 밖에서 들어온다기보다 자신이 끌어들이는 것이라고.

나를 사랑하며 성실한 태도로 살아가다 보면, 원하는 대로 인생이 풀릴 것이라 믿는다. 나 역시 글을 쓰면서 나를 알아갔다. 지난날을 회상하는 것이 두려웠고, 큰소리로 원망하기도 했다. 새벽 4시 기상, 미지근한 물 마시고 온몸 스트레칭. 책 읽고 하루 세 끼 밥 먹기, 일 끝나고 잠. 이게 나의 하루다. 사람들은 모른다. 그 안에서 나의 삶이 책 읽기와 글쓰기로 하루하루 성장해 가고 있다는 것을.

글을 쓰면서 내게 묻는 시간이 많아졌다. 그러면서 생각이 단순해졌다. 잡념도 줄었다. 매일 같은 듯하지만, 내게는 새롭다. 행복은 바깥세상이나 환경적 요소에만 있는 것이 아니었다. 눈에 보이진 않지만, 내 마음속에서 어제와 다른 아주 작은 생각으로부터 나온다.

오늘도 나는 글을 쓰기 위한 세상을 바라보고 있다.

10

삶의 객관화

최진경

나는 기분파다. 좋은 점도 물론 있지만, 대개는 나쁜 쪽이 더 많다. 툭하면 별일도 아닌데 눈물부터 나곤 한다. 좋은 걸 봐도 그렇게 눈물이 난다. 어쩜 저리 아름답냐며 호들갑을 떨다가 순식간에 그렇해진다. 이게 뭔 청승인가 싶다가도 반대로 아예 무뎌서 아무것도 못 느끼는 것보다야 글 쓰는 사람이니 예민한 게 외려 났겠거니 하고 그러려니 한다.

문제는 화가 날 때다. 가장 조절하기 힘든 감정이다. 성급해지고 그러면서 판단력이 흐려지고 원치 않아도 속내가 밖으로 드러나게 된다. 그러다가 섣부른 언행을 하게 되고 결국 후회하고 만다. 같은 패턴을 반복한다.

이른 오전, 사다리차 레일 소리가 창밖에서 요란하게 들려왔다. 같은 단지에서 누군가 이사를 가는 듯했다. 서이와 단이를 준비시켜 유치원 버스 시간에 맞춰 부랴부랴 집을 나섰다. "서이야, 엘리베이터 버튼 좀 눌러줘." "응, 엄마!" 요즘 들어 잘 걷지 않으려는 단이 때문에 다급한 와중에 투덜거리며 유모차를 신경질적으로 탁탁 펼쳤다. 그래도 버튼 미리 눌러주는 서이 덕에 간신히 1분 정도 더 벌었다. 급한 마음에 괴력이 솟아 단이를 번쩍 들어 올려 유모차에 태우고는 복도를 순식간에 달려 서이가 잡아둔 엘리베이터를 탔다. 9층에서 1층까지 내려가는 동안 숨을 헐떡이며 아이들 마스크를 씌워주고 옷매무새를 바로잡아준다. "됐어, 됐어. 예뻐, 예뻐!" 머리를 빠르게 스사삭 쓰다듬어 주고 나니 땡! 1층이다. 여기서부터가 중요하다. 전속력으로 쉬지 않고 달려야 겨우 버스 시간을 맞출 수 있으니까. 막 달려나가려는데 큰 트럭 두 대가 현관을 가로막고 서 있다. 급해 죽겠는데 하필이면 지금! 유모차를 밀며 달리느라 숨은 가쁘지, 차 시간은 다가오지, 현관은 가로막혀 있지, 정신이 아득해진다. 그때 트럭 짐칸 안쪽에 서 있던 한 아저씨가 눈에 들어왔다. 이삿짐센터 직원 같아 보였다. 순간적으로 '다 저 인간 탓'이라는 생각을 했던 것 같다. 다행히 옆쪽에 유모차가 겨우 빠져나갈 수 있을 정도의 틈이 보였고 급한 대로 일단 그리로 뛰었다. 그리곤 비좁은 사이를 빠져나가며 혼잣말 아닌 혼잣말을 크게 했다. "아니, 입구를 이렇게 막아놓으면 어쩌란 거야!" 다급히 서이를 불러, 쉬지 말고 뛰라고 한 뒤 유모차를 덜컹덜컹 세차게 밀며 단지 입구까지 뛰었다. 마침 아이들을 태우고 있는 버스가 보였다. 휴, 겨우 세이브다.

한숨 돌린 후 단이를 어린이집에 바래다주고 집으로 가는 길. 일부러 들으라는 식으로 크게 얘기했건만 트럭은 여전히 현관 입구를 막고 서 있다. 안에서 짐을 옮기던 아저씨와 눈이 마주쳤다.

"아저씨, 입구를 이렇게 막아놓으시면 어떡해요."

"저기 어디 다른 입구로 돌아가면 되잖아요."

이성의 끈을 놓는 순간이었다. 그때부터 내 눈빛, 말투, 태도, 그 모든 것이 삐딱해졌다. 긴장해 가늘게 떨리는 음성이었지만 제법 강한 어조로 말했다. 보시다시피 지금 나는 유모차를 끌어야 하는 상황이고 계단이 없는 입구는 여기가 유일하다고. 어째서 주민인 내가 이삿짐센터 트럭을 위해 멀리 돌아가야 하는지 그 이유를 물었다. 아저씨는 잠시 당황했고 우물쭈물하더니 마지못해 알겠다고 하며 말끝을 흐렸다.

그때 나는 남편과 통화 중이었다. 수화기 너머로 내 편이 있다는 사실에 평소보다 조금 더 용감해졌는지도 모르겠다. 어쨌든 화가 났다. 그것도 아주 많이. 남에게 피해 주는 것을 극도로 싫어하는 내겐 치명적인 답변이었다. 돌아가라니. 누구 도는 꼴 보려고 작정했나.

남편에게 고자질하며 말투는 점점 더 거세졌고 화난 감정은 좀처럼 가라앉을 줄 몰랐다. 그리고 집에 들어와 전화를 끊은 뒤 식탁 의자에 털썩 앉았다. 아무도 없는 조용한 집. 초점 없는 눈으로 멍하니 한참을 그렇게 있었다. '방금 내가 뭘 한 거지.'

몇 주 전에도 비슷한 사건이 있었다. 그때도 이삿짐센터가 화근이었다. 오늘 봤던 트럭보다 몸집이 훨씬 더 길고 거대했다. 서이와 단이, 친정엄마와 함께 공원에 가려고 단지 후문 쪽으로 향하던 중이었다. 트럭은 길게 가로로 세워져 입구를 막고 있었다. 싱싱카를 타고 가던 아이들은 어디로 가야 할지 몰라 우왕좌왕했다. 일부러 사람들을 못 지나다니게 막으려는 의도가 아니라면 어떻게 저렇게 개념 없이 세워놓을 수 있지 싶었다. 역시 직원으로 보이는 젊은 남자 한 명과 시선이 마주쳤다. "아저씨, 입구를 이렇게 막아놓으시면 어떡해요." 하고 말하니 알았다고, 금방 갈 거라고 하는데 짜증 섞인 빈정거리는 말투가 영 거슬렸다. 아이들과 엄마까지 있으니 참기로 하고 한숨 한번 푹 내쉰 뒤 발길을 돌렸다. 데자뷰인가 싶었는데 처음이 아니었던 거다. 이 일로 가뜩이나 이삿짐센터에 대한 편견 아닌 편견 같은 게 생겼는데 하필이면 얼마 안 가 다시 같은 일로 확인 사살을 하게 된 거다.

별수 있나, 이미 벌어진 일인걸. 글을 쓰려고 앉는다. 뒤숭숭한 마음을 추스르기 위해. 겪었던 일을 찬찬히 돌아보며 생각을 정리해 나간다. 지금 내 마음이 왜 이렇게 찝찝한지 그 원인을 짐작해 본다.

입구를 막은 건 잘못이나 어쨌든 완전히 막힌 건 아니었다. 좀 불편하더라도 천천히 주의하며 지나치면 될 일이었다. 조금 더 일찍 일어나 미리 준비해 여유롭게 나왔다면 어땠을까. 짜증은 좀 났겠지만 그러려니 하고 지나갈 수도 있었을 것이다. 늦었으니 빨리 머리 묶자고 성화인 엄마를 무시하고 아이들은 계속 장난만 치며 돌아다녔다. 한두 번 있는 일도 아니었다. 잡으러 다니고 실랑이하는 상황까지 예상해 넉넉히 시간을 잡고 일찌감치 준비했어야 했다. 늦어서 급하게 나오느라 조바심이 극에 달한 상황이었고 행여 유치원 버스를 놓치기라도 할까 불안한 감정이 앞섰다.

다소 신경질적이었던 내 말투도 돌아본다. 예의 없는 상대를 탓하며 정작 나는 예의가 있었는지, 조금 더 침착하고 부드럽게 얘기할 수는 없었는지. 감정 섞이지 않은 차분한 말투로 불편함을 정중히 호소했더라면. 상대 또한 조금 더 수월하게 받아들여 그런 내 부탁을 기꺼이 행동으로 옮겨줬을지도 모를 일이다. 순간적인 감정에 사로잡혀 이성적이지 못했다. '인정'. 그런 나의 섣부른 대처 방식이 못내 아쉬웠던 거다. 꺼림칙한 마음의 원인을 알았다.

글을 쓰기 시작하면서 어떤 대상이나 현상을 최대한 객관적으로 바라보려 노력하게 되는데, 나는 이 점이 좋다. 신경이 날카롭게 곤두선 상태에서 올바른 판단이 잘 서지 않을 때도 더 이상 감정적으로만 굴 수 없어진다. 방금 겪은 일이 어떤 의미를 지니는지 그리고 그것을 통해 뭘 느끼고 얻을 수 있을지 스스로 명확히 알아야만 글로 풀어낼 수 있으니까 말이다. 어떻게 써볼까 고민하다 보면 거센 감정은 어느새 누그러진다.

동시에 막중한 책임감도 느낀다. 내 '삶'에 대하여. 나의 태도와 바라보는 시선, 감정까지도 철저하게 감독하게 된다. '너 어디 이래가지고 독자들에게 당당할 수 있겠어?' 스스로가 여기기에 별로다 싶은 언행을 하고 나면 글도 쓰기 전부터 마치 누군가에게 다 들킨 것 같은 당혹스러움을 느끼곤 한다. 낯이 달아오르고 괴로워 반성하게 된다. 나 자신조차 객관적으로 바라보고 평가할 수 있게 된 거다. 예전 같으면 상대방 입장 따위 헤아려볼 생각도 못 하고 무조건 내 편만 들었을 거다. 나는 잘못한 게 '1'도 없다며, 끝까지 씩씩대기만 하다 시간이 지나 자연스레 잊힐 일이었다. 재수도 지지리 없는 날에 하필이면 잘못 걸렸구나 하고 말았겠지 싶다. 화만 내다가, 남는 것 하나 없이. 나의 하루가 내가 쓸 책의 한 페이지가 될 거라 생각하면 똑바로 살고 싶어진다. 낱낱이 다 까발려져도 아무렇지 않을 만큼 떳떳하게 말이다. 털어도 먼지 하나 안 나오는 사람이 과연 있을까. 나는 설사 조금 나오더라도 그 먼지가 납득이 되는 먼지이길 바란다. 충분히 이해받을 만한 실수, 진심 어린 뉘우침이라면 설사 먼지라 한들 인간미로 느껴지지 않을까 하는 바람을 가져본다.

오늘도 바지런히 소재 거리를 찾고 글을 쓴다. 쓰기 불편하고 꺼려지는 일일수록 쓰고 나면 남는 게 많다. 그러니 생각만 해도 기분 더러워지는 일 한 가지는, 어쩌면 부족한 나를 시험하고 배울 '기회' 하나인지도 모르겠다. 그러니 너무 노여워 말자고, 아무리 생각해도 도저히 분이 안 풀린다면 분노의 타자질로 푸는 건 어떻겠냐며 나를 설득한다.

글 쓰 기 를   시 작 합 니 다

제 5 장

나는
이렇게 쓴다

Contents

01

글쓰기에 딱! 한 걸음만
다가가기

김경란

매일 글을 쓰고 1년 안에 책을 출간하겠다는 목표를 세웠다. 운동도 장비빨! 캠핑도 장비빨! 글쓰기도 마찬가지다. 도구가 좋아야 한다. 예쁜 노트와 얇게 잘 써지는 볼펜을 색깔별로 장만했다. 스마트폰을 양손으로 잡고 엄지로 글을 쓰려니 시간이 한참 걸렸다. 뭉툭한 손으로 화면을 터치하다 보니 오타가 많다. 수정하느라 능률이 오르지 않는다. 문자정도는 괜찮지만 글쓰기에는 무리가 있다. 블루투스 키보드와 스마트폰 거치대를 샀다. 가볍고 휴대가 간편해서 가방에 항상 넣어 다닐 수 있다. 어디서든 쉽게 펼칠 수 있어 곧바로 글을 쓸 수 있는 장점도 있다. 이 정도면 글쓰기 도구를 완벽하게 갖추었다 싶지만 딱 한 가지 더 욕심을 부려본다. 글만 쓸 게 아니라 책을 출간할 게 아닌가. 책 쓰기 원고는 한글 프로그램 문서에 써야 한다. 스마트폰에서도 가능하긴 하지만 제약이 많다. 편집하려면 확대했다가 글 쓸 때는 다시 줄여야 한다. 여간 불편한 게 아니다. 성능 떨어진 데스크탑을 바꿀 것인가, 노트북을 새로 살 것인가. 글 쓰러 카페나 도서관에도 자주 갈 계획이라 휴대하기 좋은 노트북을 사기로 결정했다. 글쓰기에 필요한 장비를 다 갖추고 나니 전문 작가가 된 것 같은 착각이 들 정도다. 글은 엉덩이로 쓰는 것! 이제 진득하게 앉아 쓰기만 하면 되었다. 술술 써지지 않는다. 완벽한 장비들이 무색해진다. 아! 장비만의 문제가 아니구나. 글 잘 쓰는 요령을 찾아 적용해봐야겠다. 인터넷 검색을 하여 수십 가지 글 쓰는 방법을 얻었다. '경험을 살려서 써라. 5W1H에 맞춰 써라. 논리적으로 써라, 템플릿에 맞춰서 써라.' 하나씩 적용해보면 책 집필, 해볼 만하겠다 싶다.

몇 줄 쓰다 보니 경어체로 쓰는 게 나을지 평어체로 써야 좋을지 고민이다. 평어체는 말하듯 쓰게 되어서 자연스럽고 편안하다. 글쓰기에 정답은 없겠지만 이왕이면 잘 쓰려는 게 사람 욕심이다. 초보 작가라 왠지 격식을 갖추어야 할 것만 같다. 경어체로 모두 수정했다. 어색하고 딱딱해서 글이 매끄럽지 않아 보인다. 글쓰기를 중단하고 내일부터 다시 새롭게 쓰겠다며 각오를 다진다.

본 게임에 들어가기도 전 워밍업에 진을 다 뺀 기분이다. 글쓰기 초보자인데 이것저것 따질 게 있나. 꾸준히 써가면서 나에게 맞는 방식을 찾아가면 될 텐데 쓸데없이 기운만 낭비했다. 질보다 양에 승부를 걸기로 했다. 당장 나에게 필요한 건 매일 꾸준하게 쓰는 한 줄 이상의 글이다. 나만의 시스템을 만들고 쓰는 즐거움을 찾기 위한 세 가지 원칙을 세웠다.

첫째, 블루투스 키보드 하나만 이용하자!

데스크탑, 노트북, 테블릿 PC마다 키보드 크기나 두드리는 소리, 손끝에 느껴지는 감각이 다 다르다. 기기마다 다른 키보드를 쓰다 보니 적응하는데 적잖은 에너지가 쓰인다. 미세하게나마 손가락을 움직이는 방향이나 두드리는 압력 등에 차이가 있다. 멀티페어링 기술 덕분에 키보드 하나에 스마트 기기를 여럿 연결할 수 있다. 이것저것 번갈아 쓰는 혼란을 겪지 않아도 된다. 오타도 제법 줄일 수 있다. 블루투스 키보드는 다른 키보드보다 훨씬 작다. 손목을 움직이지 않고도 펼친 손가락 범위 내에서 거의 모든 키를 다 다룰 수 있다. 가볍게 눌러도 인식이 잘되는 덕분에 손에 힘이 덜 들어가고, 타이핑 속도가 빨라진다. 키보드를 펼치기만 하면 곧장 쓸 수 있다. 데스크탑이나 노트북을 켜는 데 걸리는 짧은 시간마저도 줄일 수 있다. 기다리는 중에 자칫 딴청 피워 샛길로 빠지는 위험이 없어 글쓰기에 바로 돌입할 수 있다.

둘째, 짧게라도 매일 쓰자!

글쓰기 형식, 분량 따위는 고려하지 않기로 했다. 내가 즐겨 하는 관심사 위주로 글을 쓰기로 했다. 처음부터 템플릿에 맞춰 쓰거나 A4 용지 1.5매를 채우려니 가슴에 돌덩이가 얹힌 기분이었다. 무엇을 써야 할지 몰라 한숨만 쉬었다. 글쓰기 시작 단계에서 필요한 건 바로 단 한 줄이라도 쓰는 '행동'이다. 그 실행 하나에 만족하고 칭찬해보기로 했다. 감사일기와 운동일기를 매일 쓰는 것이 목표다. 습관을 들이는 데 가장 좋은 방법은 한 가지 상황을 시간 또는 장소와 연결하여 매일 반복하는 것이라 했다. 일어나자마자 책상에 앉아 핸드폰을 거치대에 놓고 키보드를 열어 감사일기를 쓴다. 운동하고 집에 돌아와서도 마찬가지로 책상에 앉아 운동일기를 쓴다. 키보드를 두드리며 '쓰는 행위'에 철저히 초점을 맞추어 매일 습관을 들이기 위한 전략이다. 하루도 빼먹지 않은 건 아니지만 차곡차곡 쌓이는 글을 보면 포기할 마음 싹 달아난다.

셋째, 마감 시간을 정해두고 쓰자!

내가 쓴 글에 100점을 주기란 참 쉽지 않다. 80점이면 그나마 다행이다. 어휘, 내용, 표현, 문단 연결 등에 정성을 들여 열심히 썼지만 다 쓰고 난 후 읽어보면 어딘가 아쉽다. 머릿속에 있는 모든 걸 다 쏟아부은 것 같지만 겨우 두세 문단뿐이다. 글이 명료해지려면 더 적확한 단어가 있을 것 같으나 어휘력 한계에 부딪힌다. 더 실감 나고 생생하게 표현할 수 있으면 좋겠지만 수사(修辭) 실력이 부족하다. 글을 고치면 고칠수록 미궁에 빠진다. 스스로 칭찬하는 맛이 있어야 글쓰기도 재미있어진다. 아쉬운 글에나마 100점을 줄 만한 방법을 찾았다. 정해진 시간 내에 글을 쓰는 것이다. 글쓰기 종류에 따라 마감 시간을 정해 놓는다. 가령 일기는 15분, 서평 쓰기는 30분, A4 용지 한 장 쓰기는 60분. 타이머를 작동시켜 놓고 쓰기 시작한다. 마감 시간을 정해 놓으면 정신을 바짝 차리고 집중하게 된다. 손으로 꾹꾹 눌러 글을 쓰든, 블루투스 키보드를 두드리든 손끝에 온 기운을 실어본다. 마침표를 찍는 순간 타이머 종료 알람이 울리면 100점짜리 글이다.

"뭐라도 좋으니 '일단' 쓰세요!" 써 본 사람만이 할 수 있는 형식적인 조언에 불과했다. 우선이라는 의미의 일단(一旦)을 일단(一段) 즉, 한 단계로 바꿔 생각하니 그리 어려울 것도 없다. 성취가 쌓이면 성과가 되고 성과가 쌓이면 성공이 된다. 글쓰기를 시작했다고 바로 베스트셀러 작가가 될 리가 있겠는가. 글쓰는 삶을 살기로 한 나에게 필요한 건 다름 아닌 단 한 줄의 글이다. 쓰는 데 재미를 붙이면 성공이다. 즐거움은 할 수 있다는 자신감에서 비롯된다. 당장 할 수 있고, 아주 쉽고, 지극히 작은 것부터 시작해야 한다. "험한 언덕을 오르기 위해 처음에는 천천히 걷는 것이 필요하다." 셰익스피어의 말이 깊이 와 닿는다. 여전히 글쓰기를 망설이고 미루려는 것을 보면 매일 글을 쓰고, 책을 출간하는 것은 험한 언덕 꼭대기에나 있나 보다. 하지만 천천히 한 걸음씩 꾸준하게 내딛는 것만으로 충분히 오를 수 있다면 두려울 게 뭐 있나. 두 걸음도 필요 없다. 딱! 한 걸음만 글쓰기에 다가간다.

노트를 펼친다. "오늘도 한 줄 썼다."라고 쓴다. 아주 만족스럽다.

계단 오르기 3단계
글쓰기 방법

김지안

현재의 내 모습에 불만이 있거나 변화하고 싶은 사람, 변하고 싶은데 방법을 모르겠다고 하는 사람. 변하고 싶은 이유는 수두룩하다. 그럼에도 이유를 말하라고 하면 중언부언한다. 생각을 말로 표현하지 못하기 때문이다. 보통은 머릿속으로만 생각할 뿐이다. 일단 적다 보면 내가 무슨 생각을 하고 있는지 알아차릴 수 있다.

겪고 있는 어려운 일이나 감정을 생각하다 보면 부정적인 생각에 온통 머릿속이 꽉 차게 마련이다. 곰팡이가 있어서 어둡고 습하게 되는 것이 아니라 어둡고 습해서 곰팡이가 생긴다는 걸 깨달았다. 좋은 일이 있어야 긍정적인 사람이 되는 게 아니라 긍정적인 생각과 행동을 해야 좋은 일이 생긴다. 고민거리를 머릿속으로만 생각하면 문제를 해결할 수 없다. 욕구와 욕망만으로는 문제가 해결되지 않는다.

독서를 통해서 얻는 것은 지식과 저자의 경험, 지혜를 얻을 수 있다는 점이다. 내 삶에 적용해 보고 싶었다. 책만 읽어서 나를 변화시키기에는 한계가 있었다. 책을 읽고 서평을 썼다. 매주 한 권 이상의 책을 읽고 서평을 쓰는 일은 밀린 방학 숙제처럼 버겁게 느껴졌다. 읽은 책에서 저자가 주는 핵심 메시지를 알아채고 내 삶에 적용하기가 어려웠다. 서평 쓰기만 해서는 내가 무엇을 바꾸고 싶은지, 원하는 것이 무엇인지, 하고 싶은 일은 무엇인지, 할 수 있는 일은 무엇인지 알아채기가 쉽지 않았다. 내 일상의 불만족이 무엇인지 확인하고 싶었다. 밀린 방학 숙제였던 일기 쓰기를 개학하기 며칠 전에 몰아서 썼던 경험이 있다. 지난 일이 기억도 안 날뿐더러 지겹게 느껴져서 비슷한 내용을 반복해서 썼다. 하루하루 무심하게 반복해야 하는 일이 글쓰기다.

글쓰기를 시작한 지 불과 1년이 채 되지 않았지만, 글쓰기 습관을 만드는 데 효과를 보았던 방법을 소개해 본다. 계단식 3단계 글쓰기 방법이다.

〈1단계〉그냥 쓰기

부담을 내려놓고 그냥 쓴다. 인생에 정답은 없다. 시행착오를 거치면서 실패하고, 피드백하고 다시 도전한다.

"오늘이 무슨 요일인지도 몰라요. 날짜도 모르고요. 전 그저 수영만 해요." 마이클 펠프스가 한 유명한 말이다. 책 쓰기 강의를 수강하면서 내 문제를 발견했다. 수영할 때 발차기 연습도 없이 호흡하겠다고 섣부르게 도전하는 것처럼, 글쓰기 연습도 하지 않은 채 책부터 쓰려고 했다. 발차기, 팔 돌리기조차 못하는데 호흡을 할 수 있을까? 어설프게 호흡부터 시도했다가는 수영장 물을 사발만큼 마시게 될 거다. 나의 책 쓰기 시도는 호흡부터 시도한 초보 수영자와 같았다. 책을 쓰려는 욕심을 내려놓고 글쓰기에 매진하기로 했다. 공저 프로젝트에 지원한 일을 두고 속으로 후회하기도 했다. 아직 변화를 위한 준비단계에 머물러 있기 때문이다. 그러나 목표 한 가지는 뚜렷하다. 글쓰기를 하면서 나를 발견하고, 긍정적이고 세상에 도움을 줄 수 있는 사람이 되고 싶다. 내 경험을 통해서 무엇을 전달할 수 있는지 고민한다. 영국 작가 P. D. 제임스는 "글을 쓸 계획을 세우지 마라. 그냥 써라. 독창적인 문체는 오로지 글을 쓸 때만이 가능하다."라고 말했다. 초보 작가인 나는 하루하루 그냥 써

본다. '잘' 쓰고 싶다고 생각하니 실행하기가 어려웠다. 되는대로 마구 쓰기로 했다. 그래야 부담을 줄이고 이전보다 쉽게 이야기를 끌어낼 수 있기 때문이다. 걱정하는 습관이 생각만으로 쉽사리 없어지지 않았다. 나는 나에게 질문하지 않았다. 나에게 질문하면서 질문에 대한 답을 써보게 되었다. 일단, 부담을 내려놓고 그냥 써보는 거다. 너무 비법 같지 않은 비법이라 실망스러운가?

〈2단계〉 키워드 일기 쓰기

세 가지 키워드 일기 쓰기다. 일기에 내가 해결하고 싶은 나의 문제를 썼다. 일기 쓰기만으로도 내가 원하는 바를 정확히 알아차릴 수 있다. 하루 중 기억에 남는 키워드를 세 가지 잡는다. 때로는 세 가지도 너무 많게 느껴질 때도 있다. 그럴 때면 한 가지만이라도 적는다. 일기는 나만 읽는 거니까 누구에게 간섭받을 이유가 없다. 내가 정한 나만의 규칙이다. 효과는 괜찮은 편이다.

생각과 말만으로는 문제 해결이 쉽지 않다. 내가 힘들어하고 바꾸고 싶은 문제를 해결하기 위해 최우선으로 해야 할 일을 글로 써보는 것이다. 솔직하게 있는 그대로 썼다. 내가 쓴 글을 포장하지는 않았는지, 하찮은 일로 치부하지는 않았는지 곱씹어 보았다. 나만 보는 일기, 한껏 솔직하게 써보자 마음먹었다. 일기 쓰기는 내 문제를 시각화하는 효과가 있었다. 또한 내 문제를 해결할 수 있는 열쇠였다.

바닥으로 떨어진 자존감이 부정적인 생각과 태도로 나를 망가뜨리고 있었다. 사회생활을 하면서 풍파를 겪다 보니 위축되었다. 성장을 향한 동력을 잃었다. 지금껏 나를 지탱해 준 힘은 성장 욕구였는데. 성장의 정의가 뭘까? 나에게 성장이란, 내가 목표로 하는 일을 향해서 어려운 일을 해내는 과정이다. 꼭 대단한 목표가 아니어도 좋다. 그저 어제보다 조금이라도 나아진 나를 느낄 수만 있다면 성장이다. 성장을 확인할 수 있는 좋은 도구는 세 가지 키워드 일기 쓰기이다.

〈3단계〉 저널 쓰기

나만의 저널 쓰기다. '지안 저널'.

SNS 블로그와 인스타그램에 '지안 저널'이라는 이름으로 글을 쓰고 있다. '지안 저널'은 나의 일상 경험을 글로 남기는 단편 포스팅이다. 일기 쓰기를 하면서 정제된 주제와 문장으로 글을 쓰고 있다. 생각은 태도로 표현된다. 긍정적인 생각과 태도로 살아가는 것이 얼마나 중요한지는 두 번 말할 필요도 없다. 생각을 어떻게 하느냐에 따라 해낼 수도, 해내지 못할 수도 있다. 그만큼 생각의 관점과 태도는 중요하다. 부정적으로 생각하면 태도도 부정적으로 표현된다. 나 자신을 함정에 빠뜨리는 행위다.

'지안 저널'을 쓰면서 더 나은 사람이 되어야겠다 싶었다. 글에는 나의 일상, 과거의 경험과 현재의 생각과 태도가 그대로 드러난다. 그 누구도 뭐라 하지 않는다. 그저 나를 향한 위로이자 격려, 응원이기 때문이다. 나는 초보 작가 글쓰기 연습자로서 잘 써야 한다는 부담도 내려놓고자 한다. 인생의 정답은 없다. 일상 속 시행착오를 거치면서 실패하고, 피드백하고 다시 도전한다. 반복하는 일상 속에서 매일매일 조금씩 전날의 나를 반성하고 재도전하게 만드는 좋은 도구가 글쓰기이다. 남에게 보여주는 글을 쓰다 보니 긍정적인 생각과 태도로 쓰게 되었다. 긍정적으로 글을 쓰면 스스로 긍정적인 사람이 되고 싶게 한다. '지안 저널'은 나를 향한 응원의 메시지다.

생각하고 있는 일을 글로 쓰는 것만도 위로가 된다. 속이 후련해진다. 글쓰기는 생각을 표현하는데 최고의 도구다. 쓰다 보면 겹치는 내용도 있고, 앞뒤가 맞지 않기도 했다. 그럼에도 글을 쓰다 보면 세상을 이해하는 폭이 넓어진다. 글쓰기를 통해서 발견한 것 중 하나가 나의 이중적 잣대였다. '내로남불', 내가 하면 로맨스, 남이 하면 불륜. 나에게는 관대하고 남에게는 가혹한 시선과 평가였다. 두려움, 걱정, 불안을 떨쳐낼 수 있는 가장 좋은 방법! 부정적인 생각과 태도를 긍정의 단어로 변화시키는 글쓰기. 글쓰기는 나의 문제를 발견하고 해결의 실마리를 찾아준다. 계단을 오르는 마음으로 한 단계, 한 단계 성장하는 작가로서의 내 모습을 상상해 본다.

언제 어디서든 쓸 수만 있다면

서영식

글쓰기 방법은 여러 가지가 있다. 요즘은 스마트폰으로도 할 수 있고 마음만 먹으면 언제든 글을 쓸 수 있는 세상이다. 뭔가 갖추고, 준비하고 글을 쓰려고 하면 쉽게 써지지 않는다. 일단 마음을 먹으면 언제든지 쓸 수 있어야 한다. 곳곳에 메모지와 펜을 두고 생각날 때마다 끄적여 본다. 책상 위에 포스트잇과 펜을 두고 소파에도 둔다. 스마트폰이 있으면 메모장으로도 글을 쓸 수 있다. 글쓰기를 위한 마음만 있다면 쓸 수 있다. 마음먹기가 쉽지는 않다. 책을 읽다가도 좋은 글이 있으면 표시를 하고, 문구를 기억하기 위해 사진을 찍거나 메모를 한다. 다음에 기록해야지, 써야지 하는 순간, 다음은 오지 않는다. 머리에 기억하려고 해도 금방 없어진다. 이런 내용으로 써야겠다고 잠자기 전에 생각하고 아침에 일어나면 아무 기억이 나지 않는다. 언제든 쓰려면 준비를 해야 한다. 글쓰기를 하지 않을 때는 쓰겠다는 마음이 없어서 생각만 계속했다. 쓰기 시작하는 순간, 생각들이 글자가 되고 기록으로 남는다. 여기저기 흩어져 있는 글감들을 모아서 볼 수도 있다. '이런 생각도 내가 했었구나. 이건 좋은 아이디어인데. 다음에 회사에서 써먹어 봐야지. 가족들과 얘기할 때 써봐야지.' 대화할 때도 글감을 생각하게 된다. 다양하고 넓게 여러 각도로 생각한다. 똑같은 상황이지만 다르게 생각한다. 글쓰기를 통해 삶이 더 풍성해지는 느낌이다.

또 다른 글쓰기 방법은 시간을 정해두고 쓰는 것이다. 무슨 일이든 시간을 정하면 꾸준히 할 수 있다. 스스로 정해둔 시간이 있으면 집중해서 글을 쓴다. 몰입의 힘을 느낄 수 있다. 글쓰기를 하면서 이것저것 다른 일도 하고, 집중하지 않으면 정해진 분량을 쓰기 힘들다. 글쓰기, 책 쓰기 관련 도서도 많이 읽었지만, 결국 중요한 건 먼저 쓰는 것이다. 아침 여섯 시에 일어나서 한 달간 매일 한 페이지씩 글을 썼다. 혼자만의 조용한 시간! 생각나는 대로 막 써본다. 아침 글쓰기를 하고 나면 정리된 느낌으로 하루를 살아간다. 해야 일들도 시간 내에 마무리가 잘 된다. 일하다가 막히는 순간에도 당황하지 않는다. 내가 무엇을 하고 있는지, 어떻게 할지 명확해진다. 글을 잘 쓰는 사람들도 처음부터 잘 쓰진 못했다고 한다. 일단 계속 의식하지 않고 쓰다 보니까 잘 쓸 수 있게 된다고 한다. 글 잘 쓰는 특별한 비법이 있을까? 힘들더라도 이겨내고 꾸준하게 계속 쓰는 것이 좋은 방법이다.

무언가 빠져들게 되면 그 생각만 하게 된다. 사랑에 빠지면 종일 생각을 한다. 밥은 먹었을까? 무슨 생각을 하고 있을까? 내가 보낸 메시지를 확인했을까? 그 사람도 나만큼 나를 좋아하는 걸까? 글쓰기와 사랑에 빠지게 되면 잘 쓸 수 있지 않을까? 사람들은 좋아하는 일이 있으면 계속 얘기하게 된다. 골프를 좋아하고 빠져 있는 사람은 신나게 얘기한다. 골프 얘기만으로 얼굴에 웃음을 지으며 시간 가는 줄 모른다. 종일 골프에 관심이 있다. 팔을 이렇게 하고, 다리를 저렇게 하고, 계속 보면서 가르쳐 주려고 한다. 골프를 치는 사람들은 골프 얘기만 해도 시간 가는 줄 모른다. 글쓰기를 하는 사람들에게 글쓰기가 재미있는 이야기가 된다. 주위에 책을 좋아하는 사람들도 마찬가지다. 책을 읽거나 글을 쓰는 것은 내가 주체가 되어야 하는 적극적인 활동이다. 대신해 줄 수 없다. 강요할 수도 없다. 억지로 소에게 물을 먹이려고 해도 할 수가 없다. 목이 마른 사람이 우물을 찾아야 하듯이 직접 움직여야 한다. 머릿속 생각을 밖으로 꺼내야만 한다. 글쓰기는 나를 돌아보게 한다. 내 생각이 글로 남는다. 지금 이렇게 혼자 글을 쓰고 있으면 마음속에 벅차오르는 뿌듯한 느낌이 든다. 예전에 몰랐던 경험이다. 글쓰기를 통해 새로운 삶의 재미를 찾을 수 있다.

글쓰기를 하다가 막히는 경험을 누구나 겪는다. 아무런 생각도 나지 않고, 내가 왜 글을 쓰고 있지? 하는 생각이 들기도 한다. 그럴 때는 책을 읽거나 강의를 들으면 많은 도움이 된다. 꽉 막힌 속을 뻥 뚫어주기도 하고, 짜릿한 전율을 느낄 때도 있다. 고민을 해결하는 방법도 알려준다. 자이언트 글쓰기 특강을 들은 지 1년이 되었다. 매주 토요일 아침에 거의 빠지지 않고 꼭 참석했다. 가족들과 여행을 가서도 참석했다. 강의를 계속 듣다 보니 글쓰기를 하지 않더라도 글을 쓰는 사람으로 생각하게 된다. 어느 순간 나도 지금처럼 작가가 되어 있다.

하고 싶은 일이 있어도 안 하는 방법은 수천 가지다. 시간이 없어서, 생각이 안 나서, 다른 일로 바빠서. 일단 쓰기만 하면 된다. 무슨 글이든, 어떤 내용이든 쓸 수 있다면 쓰는 것이 제일 좋은 방법이다. 나도 글을 쓰기 전에는 뭔가 막연한 두려움과 내가 어떻게 글을 쓸까? 하는 불안한 마음이 있어서 쓰기 어려웠다. 마치 백지에 내가 먹물을 한 방울이라도 쏟으면 어떻게 하나? 하는 생각들. 백지에 한 번 휘갈기고 나면 쉽다. 처음이 어렵다. 쓰기 시작하면 뭐라도 쓰게 된다. 방법도 여러 가지다. 꼭 컴퓨터로 해야 하는 건 아니다. 빈 노트와 펜만 있으면 된다. 아무 글이라도 일단 써본다. 삼행시도 좋다. 오늘 나의 기분을 써도 좋다. 구름. 햇빛, 오늘 먹은 음식, 어제 있었던 일, 내가 좋아하는 사람, 작년에 있었던 일, 쓰려고 마음먹는 게 제일 힘들다. 쓰기 시작하면 뭐든 쓸 수 있다.

글을 쓸 수 있다는 자체가 축복이다. 여러 가지 사정으로 쓰고 싶어도 못 쓰는 사람도 있다. 내 생각을 글로 옮길 수 있다는 것 자체가 행복이다. 아침에 눈 뜨고 두 발을 땅에 디딜 수 있는 것만으로도 행복함을 느낀다. 하루를 소중하게 생각한다. 생각만으로 이루어지는 것은 없다. 실행이 중요하다. 실행력이 강한 사람들의 공통점은 생각함과 동시에 바로 실행한다. 생각이나 말로는 누구나 할 수 있지만, 실행하는 사람은 찾기가 쉽지 않다.

똑같은 시간이 있어도 결과는 다르다. 평가를 받는 회사 업무는 내가 만족하더라도 수정할 경우가 많다. 하지만, 글쓰기는 자유롭다. 내가 쓰고 싶은 대로 맘껏 쓰고, 결과물을 확인하는 기쁨을 누릴 수 있다. 작가가 되는 것을 상상하는 것은 좋은 동기부여가 된다. 내가 쓴 글이 책으로 나와서 들고 있는 모습을 상상해 본다. 책을 사러 가족들과 서점에 가는 모습과 내 책이 나왔다고 주위 사람들에게 알리는 모습도 상상한다. "네가 책을 냈다고? 뭔 말도 안 되는 소리냐? 얼마나 잘 썼나 보자." 이렇게 할 사람보다는 글을 열심히 써서 책을 낸 사실을 축하해 줄 분들이 훨씬 많다. "언제 이렇게 글을 쓰고 책까지 냈지? 내가 꼭 읽을게. 축하해. 수고 많았겠네. 나도 글쓰기를 하고 싶어. 네가 글을 쓸 수 있다면 나도 할 수 있지 않을까?"

글쓰기를 통해 나의 존재감을 느끼고 스스로 자존감도 높아질 수 있다. 나이가 들어갈수록 자꾸 스스로 작아지는 느낌이 든다. 무슨 일이든 조심스럽고, 실수나 실패를 두려워하게 된다.

익숙한 것, 안정적인 것만을 좇으려고 한다. 일하는 것, 일상생활도 익숙한 것만 찾는다. 새로운 변화는 스스로 만들어야 한다. 누가 만들어 주는 것이 아니다. 인생은 새로운 변화가 있어야 성장할 수 있다. 고정관념, 익숙함에 길들기를 벗어나려는 노력이 필요하다. 글쓰기를 할 수 있다면 변화할 수 있다. 주위 사람들의 이야기를 듣다 보면 "책 몇 권은 쓸 수 있겠네요."라는 말을 자주 한다. "책으로 써보세요."라는 말도 한다. 글을 쓴다는 건 내 안의 이야기를 남길 수 있는 가장 큰 장점이다.

누구나 언제든 글을 쓸 수 있다. 방법을 몰라서 못 쓰는 건 아니다. 쓰는 것과 말하는 것은 분명히 다르다. 제일 중요한 건 쓰겠다는 마음가짐이다. '내가 무슨 글을 쓰냐?'가 아닌 '나는 이제부터 글 쓰는 사람이고, 내 인생을 글로 써서 남기겠다.'라는 마음이다. 인생은 3모작이라고 한다. 인생 1모작은 부모님 품에서 있다가 취업을 준비하는 시기, 2모작은 취업하고 나서 퇴직할 때까지, 3모작은 은퇴 이후. 시기별로 언제든지 글을 쓰면 쓰기 전에는 몰랐던 새로운 인생을 살 수 있다. 삶의 기록을 남길 수 있는 글쓰기!! 오늘도 있었던 일을 글로 남긴다. 살아온 인생, 앞으로 살아갈 인생을 위해 글쓰기를 멈추지 않으려고 한다.

04

나에게 맞는 글쓰기

서유정

글을 쓰면 마음이 편안해진다. 막상 쓰려고 하면 잘 써야 할 것 같은 부담감이 크다. 노트북 펼치기를 계속 미루게 된다. 글을 쓰기 시작하면서 알게 된 것이 있다. 잘 쓰고 못 쓰고의 분별보다 마음이 자유로워지는 것이 좋았다. 나다워지는 시간이 좋다. 초보 작가지만, 누군가에게 도움이 되길 바라며 '나만의 세 가지 글쓰기 방법'을 소개한다.

첫째, 나에게 최적의 글쓰기 시간은 언제인가?

나는 주로 새벽에 글을 쓴다. 기상 시간은 새벽 5시다. 미라클 모닝을 실천하는 사람들에게 그다지 이른 시간이 아닐 수 있다. 나는 수면 시간을 바꾸면서 힘들었던 몸이 많이 좋아졌다. 예전에는 새벽 한두 시가 넘어 잠을 잤다. 일어나는 시간은 그날 스케줄에 따라 달랐다. 일이 많아 잠드는 시간이 늦어질 때가 있었다. 꼭 해야 할 일이 없을 때도 늦게 잠들었다. 새벽까지 SNS를 하거나 드라마, 영화를 보고 잠들곤 했다. 일찍 잠들면 왠지 모르게 억울한 마음이 들었다. 열심히 일한 나에게 주는 나름의 보상이었다. 그런 패턴이 반복되어도 큰 문제라 여기지 못했다. 출산 후부터는 달랐다. 몸이 무겁고, 피곤하고, 이곳저곳 안 아픈 곳이 없었다. 늘 컨디션이 좋지 않았다. 이대로 있을 수만은 없었다. 디톡스도 해보고 영양제도 먹어보고 건강에 좋다는 것을 찾아다녀 보았다. 일시적인 효과는 있었지만, 몸은 다시 피곤해졌고, 여전히 힘들었다. 지금은 열 시에서 열한 시쯤 잠들어 새벽 다섯 시에 눈을 뜬다. 처음에는 알람을 맞추었지만, 익숙해진 지금은 알람을 맞추지 않는다. 알람 소리에 놀라고, 긴장하며 하루를 시작하고 싶지 않다. 평온함으로 하루를 시작하고 싶다. 일정한 시간에 자고 일어나다 보니 몸은 같은 시간에 눈을 뜨게 맞추어지는 것 같다. 새벽 기상을 하고부터 가장 먼저 몸 컨디션이 좋아졌다. 오롯이 집중할 수 있는 고요한 시간도 생겼다. 아이도 잠들어 있고, 세상이 고요한 시간. 나에게는 글을 쓸 수 있는 최적의 시간이다. 각자의 라이프 스타일, 몸 컨디션, 주어진 상황과 환경에 따라 가장 좋은 시간은 모두 다를 것이다. 나와 다르게 저녁 시간이 여유 있고 집중이 잘 되는 사람도 있을 것이다. 모두 시간과 환경이 다르기에 나에게 맞는 시간을 찾아보면 좋을 것 같다.

둘째, 무엇을 쓸까?

새벽에는 일기 쓰기부터 시작한다. 어제 있었던 일을 특별한 형식 없이 자유롭게 적는다. 저녁 일기도 좋지만, 나는 아침 일기가 좋다. 아침 일기를 쓰면서 달라졌다. 어제가 정리되고, 오늘 계획이 명확해졌다. 계획되지 않은 하루를 시작하면, 마음이 불안했다. 마음의 안정감으로 하루를 시작할 수 있는 것이 좋다. 일기를 다 쓰면 내용 중 일부를 인스타그램에 올린다.

10분 독서를 한다. 기억하고 싶은 문장을 쓰고, 내 생각을 함께 쓴다. SNS에 올린다. 나의 기록이지만, 누군가에게 도움이 되면 좋겠다는 희망도 있다.

좋아하는 일을 계속하기 위해 몸과 마음 건강을 챙겨야 한다. 요가, 명상 수련 후에는 수련일지를 쓴다. 요가 수련을 하면서 느낀 점을 적는다. 명상일지를 적으면 눈 감고 알아차리지 못했던 부분을 알아차리게 될 때가 많다. 글쓰기가 명상의 경험을 깊게 해준다. 인도에서 명상 지도자 교육을 받을 때였다. 생각을 알아차리고 그대로 말하는 시간이었다. 잘되지 않았다. 더 자세하게 생각을 관찰하라고 선생님께서 말씀하셨다. 다시! 다시! 몇 번을 다시 해봐도 머릿속에 떠다니는 생각을 있는 그대로 알아차리고 말하기란 쉽지 않았다. 글로 적어볼 수 있는 시간이 주어졌다. 글로 적다 보니 생각의 과정을 자세히 관찰할 수 있었다. 글쓰기는 생각을 끌어내는 강력한 힘이 있었다.

셋째, 어떤 도구를 사용하는가?

노트, 메모지, 노트북, 핸드폰을 다양하게 사용한다. 손글씨를 쓰고 싶지만, 시간이 오래 걸려 노트북으로 정리한다. 주로 구글 문서에 기록한다. 7년 전 우연히 구글 드라이브 사용법을 배울 기회가 있었다. 그 후 계속 사용하고 있다. 예전에는 한글파일이나 워드로 주로 작업했다. 불편한 점이 있었다. 오래된 일이긴 하지만, 필요한 문서가 있을 때 노트북을 가지고 다녀야만 글을 쓸 수 있었다. 아니면 USB 같은 이동식 디스크에 저장해서 다녔다. 몇 번 난감한 적이 있었는데 깜빡 잊고 USB를 놓고 오거나, 가방 안에서 어디론가 사라져 찾지 못한 적도 있다. 파일이 저장되지 않은 채 날아가는 일도 많았다. 작업을 다시 해야 해 시간이 많이 낭비되기도 했다. 구글 문서는 자동으로 저장된다. 태블릿, 핸드폰으로도 어플을 내려받으면 사용할 수 있다. 구글을 로그인할 수 있다면 어떤 기계에서도 사용할 수 있다. 글을 쓰고 문서 작성을 마치면 일관된 이름으로 저장한다. 저장된 내용이 일관성이 있어야 찾기 쉽다. 문서별로 제목_날짜_이름 순서로 분류한다. 일기_20220821_서유정. 내 이름을 굳이 붙인 것은 공유기능이 있기 때문이다. 구글 아이디가 있는 사람들과는 문서 공유가 가능하다. 함께 수정할 수도 있고, 댓글을 달아서 피드백을 서로 주고받을 수 있다.

2년 동안 책 쓰기 수업을 들었지만 시작하지 못했다. 잘 써야 한다는 부담감이 컸다. SNS에 글을 고급스럽게, 맛깔나게 잘 쓰는 사람들이 있다. 내 글과 비교하며 주눅이 들곤 했다. 글쓰기를 잘하고 싶으면 못 쓰는 글을 많이 쓰는 것이 답이라 스승님께서 말씀하셨다. 일단, 글쓰기. 시작하니 마음은 괜찮다. 할 일을 행동으로 옮기지 않고 생각만 할 때 불안하고 두렵다. 글쓰기를 시작하니 실력에 대한 판단분별이 사라졌다. 잘 쓰지 않아도 괜찮았다. 더 중요한 가치가 있다는 것을 알았기 때문이다. 나에 대해 알아가는 과정, 나다워지는 자유로움이 좋다. 그 자체가 어쩌면 영향력이 될 수도 있겠다. 처음 요가선생이 되었을 때 실력 있는 선생님의 목소리를 따라 했다. 인기 있는 선생님의 멘트를 따라 하기도 했다. 그 시간을 겪고 나니 나만의 수업 스타일이 만들어졌다. 글쓰기의 훌륭한 작가님들이 많다. 좋은 방법들을 배우고 적용해본다. 그 시간을 겪고 나면 가장 나다운 글쓰기 방법이 탄생하지 않을까?

프랑스의 철학자 미셸 드 몽테뉴는 "세상에서 가장 중요한 것은 내가 어떻게 하면 정말 나다워질 수 있는지 아는 것이다."라고 했다. 인생에는 여러 가지 색깔과 향기가 있다. 똑같은 사람은 아무도 없다. 누군가를 따라 하며 배우는 것도 나의 모습을 찾는 흥미로운 과정이다. 세상에 단 하나뿐인 '나다운 나'로 살기 위해 요가와 글쓰기에 나만의 색을 입혀간다. 사람은 나다울 때 가장 빛난다.

인생 후반전을 위한 나의 전략

엄지인

우리의 학창 시절엔 지금처럼 개인용 PC는 상상도 못했다. 전자기기라고는 음악을 듣는 오디오 카세트가 전부였던 시절이었다. 그나마 상업고등학교에서는 타자 수업이 있었고, 그 시간이 되면 엄한 타자 선생님 밑에서 급수시험을 치기 위해 타자를 배웠다. 그런데 시간이 흐른 지금 이렇게 유용하게 이용할 줄 예상하지 못했으니, 타자 시간에 자판을 익힌 것이 얼마나 다행스러운 일인가! 그러지 않았으면 독수리 타법으로 글을 쓸 뻔했다.

대학교에 입학한 후에는 시(詩)가 전공이었기에 당연히 원고지를 한 아름씩 옆구리에 끼고 다녔다. 그 당시 대학교 주변과 도시 곳곳에는 음악다방이 있었다. LP판이 쭉 꽂혀 있고, 주황색 조명 아래 멋진 남성 DJ가 감성 넘치는 달콤한 목소리로 노래를 소개하거나 선곡을 해주는 음악다방은 낭만을 더해주는 공간이었다. 습작용으로 쓰여야 할 원고지가 음악다방 DJ에게 건네지는 신청곡 용지로 변했다. 그냥 조그만 메모지가 아닌, 원고지에 온갖 미사여구와 극도의 슬픈 표현으로 장식한 글을 써서 음악을 신청하면, 신청 곡이 많을 경우 일반 메모지에 쓴 사연들은 우선순위에서 밀려났고 원고지에 쓴 사연들은 DJ들의 음성으로 읽혀지곤 했다. 그들의 목소리로 전해지는 내 사연은 다른 누군가의 얘기처럼 멋지게 들렸다. 그것뿐인가. 오히려 DJ 쪽에서 자기 업무가 끝나면 커피 한 잔 하자는 전갈이 오곤 했다. 원고지에다 글을 쓰는 일이 멋져 보이고, 왠지 시인이나 소설가가 된 듯한 멋진 일이었다. 낭만과 추억으로 가득했던 젊은 시절의 추억들은 살면서 괴롭고 힘든 날 가끔 꺼내 보는 서랍 속의 편지처럼, 기억 속에 살아서 짧은 행복을 선물하곤 한다.

새벽에 간신히 눈을 뜨고 컴퓨터 앞에 앉아 하얀 화면에 깜빡이는 커서를 바라보고 있자면, 그야말로 머릿속은 백지상태다. 한참을 앉아 있다가 머릿속에 단어 하나가 스치듯 떠오르면 순식간에 낚아채어 글로 만들어 보는 작업은 최근에 알게 된 신세계였다. '과연 내가 글을 잘 쓸 수 있을까?' 라며 나를 의심하고, '넌 못할 거야!' 하는 내 속의 나쁜 나를 보란 듯이 글을 쓰기 시작한 끝에 승리한 내가 나쁜 나를 보기 좋게 쓰러뜨리고 나면, 어느덧 나는 엄청난 무엇인가를 달성한 사람처럼 의기양양해져 그날 하루를 자부심, 자긍심이 가득 찬 마음으로 시작한다.

나는 이 시대의 가장 아픈 자영업자다. 2019년 12월, 설마 설마 했던 코로나가 대한민국을 강타하면서 거리 두기 제한 등으로 인해 많은 음식점과 자영업, 소상공인들이 버티다 못해 폐업하는 곳이 속출하고, 직원들을 감원하는 등 총체적 난국이었다. 우리 매장도 마찬가지였다. 한 달 임대료며, 직원 월급이며, 매월 지출해야 할 고정비 등을 감당해 내기에 너무 힘겨운 상황이었다. 자영업, 소상공인을 위한 지원금과 대출로 간신히 유지는 해왔지만, 언제든 이런 위험한 상황이 또 오지 않으리란 법이 없으니, 어려운 시국에도 타격을 덜 받고 위기를 기회로 만들 방법은 뭐가 있을지를 고민하고 또 고민했다.

그러던 중 메일함에 낯선 초대 메일 한 통이 왔고, 그것이 내 삶의 후반전을 변하게 하는 계기가 되었다. 그것은 바로 오픈 채팅방이었다. 한 채팅방을 시작으로 고구마순처럼 한 곳에서 또 다른 방으로 이동해 무료 특강을 듣다 보니, 모바일 세상 속에 숨은 고수들이 다 모여 있다는 사실과 그 강의를 듣기 위해 새벽부터 많은 사람들이 자기 계발을 하고자 엄청나게 노력하고 있는 것을 보며, 그야말로 뒤통수를 호되게 한 대 맞은 느낌이었다. 지금처럼 살다 간 시대에 도태되는 삶이 되겠다는 조급함과 불안함이 엄습해 왔다.

그날부터 이 방 저 방 돌아다니며 되는대로, 닥치는 대로 무료 특강을 듣고, 시대에 뒤처지지 않기 위해 메타버스, NFT니 생소한 신조어들을 접하게 되었다. 이해가 되지 않아도 용어만이라도 익혀야지 싶었다. 아침에 눈을 뜨면 감사일기와 모닝 루틴으로 책 읽기 10분 계획을 실행하고, 출근해서 바쁜 점심시간을 전쟁처럼 치르고 나면 컴퓨터에 앞에 앉아 과제 제출, 저녁엔 이어폰을 끼고 강의 듣기를 반복하는 등, 하루가 빠듯한 내 생활에 지칠 틈도 없이 자기 계발을 해보려고 안간힘을 썼다. 물론 시간도, 비용도, 에너지도 만만치 않게 들었지만, 투자한 만큼 결과물이 나올 거라 믿었기 때문이다.

아무것도 하지 않으면 아무 일도 일어나지 않는다고 했다. 나는 끊임없이 노력할 것이다. 나의 숨이 멈추는 날까지 책을 읽고 책 속에서 살다 간 경험자들의 경험을 간접 체험하게 되고, 지혜를 얻을 수 있는 일은 큰 즐거움 중의 하나이다. 세상엔 하고 싶고 해야 할 일들이 너무 많다, 호기심이 특히 많은 나는 여기 기웃 저기 기웃하는 것이 취미다. 여행도 한 번 가본 곳보다 새로운 곳, 새로운 길이 더 궁금하다. 남들은 그 나이에 지치지도 않냐고 물어본다. 공부도 마찬가지다. 깊이 있게 연구하기보다 더 많은 것을 욕심내서 알아보려는 것이 내가 가진 특징이다. 물론 단점이라고 본다. 한 우물을 깊이 파야 끝이 있다고 하지만, 단점을 장점으로 보면 강점이 될 수도 있기 때문이다.

언젠가 TV에서 산티아고 순례길에 그룹 지오디 멤버들이 나오는 프로그램을 본 적이 있었다. 살아생전 하나밖에 없는 딸과 여행을 가고 싶은 버킷리스트 중의 하나였기에 더욱 관심 있게 봤다, 순례길의 힘겨운 여정을 걸으며 그들의 '길' 이라는 노래가 흘러나오는 순간, 눈물을 줄줄 흘리고 말았던 기억이 있다.
　"내가 가는 이 길이 어디로 가는지 알 수 없지만, 알 수 없지만… 나는 왜 이 길에 서 있나. 이게 정말 나의 길인가. 이 길의 끝에서

내 꿈은 이뤄질까…"(중략)

철학적인 가사와 산티아고의 순례길과 나의 꿈과 딸과의 관계가 겹치면서 목을 놓아 울었던 적이 있다. 지금도 그 노래를 들을 때면 어김없이 콧등이 시큰하다. 인생에는 수없이 많은 길이 있다. 어떤 길을 선택하는지는 각자의 몫이다. 자신이 선택한 길이 멀고 험난한 길이라 할지라도 길가의 꽃들도, 지저귀는 새들도 만나게 될 것이다. 길 위에서 만나는 작은 것들에게도 의미를 부여하고 행복을 느낄 수 있다면, 조금 늦어도 괜찮다.

또 욕심이 생긴다. 나도 이런 가사를 쓸 수 있는 능력을 만들어내고 싶다. 누군가의 가슴에 카타르시스를 느낄 수 있게 해주는 작사가가 되고 싶다.

조용한 곳보다는 조금 시끄러운 백색소음이 있는 곳이 생각이나 글쓰기에 더 편하고 잘 써진다. 요즘의 젊은 사람들은 커피숍에 앉아 시험공부를 하거나, 취업 준비를 하거나, 뜨개질도 한다. 이렇게 커피숍은 커피만을 마시는 곳이 아닌, 이 시대의 문화를 반영하는 곳이기도 하기에, 이런 공간에 함께 무언가를 하고 있다는 것만으로 젊어지는 기분이다. 그래서 글 쓰는 공간으로서 최고라 하겠다.

아직도 늦지 않았다고 자신을 위로하며 잘못된 습관들을 고치고, 주어진 시간을 알차고 의미 있게 만드는 작업, 그게 바로 글쓰기다. 글쓰기는 예전의 남을 원망하고 미워하며 분노로 가득 찼던 나를 벗어버리고 새로운 나, 긍정적이고 희망이 가득하고 무엇이든 끝까지 잘 해낼 수 있는 자신감 있는 나를 만나기 위한 노력이다. 글을 쓰는 동안 내 마음을 의식하고, 의미와 가치로 가득한 나의 인생을 만들어 나가는 자기 확신의 시간이다. 나도 나만의 길을 만들어가야겠다. 내가 걷는 데로 길이 되는 나만의 길을 만들기 위해 목숨이 다하는 날까지 노력할 것을 맹세한다! 어제의 나보다 더 나아진 나를 만들어갈 것이다!

06

기록한다. 그리고 잇는다

이윤정

한 권의 책을 출간했다. 초고를 쓰고, 퇴고하며 원고를 네 번 이상 수정했다. 책을 써보겠다고 몇 권의 책을 미리 읽어본 후, 글쓰기 수업도 들었다. 그 중 실용적인 글쓰기 팁 일곱 가지를 소개하고자 한다.

첫째, 떠오르는 글감은 어디서든 적는다. 출근하는 아침 길에 오디오 북 플레이를 누른다. 운전 중에 어제 써둔 초고 내용이 문득 떠올랐다. 마침 '딱' 어울리는 사례가 연결된다. 차 안을 두리번 살펴보니 커피숍에서 받은 영수증 하나가 구겨져 있다. 건널목 앞 빨간색 신호등이 켜지자 기어노브를 P로 재빨리 옮기고 사이드 브레이크도 밟는다. 영수증 종이를 펴서 핸들 위에 살짝 놓고 볼펜으로 키워드를 얼른 적었다. 신호등이 바뀌기 전에 보조석 자리에 던져두고는 다시 핸들을 잡았다. 회사에 도착하자마자 시동을 *끄고*, 영수증을 펴서 스마트폰으로 사진을 찍었다. 영수증은 임무를 다하고 휴지통에 버려졌다. 퇴근 후 집에 돌아와 쓰던 초고 파일을 열어 사례를 덧붙이고 나니 한 꼭지가 나름 그럴듯하다.

둘째, '펜슬'이 지원되는 스마트 기기를 사용한다. 책 읽기도 편하고, 화면이 커져 멀티탭 기능도 있고, 펜슬도 지원되는 갤럭시 Z폴더 4로 바꾸었다. 강의를 듣거나, 길을 가다가도 바로 '펜슬'로 쓱쓱 적는다. 아이패드용 '애플 펜슬'도 하나 장만했다. 아이패드 '굿노트'에 강의 노트를 정리한다. 언제 어디서나 노트를 찾아볼 수 있으니 편리하다. 손으로 글 쓰는 기분도 난다. 퇴고할 때도 스마트 기기 화면에서 '펜슬'을 집어 들면 바로 '빨간 펜' 선생님으로 변한다. 수정 의견을 바로 캡처하여 메시지로 공유할 수 있다.

셋째, 평소 자신만의 빅데이터 글감을 모은다. 전하고 싶은 메시지에 어울리는 나의 경험을 찾기 위해 '내 블로그' 검색창에 키워드를 입력한다. 6년 동안 매일 하루의 생각을 기록해 둔 나만의 보물창고다. 2022년 8월, 최인아 책방에서 열린 채자영 작가의 《말가짐》 북토크에 다녀온 적이 있다. 그녀의 '총알 노트'가 눈에 들어왔다. 언론사 취업 준비생 시절 선배가 알려준 방법으로 노트에 '문장'을 수집하고 있었다. 처음에는 유명한 문인의 문장을 수집하다가, 언젠가부터 자신만의 생각, 엄마, 교수님, 친구들과의 일상 대화를 기록하고 있었다. 수십 권의 총알 노트들을 보여주었다. 가끔 한 권을 집어 읽다 보면 시간 가는 줄 모른다고. 내 경우는 블로그가 바로 그녀의 총알 노트와 같았다. 매일 책을 읽고 그날 유난히 돋보이는 한 문장을 골라 기록했다. 새벽의 순간을 블로그에 담았다. 나의 빅데이터, 나의 백과사전이다. 자이언트 '천무 서평 독서 모임'을 시작하면서 문장 독서를 시작했다. 탐나는 문장을 만나면 바로 카카오톡이나 텔레그램으로 내게 보낸다. 독서 후기를 정리할 때 나만의 어록으로 만들어간다. 퇴고하면서 나의 어록에서 하나씩 골라 글 곳곳에 녹여내니 꽤 그럴듯하다. 독자들이 밑줄 긋게 만드는 나의 문장이 된다.

넷째, 언제나 바로 몰입할 수 있는 '글쓰기' 환경을 만든다. 거실로 보조 책상을 옮겼다. 글쓰기 강의를 들으면서부터 노트북을 아예 거실에 두었다. 언제든 거실 책상에 앉으면 바로 읽고 쓸 수 있는 환경이다. 공저를 시작했다. 모두의 '초고 마감일'을 맞추는 게 중요했다. 한 꼭지는 A4용지 10포인트로 1.5~2매 정도 분량이 필요하다. 처음 혼자 글을 쓸 때는 한 꼭지 쓰기까지 4~5시간이나 걸렸다. 초고에 쓸 글감을 찾기 위해 인터넷 검색하느라 시간을 보냈다. 책을 찾다가 독서에 빠져 시간이 흘렀다. 사진 찾다가 추억에 잠겨 시간을 또 보냈다. 초고는 출판사에 투고 전 적어도 두세 번 이상 퇴고 과정을 거친다. 그러니 일단 빠르게 분량을 채우는 것이 중요했다. 타이머를 90분에 맞추기로 했다. 방해 없이 글만 쓴다. 타이머 설정 시간보다 10분 초과했지만, 어느새 한 꼭지가 끝났다. 타이머 없이 쓸 때보다 시간이 3분의 1로 줄었다. 긴장감 효과를 조성해주는 타이머는, 초고를 빨리 쓰기 위한 최고의 도구다. 단, 타이머는 퇴고 시에는 사용하지 않는다. 퇴고는 느긋하게 앉아 글을 째려보는 시간이 필요하기 때문이다.

다섯째, 오늘 써야 하는 분량을 반드시 쓴다. 글쓰기는 물리적 시간이 필요하다. 실행할 수 있는 목표를 세우고 그대로 실행하는 것이다. 가장 먼저 초고 마감일을 정한다. O월 O일. 앞으로 남은 기간을 계산한다. n일이면, 하루에 써야 하는 분량은 딱 n분의 1이다. 하루 동안 무리하지 않는 범위로 잘게 쪼개는 것이다. 피할 수 없는 일정으로 글쓰기가 지연되면, 다음 날 조금 더 쓴다. 중간 점검 기간을 가지는 것도 좋다. 그러면, 마감일까지 쫓기지 않고 여유롭게 글을 쓸 수 있다. 초고를 쓰는 중간에 앞부분의 수정사항이나 추가 사례가 떠오를 때가 생기기도 한다. 이럴 때는 앞부분을 다시 수정하지 말고, 따로 메모만 해둔다. 그리고, 퇴고할 때 수정하거나 추가하면 된다. 목차 순서가 바뀌는 일도 있으니 걱정할 필요 없다. 앞부분만 계속 잡고 있으면 마감일까지 초고를 완성하기 쉽지 않다. 헤밍웨이조차 "내 초고는 쓰레기였다."고 말했다. 불완전하지만, 초고는 일단 마무리하는 것이 중요하다.

여섯째, 스마트폰 음성인식 기능을 사용하여 메모한다. 네이버 '클로바 노트'나 스마트폰 메모 앱에서 음성인식 기능을 이용하여 초고를 작성할 수 있다. 한 꼭지 주제를 아침부터 머릿속에 넣고 일상생활을 시작한다. 이 닦을 때, 화장 또는 면도할 때, 출퇴근 시간, 산책, 식사 준비할 때, 청소할 때, 화장실에 있을 때, 샤워할 때조차 주제와 메시지를 머릿속에 넣어둔다.

장시간 키보드 앞에 앉아 있을 수는 없지만, 생각만으로도 아이디어가 샘솟는다. 문득문득 떠오를 때, 바로 메모한다. 호리 마사타케는 《일이 편해지는 TO DO LIST 250》 책 원고의 절반 이상을 통근 시간 동안 음성인식 기능을 이용하여 작성했다고 한다. 초고이므로 오타가 있어도 상관없다. 나중에 수정하면 된다. 실시간 떠오르는 생각은 바로 살아있는 경험들로 채워진다.

일곱째, 사진은 클라우드 공간에 원본 보관하고, 초고에는 그림 제목만 적는다. 출판사로 초고를 넘길 때는 사진이 필요하지 않다. 한글파일에 원본 사진을 넣으면 파일 용량이 커진다. 저장하는 데도 시간이 오래 걸리거나 오류가 발생하기도 하고, 메일로 보낼 때도 수신자 메일 용량이 초과하여 수신 거부되기도 한다. 출간계약 후, 퇴고와 목차 편집, 내용 수정 등의 편집 과정을 마무리할 때쯤, 출판사 편집자로부터 글 관련 사진을 함께 요청받았다. 꼭 넣고 싶은 사진을 글 쓸 때부터 생각했다면, 원본 사진은 구글 드라이브나 마이크로소프트 원 드라이브, 드롭박스, 아이클라우드, 네이버 마이박스 등 클라우드 스토리지에 보관한다. 대신 원고에는 그림 번호와 제목만 남긴다. 예를 들면, '1-1 독서 기록', '2-1 독서 계획' 이런 식이다. 장 절에 맞춰 새로운 식별자로 구분하면 중간에 그림 추가/삭제/수정하기가 쉽다. 원본 사진과 책에 넣을 엑셀 표 등을 모은 클라우드 폴더 링크를 최종원고와 함께 편집자에게 보낸다. 사진 대체가 필요할 때는 파일명에 (new)라는 표식을 붙여 파일을 구분해, 수정된 그림임을 알려준다.

행복한 시간, 즐거운 추억을 되살리려니 시간이 오래 걸린다. 도저히 생각나지 않는 때도 있다. 감정은 자주 변한다. 매일 남겨둔 블로그 포스팅 덕분에, 책을 쓸 때 경험을 생생하게 담을 수 있었다. 이벤트가 있거나 기억하고 싶은 순간은 사진이나 동영상으로 남겨두었다. 뜬구름 잡는 공자님 말씀만으로는 "그래서, 어쩌라고?"라며 독자가 되물을지 모른다. 지금의 순간을 수첩이든, 블로그든, 인스타그램이든, 어디든 기록해 둔다면, 나의 생생한 경험이 독자의 손에 그대로 쥐어질 것이다. 작가는 매 순간 사색가여야 하며, 소소한 경험과 메시지가 이어질 때 비로소 독자에게 더 가까이 다가갈 수 있다.

07

매일 오후 두 시, 알람이 울린다

이진행

 "오늘은 어떤 주제로 글을 써 볼까?"

그날 쓸 내용을 포털 사이트나 독서를 하며 찾아본다. 주제가
정해지면 관련 동영상이나 칼럼을 찾아서 보거나 읽어본다.
그중에서 쓰고 정해진 주제에 맞는 동영상이나 칼럼이 있으면
공부한다. 그 정보에 대해 자세히 파악해야 글을 쓸 때 도움이
된다. 그날 쓸 주제 관련 공부를 마치면 구체적으로 구성을 짜
본다. 주제와 관련해 경험은 없는지 생각하고, 관련 책도 있다
면 찾아 읽어서 내 경험과 연결해 글을 구성한다. 글을 쓰기
시작하면 주제와 관련한 경험을 먼저 적는 걸로 서문을 장식
한다. 본문에는 경험과 더불어 인용문을 넣는다. 결론에는 본
문에 적은 경험에 의미를 부여하며 마무리한다. 다른 작가들

은 구성을 메모한 후 글을 쓴다고 들었다. 나는 메모하는 습관이 들지 않아서인지 그냥 머릿속으로 구성된 걸 적거나, 평소 책 여백에 적어 놓은 걸 활용하는 편이다. 주제와 맞는 내용을 찾아 각색해서 적는다. 쓰기 시작하면서 경험과 인용으로 살을 붙여 분량을 늘려나간다. 책 쓰기 수업 때 이은대 작가는 자기 경험 위주로 이야기하듯이 적으라고 말한다. 배운 대로 경험을 녹여내어 글을 쓴다. 초고가 완성되면 소리 내어 읽어가면서 퇴고한다.

수첩이나 다이어리에는 글을 쓰지 않는 편이다. 보통 핸드폰 메모 애플리케이션이나 노트북에 글 소재나 주제를 적어 놓는다. 글 쓰는 도구는 자기에게 맞는 것을 찾아 해결한다. 여러 방법으로 메모해 보았다. 사람들은 메모는 아무렇게나 적어도 된다고 말한다. 하지만 나는 마구잡이로 적으면 나조차도 못 알아보는 경우가 비일비재했다. 타자 치는 속도는 느리더라도 노트북이나 핸드폰을 자주 이용한다. 다른 강사의 강의를 녹음하는 것도 좋은 글쓰기 도구가 된다. 요즘은 녹음과 더불어 텍스트화되는 애플리케이션도 있다. 텍스트로 변환된 내용이 완벽하지는 않다. 텍스트를 유추하면서 글을 쓴다.

지금 쓰고 있는 노트북은 이전 교회 다닐 때 담임목사이셨던 이준배 목사님이 구해 주신 것이다. 목사님이 매주 나가시는 회사 내 신우회 회원이 안 쓰고 있는 노트북을 준 것이다. 그것을 받았을 때 수리를 해야 할 상황이었다. 그래서 수리해서 지금까지 사용하고 있다. 이전 노트북은 1년도 사용하지 않았는데 고장이 많았다. 현재 노트북은 사용한 지 3년쯤 된다. 그래도 몇 년은 더 사용할 수 있을 것 같다. 간혹 써서 저장해 놓은 원고가 사라지기도 한다. 그럴 때를 대비해서 대용량 저장장치나 USB에 복사본을 저장해 놓는다. 그러면 노트북에 문제가 발생해도 아무런 문제가 없다. 작가라면 원고가 사라질 때를 대비해 저장장치 한 개 아니면 두 개 정도는 가지고 있어야 한다. 노트북이나 핸드폰 메모 기능은 장애인인 나에게는 최적의 기록장치이다. 어릴 적 원고지를 사용해 글을 쓸 때와는 차원이 다르다. 훨씬 좋아진 세상에서 글을 쓰는 기쁨이 크다.

6월 28일, 매달 나를 도와주는 하선회 회원들, 다른 장애인분들, 자원봉사자분들과 용인 에버랜드에 다녀왔다. 이날 충남 당진 샬롬의 집에 거주하는 지적장애인분들도 함께했다. 에버랜드에서 놀이기구를 타는 중간에 샬롬의 집 원장님과 이야기할 기회가 있었다. 원장님 딸도 장애인이다. 나와 이야기하는 중에 이런 말을 했다.

"작가님처럼 우리 딸도 글을 쓰면 좋겠어요!"

딸은 휠체어에 누운 채로 있어서 누군가의 보살핌이 없으면 생활할 수가 없다. 이런 말을 해 주었다.

"그렇더라도 보조기구를 이용한다면 거뜬히 쓸 수 있을 것 같은데요."

원장님은 웃음으로 답을 했다. 그 웃음의 의미가 알겠다는 의미였을까. 장애인 중에는 누워서 생활하는 사람들도 있다. 하지만 그런 장애인들도 보조기구를 이용한다면 얼마든지 글을 쓸 수 있다. 나는 불편한 몸으로 48년을 살아왔다. 나에게 글을 쓸 수 있도록 도움을 준 자이언트 북 컨설팅 이은대 작가는 작가가 되고 싶다고 만난 자리에서 이야기하는 내내 내 손을 쳐다봤다고 한다. 첫 책이 출간되고 나서 알았다. 이은대 작가는 '저 손으로 글을 쓸 수 있을까?' 하는 생각을 했었다고 한다.

하지만 첫 책이 출간되고 나서 가능성을 본 것이다. 이은대 작가가 알려준 대로 했더니 책을 출간할 수 있었다. 더 나아가, 그는 글 쓰는 걸 넘어 살아가는 지혜를 알려준 고마운 작가이다.

매일 오후 두 시, 알람이 울린다. 다른 시간에도 알람을 설정했다. 새벽 다섯 시, 여섯 시에 기상하라는 알람, 매주 화요일과 목요일 저녁 다섯 시에는 운동하라는 알람이다. 그 외 책 읽을 시간이라는 알람도 울린다. 이렇게 알람을 맞춰 놓고 시간이 되면 글을 쓴다. 알람을 끄고 다른 일을 할 때가 있어도 그 시간은 지킨다. 다른 사람들은 이 방법이 무슨 효과가 있냐고 물을 것이다. 자신에게 맞는 방법을 찾으면 된다. 알람을 설정해 놓고 습관을 만들기 위한 나만의 방법이다. 습관을 만들기가 힘들어서 시험 삼아 몇 번 해본 것이 이젠 습관이 되었다. 알람이 울리면 행동하라는 나만의 방법이다.

나만의 글 쓰는 방법, 글 쓰는 도구, 글 쓰는 시간을 이야기했다. 앞에서 말한 건 나만의 방법이다. 똑같이 따라 하는 것도 좋겠지만 자기만의 방법을 만드는 게 중요하지 않을까 싶다. 앞에서 장황하게 말을 했다. 시중 서점에 글 쓰는 방법에 관련한 책이 많이 나와 있다. 자신에게 맞는 도구와 자신에게 맞는 글 쓰는 방법으로 편한 시간에 글을 쓰는 것이 좋지 않겠는가. 그런데 무엇보다도 꾸준히 써나가야 몸에 밴다. 그냥 쓰는 게 최고다. 초고는 그냥 분량을 채워나가는 것이다. 수정은 퇴고 과정에서 집중해서 하면 된다. 오늘도 삶을 적는다. 글에 의미를 담아 닥치고 쓴다.

글 쓰는 시간을 확보해야 했다. 오전에 일하기에, 그 시간대는 피해야 했다. 어떻게 하면 글을 꾸준히 쓸 수 있을까? 고민했다. 꾸준함에 시간은 아무것도 아니다. 편한 시간에 글을 쓰면 된다. 문제는 습관을 만드는 것이다. 그 방법으로 나는 알람을 맞춰 울리면 하는 걸로 정했다. 매일 알람이 울리면 알람 내용에 맞게 행동한다. 글을 쓰는 시간이면 글을 쓰고, 운동을 하는 시간이면 운동을 한다. 글을 쓰라는 알람이 울린 시간에 다른 일을 하고 있더라도 그 일이 중요하지 않은 일이라면 제쳐 두고 글쓰기를 한다. 급한 일이 아니라면 글쓰기에 집중한다. 한동안 멍하니 있더라도 자판 위에 손을 올려 움직인다. 아무것도 쓰지 않는 시간이 지속되더라도 괜찮다. 그렇게 자판 위에 손을 올려놓은 채 한참 동안 있었던 적이 종종 있다. 하지만 이것은 습관을 만들기 위함이다. 나는 매일 오후 두 시에 알람이 울리면 글을 쓴다. 자판에 손을 올려놓고 생각에 생각을 거듭하다 보면 뭐라도 쓰고 있는 나 자신을 발견한다. 오후 두 시, 오늘도 글을 쓴다.

08

동기부여가 최고다

장춘선

이런저런 이유로 글을 쓰고 싶다는 사람이 많아졌다. 용기 내어 시작하지만, 지속하는 사람은 별로 없다. 나는 우연히 글쓰기 수업에 참여했다. 일 년이라는 시간을 보내며 고민도 했었다. '뭐 하는 짓이지! 편하게 사는 대로 살면 될 텐데….' 성과 없이 시간만 버리는 나와 씨름하기도 했다. 그만두기는 내키지 않았다. 꾸준히 글쓰기 모임에 참여하며 견뎌냈다. 열정을 일으키는 사람 옆에서 나도 그런 사람이 되어 있었다. 포기하지 않고 글쓰기를 지속할 수 있었던 몇 가지 방법을 소개한다.

첫째, 글쓰기 커뮤니티에서 자극받았다. 일 년째 책 쓰기 정규 과정과 문장 수업, 저자특강을 빠짐없이 듣는다. 퇴근 후 대부분의 저녁 시간을 글쓰기 일정에 맞춘다. 어떤 일보다 우선이었고 만족감이 컸다. 처음에는 할 수 없다고 생각했다. '내가 무슨 작가가 되겠어?' 인문학 강의 정도로 들었다. 직장에서 교육 진행에 적용하면 좋을 것 같았다. 책 쓰기 정규과정을 듣고 나면 오픈 채팅방에 초대된다. 1,000명이 넘는 작가들이 있다. 책 읽고 글 쓰는 삶에 치중하는 사람들이다. 다양한 분야에서 전문가이고 자기 계발 실천가였다. 온라인 수업 중에 자기소개 시간을 가졌다. "저는 창원에 사는 32년 차 간호사입니다." 꾸준히 한 직장에서 일한 대단한 사람쯤으로 생각했다. 한 가지 직업으로 소개한 사람은 나밖에 없었다. 직장이라는 테두리 안에서 우물 안 개구리였다. 다른 사람들은 자기의 사명을 연결해 소개했다. 몰랐던 사람이 또렷하게 보였다. 카톡 대표 사진에도 소개 글에도 어떤 일을 하는 사람인지, 무엇을 추구하는 사람인지 알 수 있다. 오랜 시간 직장생활을 하면서 병원의 비전과 핵심 가치는 알면서, 나의 사명을 뚜렷이 말할 수 없음이 부끄러웠다. 글 쓰는 삶을 나의 사명에 넣기로 했다. '읽고 쓰는 삶으로 행복을 전하는 간호사'라고 소개하고 싶어졌다.

둘째, 글을 쓰는 작가가 되고 싶다고 공표했다. 예비작가 책 쓰기 공부방에 공지글이 올라왔다. 2022년 7월. 자이언트 작가탄생 500호 기념! 게릴라 북토크가 '창원 1인 창조기업 지원센터'에서 열린다는 소식이었다. '책을 쓴 작가도 아닌데, 내가 가도 될까?' 가고 싶었다. 장소가 어디쯤인지 알 것도 같은데 내비게이션을 켰다. 혼자다. 낯선 경험을 동행자 없이 간다는 것은 용기가 필요했다. '1인 창조기업 지원센터' 외관은 낡아 보였다. 살금살금 2층 계단으로 올라갔다. 계단을 오르며 이곳저곳 쭈뼛거리며 구경했다. 보기 좋게 꽂혀 있는 책들이 보인다. 미니 도서관인지 휴식 장소인지는 몰라도 책과 친해질 수 있는 공간이 있었다. 2층 북콘서트 장은 방사형으로 뻗어낸 아담한 공간이었다. 창의적인 아이디어가 터져 나올 것 같다. 경험하지 못한 새로운 곳에 와 있다는 사실에 자존감이 올라갔다. 온라인에서 본 작가도 있었다. 어색했다. "요즘 책 쓰고 계시죠?" 작가들의 인사말은 책 쓰는 얘기들이다. 할 말이 없었다. 참석한 사람들이 적은 질문지로 답하는 형식으로 북토크가 진행되었다. 나에게 질문지 추첨을 통해 말할 기회가 주어졌다. "글을 쓰고 있지는 않습니다. 하지만 작가가 되고 싶습니다." 어디서 나온 자신감인지 불쑥 내뱉는다. 이은대 작가가 그래도 나의 체면을 세워준다. 초고를 완성한 작가라고. 나도 할 수 있지 않을까? 어깨가 으쓱거렸다.

"글을 써 봅시다!" 미니특강 첫 슬라이드가 집으로 돌아오는 내
게 답을 요구한다. '그래 써 보자!'

셋째, 베스트셀러와 초보 작가의 책을 병행하여 읽었다. 작가
가 되겠다고 생각하기 전에는 팀 페리스가 쓴 《타이탄의 도구
들》, 제임스 클리어가 쓴 《아주 작은 습관의 힘》 등 유명한 자기
계발서만 읽었다. 성공한 사람들을 부러워했다. 어쩌면 책을
읽었다고 생색내고 싶었는지 모른다. 초보 작가의 책을 읽는다
는 게 시간 낭비 같았다. 초고를 쓴 후 책 고르는 태도가 달라졌
다. 베스트셀러뿐 아니라 초보 작가의 책도 읽는다. 예전에는
한 가지 책을 다 읽고 나서 다른 책을 읽었다. 책의 성질에 따라
그때그때 생활방식도 달라진다. 빠르게 느리게. 삶의 속도를
조절하고 싶었다. 그래서 여러 가지 책을 함께 읽는다. 퇴근한
후 편안하게 나를 내려놓고 싶을 때는 에세이를, 집중해서 책
읽을 준비가 되었을 때는 자기 계발서를, 책을 쓰고 싶을 때는
초보 작가가 쓴 책을 보며 자극받았다. 베스트셀러에는 베껴
쓰고 싶은 멋진 문장이 많다. 단어 선택과 감정 변화, 어쩜 이런
적절한 표현을 썼을까? 밑줄을 긋게 한다. 하지만 글쓰기를 시

작하는데 마중물은 되지 못했다. 실행하기에는 너무 멀리 있었다. 나와 다른 탁월한 사람 같았다. 초보 작가의 책은 다르다. 빙빙 꼬아서 말하지 않는다. 이해하기 쉽다. 책은 이렇게 쓰는 거야! 이렇게 해봐! 초등학교 고학년이 저학년을 가르치는 방법, 표준 전과에는 없는 친구에게만 살짝 가르쳐주는 글쓰기 비법이 있다. 내가 고민하는 부분을 먼저 해봤으니 가르쳐 줄 수 있는 간질거림을 찾을 수 있다. 글쓰기 수업에서 배운 방법이 희미하게 보인다. 메시지를 전달하기 위해 애쓴 경험이 살아있다. 이렇게 경험을 메시지로 연결하는구나! 참고할 게 많다. 나와 같이 온라인 수업을 받는 작가의 책이 책장에 진열되어있다. 자극제가 되기도, 참고서가 되기도 한다. 글을 써야 하는데 실행이 안 될 때, 제목만 훑어보아도 포기하지 못한다. 나도 할 수 있겠다. 용기를 얻는다.

일 년 전 작가는 나와 무관한 사람이었다. 아직 출간한 적이 없는 작가이기에 나만의 구체적인 글쓰기 방법은 제시할 수 없다. 하지만 '나도 해볼까?' 책 쓰고 싶은 사람들에게 동기부여가 되었으면 한다. 내가 했다면 당신도 충분히 할 수 있다. 일기쓰기, 블로그 포스팅, 인스타그램은 하지 않았다. 지금은 일주일에 세 번 이상 일기를 쓴다. 서평 쓰는 독서 모임에서 추천한 책으로 블로그에 서평을 남긴다. 인스타그램을 조심스럽게 시작했다. 급하게 서둘지 않고 나답게 속도를 조절하기로 했다. 글쓰기 과정에 참여한 일 년이, 조금씩 성장하게 했다. 모든 성공에는 작은 시작이 있다. 시작하고 포기만 하지 않는다면 누구나 할 수 있다. 나는 쓰고 답하는 행위가 부족했다. 적당한 이모티콘 고르다 치고 들어갈 시점을 놓친다. 뒤늦게 올린 댓글이 공허할 때가 많았다. 그런 내가 반응하기 시작했다. 책 읽고 글 쓰는 삶을 응원하는 좋은 사람들을 만났기 때문이다. 주고받은 관심은 동기부여로 이어졌다. 함께, 작가가 되겠다는 야무진 꿈을 꾼다.

"부지깽이를 뜨겁게 하려면 어떻게 해야 하는지 아는가? 불가에 두면 된다네." 존 맥스웰이 쓴 《사람은 무엇으로 성장하는가?》에 나오는 글귀다. 열정이 식지 않도록 읽고 쓰는 사람들이 모인 곳에 섞인다. 글쓰기 과정에 입문한 사람들과 어울리고, 추천 도서를 읽고, 강연을 듣는다. 목적에 맞는 환경으로 나를 데리고 왔다. 오늘도 '나는 작가다' 라는 확신을 놓지 않는다. 그들과 함께 있기에.

09

정솜결표 글쓰기 4단계

정솜결

글을 쓰고 있다. 최근에는 노트북 앞에 앉아있는 시간이 많다. 키보드에 손을 올려놓고 있다 보면 하얀색 한글파일 화면만 몇 시간을 쳐다보고 있을 때도 있다. 어느 순간 나도 모르게 한 글자 한 글자 탁, 탁, 탁, 천천히 자판을 누르고 있다. 쓸 내용이 생각나지 않을 때가 많다. 그럴 때면 구글에 들어가서 '글 잘 쓰는 방법' 등을 검색하면서 시간을 보낸다. 가끔 눈에 띄는 연예 기사가 보이면 하염없이 클릭하다 긴 시간을 보내기도 한다.

우울증을 극복하려고 했을 때 매일 했던 행동이 있다. 일어날 기운도 없어 늘 방 안에 누워만 있었다. 잠깐 일어나려고 하면 다리에 힘이 없어 바닥에 툭 주저앉곤 했다. 화장실에서 거울을 보면 시커먼 얼굴에 깊은 이마 주름, 눈가엔 촉촉이 눈물이 맺혀 멍하니 나를 바라보고 있는 친정엄마가 서 계셨다. '내가 왜 이러지. 다시 살고 싶다. 깡이든 오기든 살아가던 정솜결로 돌아가고 싶다.' 하염없이 눈물이 났다.

'그래, 해보자.' 그렇게 시작했던 것이 계단 오르기였다. 사람들의 눈길이 불편해 혼자서 하는 운동을 택했다. 내려갈 때는 엘리베이터를 타고, 올라올 땐 한 계단씩 걸어 올라갔다. 왼손으로 손잡이를 잡았지만, 몸이 비틀거리면서 자꾸만 넘어지고 숨이 찼다. 그다음 날도, 그다음 날의 다음 날도 오르고 또 올랐다. 일주일이 지나니 두 계단씩 오를 수 있었다. 그렇게 5년을 했다.

두 달 전 건강생활 지원센터에 가서 체성분 측정을 했다. 결과가 나와 전문가가 설명을 해줬다. "그동안 무슨 운동 하셨어요?" "저 운동 안 했는데요." 검사지를 보시더니 2년 전보다 부위별 근육이 좋아졌다고 한다. 곰곰이 생각해보니 매일 하는 것은 계단 오르기 뿐이었다. 계단을 올랐다고 말씀드리니, "그것도 운동이죠." 하신다. 너무 익숙해져 운동이라고 여기지도 않을 정도가 됐다. 그때 알았다. 매일 하는 것이 습관이 되고 정직하게 쌓인다는 것을. 그렇게 건강을 되찾았다.

글쓰기 역시 마찬가지라고 생각한다. 아직은 서툴지만 매일 계단 오르듯 꾸준히 쓰면, 언젠가 내 인생도 몸만큼이나 건강해질 것이라 믿는다.

지금까지와는 다른 삶을 살아가려니 흥분도 되고 설레기도 한다. 물론 그동안의 생활방식과 생각을 바꿔나가려면 용기도 필요할 것이다. 그래서 마음 굳게 먹고 제대로 한번 해보자고 '정솜결표 글쓰기 4단계'를 만들었다. 글 쓰는 삶을 살아가기 위한 준비과정이라 할 수 있다.

1단계, 공표한다.

우울증을 극복하기로 마음먹었을 때 남편과 아들, 그리고 만나는 사람 모두에게 "나 우울증이야."라고 말하고 다녔다. 내가 말하고 그런 내 음성을 직접 들으며 '난 지금 아픈 거야, 그러니 주변 사람들이 너를 어떻게 보든 괜찮아.' 라며 나를 다독여 주었다. 스스로 인정하고 주변에서도 이해해 주니 많은 도움이 됐다.

이번에도 같은 방식으로 해보기로 했다. "여보, 나 오늘부터 글쓸 거예요. 아셨죠? 방해하지 마셔요." "태검아, 너도." 아침 식사를 마치며 공표했더니 두 남자가 씩 웃는다. "그래, 알았어."

별일 아니라는 듯 쉽게 한 대답에 조금 얼떨떨하기는 했지만, 그렇게 시작됐다. 그리고 여전히 응원받는 중이다.

가족들의 격려에 점점 더 용기가 생긴다. 그저 당당하게 말하면 되는 거였다. 두려움이 없었다면 거짓일 거다. 하지만 막상 말하고 나니 속이 시원해졌다. 우려했던 반응이 아닌, 관심과 지지를 받고 있다. 말하길 잘했다.

2단계, 나만의 장소를 만든다.

블로그를 쓰면서 군대에 있는 태검이의 노트북을 사용했다. 태검이는 5월에 제대했다. 복학하며 노트북을 가져갔다. 이를 어쩐담. 광주에 사는 막냇동생에게 전화했다. 사정을 말하니 흔쾌히 빌려준다고 한다. "가져가요, 나는 잘 안 쓰니까."

거실 한가운데 원목 탁자 위에 동생에게 받은 노트북을 고이 올려 두었다. 보기만 해도 웃음이 난다. 두 달 정도 거실에 있는 노트북 앞에 앉아 글을 썼다. 블로그 포스팅도 하고, 책도 읽었다. 지금은 노트북 앞에 앉아있으면 거실에 있던 남편도 TV를 끄고 안방으로 슬며시 들어간다. 귀여운 사람. 드라마만 보던 거실 소파가 어느새 나만의 글쓰기 공간이 되었다. 공표하고 장소를 만드니, 가족들의 배려까지 덤으로 얻었다.

3단계, 일상을 점검한다.

글 쓸 시간을 확보하려면 일과를 바꿔야 했다. A4용지를 꺼내 생각나는 일상을 빼곡히 모두 적었다. 적어놓고 보니 문제점이 보여 고칠 수 있었다.

유튜브를 많이 봤다. 부동산과 명상 관련 영상을 공부한다는 이유로 늦은 밤까지 보게 됐다. 그 뒤론 아침에 일어나면 핸드폰을 작은 방 책상 위에 일부러 올려놓는다. 눈에 보이면 자꾸만 보고 싶을까 봐 눈앞에서 보이지 않게 최대한 멀리 둔다. 병원에 가는 날도 줄였다. 집에서 출발하여 물리치료 받고 오는 시간이 1시간 이상 걸렸다. 일주일에 두 번으로 줄였다.

글을 써야 하는데 시간이 없다고 푸념만 했다. 핸드폰을 보던 시간과 병원에 가는 횟수를 줄이니 여유로워졌다. 일상의 목록 하나하나를 글로 적어 점검해 보면서 하나씩 지우다 보니 글 쓸 수 있는 시간이 보였다.

4단계, 메모지를 가까이 둔다.

설거지하다가 문득 좋은 생각이 날 때가 있다. 글을 쓰면서 일상에서 글감을 찾으려는 버릇이 생겼다. 기억하고 있다가 노트북 앞에 앉으면 까먹기 일쑤였다. 그래서 집안 여기저기 메모지와 볼펜을 놔두었다. 갑자기 글감이 생각나면 바로 적을 수 있도록. 드라마를 보거나 책을 읽으면서, 또는 아들과 대화를 나눌 때, 일할 때, 장 보러 갈 때 등 일상 곳곳에서 글감이 생긴다. 그럴 때마다 바로 쓸 수 있게 메모지를 늘 가까이 둔다. 노트북 옆 김치냉장고 위에도, 작은 방에도, 주머니에도 넣어 두고 애용한다. 바로 적을 수 있어 유용하다.

영국의 시인 존 드라이든은 "처음에는 우리가 습관을 만들지만, 그다음에는 습관이 우리를 만든다."라고 했다. 간혹 상상에 잠긴다. 글쓰기 습관을 매일 하다 보면 어느 순간 작가가 되어 있을 나를 본다. 평상시에 하는 행동, 감정 등을 종이에 적는다. 의식적으로 글감을 찾기 위해 주변을 관찰하고 있는 내가 신기하고 기특하다. 글을 쓰며 갖게 된 변화다.

지금 나는 글을 쓰고 있다. 두렵다. 문장도 엉망이고 어휘력도 짧다. '처음은 늘 그러지 않을까?' 자전거를 배울 때가 생각난다. 페달에 발을 올리는 것만도 겁이 났다. 시간이 지나고 연습이 쌓이니 지금은 속도를 내지 않으면 영 재미가 없다. 5년 동안 해오며 익숙해진 계단 오르기 역시 마찬가지였다. 누구나 처음부터 잘하는 사람은 없다. 매일 쓰다 보면 결국 잘 써질 것이다.

50이 넘으니 눈도 잘 보이지 않는다. 방금 읽은 책의 내용도 기억나지 않을 때가 많다. 나이를 먹으니 몸의 기능도, 생각도 점점 느려진다. 나쁘지만은 않다. 느려진 생각들은 주변을 좀 더 가까이, 찬찬히 둘러볼 수 있도록 여유를 주니까.

나태주 시인의 "자세히 보아야 이쁘다. 오래 봐야 사랑스럽다. 너도 그렇다."라는 시구가 떠오른다. 글도 한 글자 한 글자 가까이 보니 사람 냄새가 나는 듯하다. 사람 냄새 나는 작가가 되고 싶다. 오래 볼수록 사랑스러운 그런 작가가 되려고 한다.

10

최진경은 이렇게 쓴다

최진경

'그냥 닥치는 대로 쓰면 되는 거 아닌가?' 라고 막연히 생각했다. 그런데 이왕 쓸 거 본인만의 철칙이나 시스템 같은 게 있다면 더 효율적이지 않을까 싶다. 이 글을 위해 내가 평소 어떻게 글을 쓰고 있는지 처음으로 진지하게 생각해 볼 계기를 가졌다. 익숙하게 해오던 방식 중 중요한 게 있다면 뭘 우선순위로 꼽을 수 있을까. 나름의 기준을 가지고 세 가지 정도로 추려봤다.

이 세 가지는 여러 차례의 시행착오 끝에 '굳히기'에 들어가 현재까지 내가 밀고 있는 방식이다. 글 쓰는 것을 좋아해 취미 삼아 꽤 오랜 기간 꾸준히 글을 쓰다 보니 시스템인 듯 시스템 아닌 시스템 같은 게 생겼다. 이러한 절차의 장점이자 단점은 한번 체화되기만 하면 당연하다는 듯 작동되어 그리 큰 노력을 들이지 않아도 실행이 가능하다는 점이고, 반면에 본인에게 맞는 방식을 찾는 것과 그놈의 '체화'가, 생각만큼 쉽게 되지는 않더라는 거다. 처음엔 누구나 헤매기 마련이니까. 나 역시 남의 것을 따라 하고 실패해가며 내 것으로 만드는 수고로움을 피해 갈수는 없었다. 이 세 가지는 만인의 연인처럼 대다수에게 사랑받는 방식인 동시에 내 것이기도 하다. 그러니 참고만 하길. 그대는 그대에게 맞는 것을 계속 찾아가면 되니까 말이다.

하나, 아침에 쓴다. 미술을 전공해 야작에 익숙해서일까. 글 또한 밤에 쓰는 게 당연하다고, 더 잘 써진다고 생각했다. 그랬던 내가 요즘은 열두 시만 지나도 못 견딜 정도로 졸음이 쏟아진다. 아침 글쓰기 루틴을 사수하려 되도록 열두 시 이전에 눕는 편이다. 그리고는 약 여섯 시간 딥슬립 후 아침에 일어나 글을 쓴다. 나중엔 또 어떻게 될지 모르겠지만 현재로서는 여섯 시에 일어나는 것도 아침잠이 유독 많은 내겐 쉽지 않은 일이다. 일어나자마자 뇌에게 알린다. '나 오늘도 글 쓸 거야. 이건 내게 무척 중요한 일이야. 알지?' 하고는 매일 같은 시간 책상 앞에 앉는다. 반복되는 횟수가 늘어갈수록 루틴은 견고해진다. 나중에는 몸이 저절로 반응할 정도로 말이다. 머릿속에 패턴이

자리 잡는다. '우리 주인은 일어나면 기지개를 켜. 그런 다음 욕실로 향해. 방광을 비우고 양치질과 고양이 세수를 한 뒤, 물 한 모금 마시곤 서재로 가 글을 써.' 여기까지의 행동은 이제 크게 무리가 없을 정도로 자연스러운 하나의 의식처럼 이루어 진다.

감수성이 극대화되는 밤에 과연 글이 더 잘 써질까? 막상 비교 해보니 별 차이도 없었다. 굳이 따지자면 밤에 쓴 글은 어딘지 모르게 침울하고 축축했다. 감성이 좀 과하다고 해야 할까. 정 신줄 놓고 기분대로 썼다가는 다음 날 오전에 다시 읽어보며 오 그라드는 손, 발을 부여잡아야 할지도 모른다. 글 자체도 그랬 지만 쓰는 동안 느껴지는 기운이랄지 에너지도 조금 달랐다. 푹 자고 일어나면 정신이 맑고 또렷해진다. 그래서인지 퇴고도 밤에 할 때에 비해 조금 더 수월하게 느껴지곤 한다.

둘, 다양하게 쓴다. 아침엔 주로 한글파일을 열어 자판을 두드 린다. 초고든 퇴고든 연습용이든 간에 어쨌든 '출간'을 위한 글 을 쓴다. 그리고 주에 한 번 정도는 SNS에 글을 올린다. 각각 의 플랫폼 특성상 인스타그램은 사진 위주의 짤막한 글을 적고 (후에 유용한 소재 창고가 된다) 블로그는 가벼운 주제라도 어느 정도 형식을 갖춰 A4 반 정도 분량으로 올린다. 원고는 PC 카톡 전송으로, 블로그는 블로그 앱과 공유가 가능해 수시로 이어쓰기가 매우 편리하다. 서평, 일상 글, 텍스트 요약, 원고, 일기, 대략 이렇게 다섯 가지 정도의 글을 쓰고 있다. 무작정 많이 쓰는 것보다 다양한 유형의 글을 골고루 쓰는 게 단기간 내 효과적으로 실력을 늘리기에 더 좋다는 얘기를 들어서다.

여기저기 돌아가며 쓰면 선택의 폭도 넓어진다. 별로 쓰고 싶지 않은 날이 더러 있다(생각보다 자주 그렇다). 그럴 땐 타인의 글이나 책을 읽고 감상평을 적어본다. 따지고 보면 내 글이지만 발췌 문장에 대한 의견 정도니 부담이 덜하다. 그것마저 쓰기 싫은 날엔 인스타그램에 간단히 메모 수준으로만 적는다. 이도 저도 다 싫을 땐 책에 밑줄 쳐 놓은 문장 한 줄 정도만 따라 쓴다. 글쓰기 습관을 일상에서 완전히 놓지 않으려는 나름의 장치다.

SNS에 쓰는 글은 꼭 글에 관한 피드백이 아니더라도 내 글을 접한 사람들의 반응을 댓글로 확인할 수 있어 좋다. 이런 느낌의 글은 사람들에게 외면받는구나, 또는 이렇게 쓰니 다들 좋아하네? 하고 인지할 수 있다는 점이 생각보다 꽤 큰 도움이 된다. 반응이 좋지 않은 글은 문제가 뭔지 파악해 다음에 쓸 때 유의하면 된다. 제법 반응이 괜찮은 글은 내 글의 강점이 이런 거구나 알 수 있고, 독자와 소통하는 글이 뭔지도 감 잡을 수 있어 유용하다.

초고나 퇴고를 하다 지치면 인스타그램이나 블로그에 하고 싶은 말을 자유로이 적어 올리곤 한다. 짤줍을 좋아해 블로그 글 중간중간 짤을 끼워 넣곤 한다. 글이 재밌다고, 짤이 찰떡이라고, 덕분에 웃었다는 피드백을 들을 때면 내가 준비한 글이 누군가에게 잠시나마 기쁨이 되었다는 사실에 그렇게 뿌듯할 수가 없다. 부담 없이 취미로 쓰는 글이기에 가벼운 마음으로 형식에 구애받지 않고 '막' 쓴다. 어떤 글이든 쓰지 않는 것보단 쓰는 게 낫다고 보니까.

셋, 메모한다. 폰 메모 앱에 수시로 소재거리를 적는다. 주로 적는 것은 일상 에피소드와 책 읽다가 발견하게 되는 단어들이다. 이런 표현도 있구나, 어떻게 이렇게 적절하게 썼을까 감탄하며 폰을 꺼내 든다. 〈글 소재〉와 〈단어 표현〉이라는 타이틀이 있고 그 아래로 수시로 내용이 늘어난다.

〈글 소재〉엔 경험을 쓴다. 기억을 상기시켜 줄 만한 핵심 단어와 문장을 써둔다. 〈단어 표현〉엔 말 그대로 평소 잘 쓰지 않는 단어나 표현을 적어둔다. 작가마다 지닌 분위기와 묘사 방식이 달라 탐나는 게 많다. 그중 내 글이 지닌 느낌과 제법 어울리고 써먹을 수 있겠다 싶은 것들 위주로 적는다. 글을 쓰다가 표현이 조금 식상하다고 생각될 때 익숙지 않은 새로운 단어로 바꿔치기 하곤 한다. 단어 하나 달라졌을 뿐인데 문장 자체가 살아난 듯 느껴질 때도 있다. 목록이 늘어갈수록 든든하다. 보물 상자 하나 꿰찬 느낌이랄까.

특히 장거리 이동 시 시간을 알차게 쓸 수 있어서 좋다. 〈글 소재〉에 써둔 핵심 키워드와 문장을 이용해 메모 앱에 짧은 글을 써둔다. 후에 원고에 짜깁기해 붙여넣기로 할 부분을 미리 적어두는 거다.

나는 이렇게 쓴다. 뭐 이리 별거 없냐고 생각할지도 모르겠다. 그 별것 없는 걸 지속하는 게 어려울 뿐이다. 앞서 적은 세 가지를 요약하자면, 아침에 쓸 것, 다양하게 적을 것, 메모 습관 들이기 정도가 될 듯하다. 무조건 많이 다양하게 쓰면서 나만의 방식을 찾는 게 중요하다고 본다. 그러려면 일단 무한정 시도하고 실패해보는 과정은 필수일 수밖에 없다. 해보지 않으면 내게 맞는지 아닌지조차 알 수 없으니까 말이다.

글쓰기 딱인 타이밍은 여간해선 오지 않는다. 설사 온다고 한들 술술 써질지는 미지수다. 그러니 상황이 허락될 때만 쓴다는 헛된 기대는 진즉 버리는 게 좋겠다. 조건 따지지 않고 수시로 덤덤히 쓰는 게 맞다. 언제 어떤 글을 쓰다가 마음에 드는 '물건'이 나올지 모르니까. 진정한 실력이라면 더 좋겠지만 어쩌다 운 좋게 얻어걸린다 한들 시도 횟수는 괜찮은 글을 건질 확률과 정비례이지 않을까. 다다익선. 우선 많이 쓰고 난 뒤에 생각해봐도 늦지 않다. 일단 그냥 마구 써 갈겨 보는 걸로.

사람인지라 간혹 거부감이 훅하니 올라오기도 한다. 한없이 어렵게만 느껴지고 써도 써도 늘지도 않는 것 같고 내가 지금 뭔 짓을 하고 있나 싶다. 절망적인 순간들. 그래도 굴하지 않고 쓴다. 그런 상념 따위에 지지 않기 위해서라도 말이다.

어쩌다 작년에 쓴 글을 읽게 됐는데 '이건 좀 심하잖아' 싶을 만큼 쓰레기로 느껴진다면 성공이다. 그새 조금 늘었구나 하는 실낱같은 희망으로 계속 써나가면 되니까. 지금 쓰고 있는 글도 내년이 되면 또 그렇게 느껴지지 않을까. 그렇게 반복하다 보면 언젠가 쓰레기라 하기엔 좀 불쾌한데 싶은 괜찮은 글이 나올지도 모르겠다. 그때까지 나는 이렇게 써 볼까 한다.

"글쓰기로 긍정적인 삶의 변화를
배우고 실천해"

김경란

———

내 인생 첫 도전이었다. 할 수 있을까 걱정이 앞섰지만 결국, 해냈다. 집필과 출간이라는 게 만만치 않은 일이지만 못할 것도 아니었다. 어떻게든 글 쓰는 즐거움을 찾으려고 매일 도전하고 다짐한 고군분투의 결실이다. 열 명의 초보 작가들이 서로 응원하고 격려하면서 공저 집필에 악착같이 매달렸다. 글 쓰는 삶이 가져다주는 아름다운 변화, 비밀로 간직하기엔 아쉬움이 컸기 때문이다. 오늘 글 한 편 썼다고 내일 당장 삶이 바뀌지는 않는다. 가랑비에 옷 젖듯 삶을 긍정으로 물들인다. 글쓰기란, 그런 것이다.

김지안

―――

글쓰기를 시작하고 난 뒤부터 나 자신을 제대로 마주할 용기를 낼 수 있었다. 무슨 일이든 처음 하는 일은 서툴고 투박하다. 반복하다 보니 그렇게 어렵던 일도 점점 수월해졌다. 속도보다 방향이 중요하다고 하지 않던가! 독서와 글쓰기를 병행하면서부터 내 인생의 나침반을 살필 여유가 생겼다. 어렵고 힘들수록 꼭 해야 할 일이라 한다. 글쓰기가 힘들다면, 꼭 해야 할 일이라는 증거다. 나를 아껴주고 격려하며 응원해 주는 일. 나를 잘 데리고 살아가게 해주는 나침판 역할을 해주는 일. 바로, 글쓰기다.

서영식

―――

간절히 바라면 이루어진다고 합니다. 글쓰기, 책 쓰기는 꼭 해보고 싶었지만 어려운 일이라고 생각했습니다. 공저를 집필하면서 책 쓰기의 단계를 알게 되었습니다. 어떻게 써야 할지 막연함, 나의 글이 책으로 나올 수 있을까 하는 두려움, 초고 완성 후 자신감, 퇴고 시 좌절감, 끝낸 후 성취감. 한 권의 책을 내기까지 쉽지 않은 여정이지만 결국 해냈습니다. 누구나 삶의 경험으로 글을 쓰고 책을 낼 수 있음을 알리고 싶습니다. 자유롭고 마음대로 할 수 있는 글쓰기로 긍정적인 삶의 변화를 배우고 실천하고 있습니다.

서유정

———

'글 쓰는 삶'을 통해 인생이 나아지고 있습니다. 책을 쓰는 작가가 되리라 상상조차 해본 적이 없습니다. 특별한 사람들만 쓸 수 있는 것이 '글'이라 생각했기 때문이죠. 저는 건강하게 오래 살고 싶은데, 늦게 시작한 독서와 글쓰기가 아쉬워서입니다. 많이 읽고 많이 쓰고 싶습니다. 우연히 만난 글쓰기로 마음을 지켜낼 수 있었습니다. 글쓰기는 마음 챙김의 시간이었습니다. 마음에 단단함이 생기면서, 삶이 더 좋아졌습니다. 저희의 글을 통해 글 쓰는 삶 앞에 망설이고 계신 누군가에게 용기가 되길 희망합니다.

엄지인

──────

뉴욕타임스 베스트셀러 작가 1위이며, 코칭의 어머니라고 불리는 셰리 카터 스콧은 "분노는 당신을 더 하찮게 만드는 반면, 용서는 당신을 예전보다 뛰어난 사람으로 성장하게 한다."라고 했다. 이 세상에 나만 힘들고 어렵고 고통스러운 삶을 살아가고 있다고 자신의 처지를 자책하고 비관해서 삶을 포기하고 좌절하고 원망만 하며 살고 있나요? 자신이 변하지 않으면 상황은 변하지 않음을 인식하게 되면서 예전의 나보다 나은 사람으로 성장하기 위한 글쓰기 작업이 치유와 위안이 된다는 사실이다.

이윤정

──────

책은 전문가나 유명인들만 쓰는 게 아니었다. 400여 권의 책을 읽어보니 계단을 닦는 CEO, 책 읽는 간호사, 블로그 하는 선생님, 투자하는 평범한 직장인, 육아 중인 전업주부가 바로 작가였다. '오늘 하루' 기록하겠다는 단순한 마음으로 글쓰기를 시작했다. 당신의 일상 속 이야기도 다른 사람들에게는 바로 특별함이 담긴 글이 되기도 한다. 푼돈을 모아 재산을 일구며 생생한 비법을 담은 《이웃집 백만장자》 처럼 일상의 하루 기록을 모아 책을 써가며 생생한 비법을 담아내는 '이웃집 작가'가 많아졌으면 좋겠다.

이진행

———

공저 작가들과 각자 있는 자리에서 글을 썼지만, 같은 공간에 모여 함께 쓰고 있는 듯했습니다. 서로 응원하면서 글을 쓸 수 있다는 것! 공저가 주는 선물이라는 걸 9명 작가와 함께하며 느꼈습니다. 10명의 초보 작가 고군분투기가 독자들에게 매일 글을 쓸 수 있다는 자신감을 불어넣기를 바랍니다. 우리들의 경험이 모여 한편이 글이 됩니다. 내 경험을 가치 있는 글로 적어내고 있습니다. 각자의 자리에서 같은 마음으로 쓴 이번 공저를 읽으면서 형편없더라도 한 편의 글 적어봅시다!

장춘선

———

자이언트 공저 작가 모집을 기다렸다. 개인 저서를 집필 중이지만 혼자 가는 길은 막막했다. 글쓰기 실력이 늘지 않았다.

〈마치는 글〉 글쓰기로 긍정적인 삶의 변화를 배우고 실천해

'왜 듣고만 있니? 글 쓰려고 한 거 아니었어? 그래, 까짓것 해 보자!' 시작하고 쓰면서 배우기로 했다. 10명의 작가와 함께한 힘은 컸다. 어떤 난관에도 멈출 수 없었다. 글을 쓴다는 건 아무나 하는 일이 아니었다. 부족한 줄 알면서 포기하지 않는 사람만이 할 수 있다. 아직은 부족한 초보 작가다. 한 번의 도전은 미약하지만. 한 번 더! 또 한 번 더! 지속한다면 지금보다 더 나은 작가가 되지 않을까.

정솜결

열심히 살아왔지만, 세상은 나이가 부담스럽다고 했다. 내 삶을 글로 쓰면서 51이라는 숫자의 힘을 알게 되었다. 지나온 삶을 담담하게 볼 수 있는 여유가 생겼고 피하고 싶었던 과거의 사람들을 이해할 수도 있었다. 글쓰기 좋은 나이가 딱 지금이라는 것을 알게 되었다. 김치도 맛있게 익으려면 시간이 필요하듯 글쓰기에도 숙성된 나이가 필요하지 않을까 생각하니 오히려 힘이 났다. 50대, 무르익은 인생을 글로 풀어내기 좋은 나이다. 계속 써 보련다.

최진경

———

'내가 무슨 글을 쓴다고.' 라는 속단은 하지 말길. 이런 나도 쓰고 있으니 당신은 당연히 더 잘할 거다. 이렇게 적고 있는 나조차 별수 없이 그런 생각할 때가 있지만 말이다. 반성투성이 일기, 쓰레기 같은 초고, 재활용 파일에 던져놓는 못난 글 나부랭이. 그래도 그런 글이나마 쓰고 있다는 사실에 안도한다. 하루 한 줄이라도 내가 살아있음을, 그로 인해 느낀 걸 어딘가 남길 수 있다는 것은 축복이다. 쓰고자 하는 모든 분이 건필하길 응원한다. 이 책이 하나의 계기가 될 수 있다면 더할 나위 없이 기쁘겠다.

글쓰기는 마음 챙김의
시간이었습니다.

마음에 단단함이 생기면서,
삶이 더 좋아졌습니다.
저희의 글을 통해 글 쓰는 삶 앞에
망설이고 계신 누군가에게
용기가 되길 희망합니다.